走上歷史之路

蔡杏芬 主編

目錄

緣起　　005

難忘師情話意　王榮川　　023

師門憶往　張瑞德　　037

師恩憶往　陳能治　　053

師門小記　謝國興　　065

人生過處唯存悔，知識增時益增疑：
隨玉法師問學多年感想　劉祥光　　077

恩師與師恩　胡興梅　　085

我的前半生——36年教與學憶往　黃中興　　093

我的不歸路　游鑑明　　105

德國十年　劉興華　　117

師生之緣　李達嘉　　125

在每個關鍵時刻：玉法師對我的影響　朱瑞月　　151

走上研究之路　鍾淑敏　　165

我跟張玉法老師的緣分　張建俅　　171

師生情懷的浮生日錄：
從助理到學者的成長與省思 廖咸惠 183

向陽前行 吳淑鳳 189

師生寄語——許多歷史，有時就這樣飄走了 吳翎君 205

我的學術研究與教學旅程 倪心正 227

與恩師相遇二三事 韓靜蘭 239

打開箱底的回憶 蔡杏芬 249

師恩綿長 張 馥 259

憶往與展望 周佳豪 265

編後小記 蔡杏芬 273

附錄一　走上研究中國現代史之路 張玉法 275

附錄二　為有源頭活水來——
　　　　訪張玉法院士的研究與教學歷程 游鑑明 281

附錄三　張玉法院士歷年指導碩士論文 297

附錄四　張玉法院士歷年指導博士論文 305

緣起

一、師生不定期餐敘與「法友會」

　　這本書的各篇作者都曾經是張玉法教授指導論文寫作的研究生，每篇作品都始於師生結緣。張老師曾在臺灣師範大學歷史研究所、政戰學校（後改名政戰學院，今併入國防大學）政治研究所、政治大學歷史研究所及臺灣大學歷史學研究所兼課，開始時間分別為1972年、1974年、1980年及1984年，也在這幾個研究所陸續指導碩博士論文寫作，其中以臺師大門生最多。1992年張老師當選中央研究院院士，該年教師節，老師指導的部分臺灣師範大學歷史研究所各屆研究生與老師及師母李中文女士聚餐，向老師致謝及致賀。席間大家相約此後不定期與老師餐敘，且將範圍擴大至老師在政戰學院、政治大學及臺灣大學指導過的所有學生。這個非正式的團體我們私下稱為「法友會」。

　　從1992年法友會第一次聚餐到2002年老師退休的十年間應該舉辦過數次聚會，可惜找不到留存的影像。在網路社群尚未出現的年代，這些聚會都是熱心的同學花費許多心力聯繫才得以實現。今日回想，跨校且跨屆的同門情誼彌足珍貴。

1992年教師節師生聚餐後留下這張珍貴照片。
前排左起：謝國興、黃德宗、張建俅、李惠惠、黃銘明、黃綉媛、蔡杏芬、李筱峰。
後排左起：謝蕙風、洪德先、張瑞德、黃中興、張老師、張師母、張三郎、朱瑞月、
　　　　　劉汝錫、游鑑明、劉汝錫夫人蕭秀戀、韓靜蘭、李慶西、倪心正。

恩師榮退

　　2002年老師自中央研究院近代史研究所退休，2月2日師生於方家小館聚餐，學生合送禮物。

學生合送的禮物是琉璃工藝品，祝賀字樣由謝國興擬定：「著作等身名遠揚，洵洵儒者容異說，化雨春風及卅載，桃李滿門最豐碩。」老師的著作《浮生日錄》載參加餐會者四十人姓名，應為贈禮名單，並未全數出席餐會。

前排左起：朱瑞月、陳能治、張老師、李惠惠、張師母、游鑑明、黃綉媛。
後排左起：李慶西、張瑞德、萬麗鵑、劉汝錫、謝國興、洪德先、劉祥光、李筱峰、
　　　　　王凌霄、黃德宗、吳翎君、張建俅、謝蕙風。

2007年3月25日聚餐後留影。

前排左起：吳翎君、王瑋琦、張老師、廖咸惠、陳能治、游鑑明。

後排左起：張瑞德、鍾淑敏、張建俅、李達嘉、劉祥光、王凌霄、劉興華、胡興梅、
　　　　　朱瑞月、黃德宗、蔡杏芬、周佳豪。

2011年5月14日聚餐後留影，地點為天廚菜館。

前排左起：游鑑明、張老師、王榮川、李慶西。

後排左起：蔡杏芬、張瑞德、張　馥、朱瑞月、周佳豪、高小蓬、謝蕙風、王瑋琦、
　　　　　廖咸惠、黃銘明、李筱峰、黃銘明先生閻鴻中、李達嘉、黃綉媛、鍾淑敏、
　　　　　謝國興、吳翎君、張建俅。

2016年3月19日聚餐後留影,地點為天廚菜館。
前排左起:周佳豪、朱瑞月、王瑋琦、王榮川、張老師、鍾淑敏、吳淑鳳、游鑑明。
後排左起:劉祥光、張建俅、張瑞德、張　馥、張馥女兒吳恬語、李達嘉、倪心正。

2017年9月2日聚餐後留影,地點為榮榮園浙寧餐廳。據《浮生日錄》記載,老師託李達嘉賣書,得一萬元請客。

前排左起:游鑑明、胡興梅、王榮川、張老師、張師母、吳翎君。
後排左起:李達嘉、陳能治、張瑞德、鍾淑敏、廖咸惠、張建俅、倪心正、劉興華、
　　　　　韓靜蘭、黃德宗、蔡杏芬、朱瑞月

2019年3月9日聚餐後留影,地點為大三元酒樓。其後因為新冠肺炎疫情,數年無法聚會。

前排左起:謝蕙風、陳能治、張師母、張老師、王榮川、王瑋琦、胡興梅。
後排左起:謝國興、廖咸惠、張建俅、王凌霄、倪心正、張瑞德、劉興華、李達嘉、
　　　　　張　馥、蔡杏芬、黃德宗、韓靜蘭、朱瑞月

緣起　　011

2023年4月29日師生在大三元酒樓聚餐,這是疫情後的第一次聚會。當時有了為老師慶賀九十大壽的構想。除了舉辦研討會、出版論文集,還計畫邀請老師門生撰寫憶述性質的散文。

前排左起:劉興華、鍾淑敏、李達嘉、吳翎君、張老師、張師母、王瑋琦、游鑑明、陳能治、朱瑞月。

後排左起:謝國興、張　馥、黃德宗、林秋敏、王凌霄、高小蓬、吳淑鳳、黃中興、胡興梅、蔡杏芬、韓靜蘭、廖咸惠、倪心正、張建俅、張瑞德、劉祥光、周佳豪。

師母也在聚會上發言。

老師在聚會上發言,精神奕奕。

012　　走上歷史之路

老師要求出席餐會的每位同學都要報告這一年來自己的生活變化，大家發言之前都很緊張，但也趁此機會回想整理自己過去一年的發展。以下兩頁是2023年聚餐時同學們發言的現場紀錄。

緣起　　013

二、建立傳統——以文會友，慶賀老師逢十大壽

慶祝恩師七十大壽

2004年為慶祝恩師七十大壽，法友會於2月7日及2月8日在中研院近史所舉辦了為期兩天的論文研討會，一共發表17篇論文，作者皆為老師門生。

2004年2月7日研討會第一天，老師專心聆聽。

2004年2月7日晚上師生聚餐並為老師慶祝生日。點燃蠟燭，師生合唱生日快樂歌。

緣起 015

第二天中午與會師生共餐之後合照。

前排左起：謝國興、王玉、王榮川、張老師、鍾淑敏、游鑑明。

後排左起：周佳豪、張建俅、李達嘉、唐志宏、胡興梅、張瑞德、吳淑鳳、廖咸惠、
　　　　　朱瑞月、盧國慶

研討會論文集《走向近代：國史發展與區域
動向》一書於2005年1月由東華書局出版。

慶祝恩師八十大壽

　　2015年法友會第二次舉辦論文研討會，祝賀老師八十大壽。此次應老師叮囑，不在近史所舉辦，地點選在台大校友會館的小型會議室。十二位學生發表論文，會後於天廚菜館聚餐。

2015年5月29日在台大校友會館舉辦論文研討會，老師全程參與。

研討會結束後，師生至天廚菜館共進晚餐，開動前老師先致辭。

餐後學生們準備蛋糕為老師慶賀八十大壽。

學生合送老師生日禮物。

餐後合照。
前排左起：李達嘉、王榮川、張老師、張師母、鍾淑敏、朱瑞月。
後排左起：韓靜蘭、蔡杏芬、倪心正、王瑋琦、胡興梅、張建俅、周佳豪、張瑞德、
　　　　　張　馥

研討會論文集結為《近代史釋論：多元思考與探索》一書，2017年6月由東華書局出版。

慶祝恩師九十大壽

2023年師生聚餐之後不久,同學們開始將慶賀恩師九十大壽的各種構想付諸實行。首先在游鑑明的號召之下成立了工作小組。討論如何編輯論文集與憶述文集兩本書為老師祝壽。

2023年5月27日為了籌備祝壽事宜,在西門町天仁喫茶趣召開第一次工作會議。
前排左起:李達嘉、張瑞德、游鑑明、劉祥光。
後排左起:吳淑鳳、吳翎君、鍾淑敏、蔡杏芬。

2024年1月6日召開第二次工作會議,地點仍在西門町天仁喫茶趣。
左起張瑞德、吳淑鳳、吳翎君、蔡杏芬、李達嘉、謝國興、鍾淑敏、游鑑明。

2024年6月15日法友會第三次舉辦論文研討會,地點仍在台大校友會館。研討會依老師建議,定名為《歷史的追尋:從廟堂到民間》,一共發表13篇論文。當天在會場,師生留下這張珍貴的合影。

前排左起:張瑞德、黃中興、劉汝錫、張老師、王榮川、鍾淑敏、游鑑明。
後排左起:謝國興、倪心正、朱瑞月、吳淑鳳、劉興華、胡興梅、廖咸惠、吳翎君、
　　　　　黃德宗、張建俅、李達嘉、劉祥光

緣起　　021

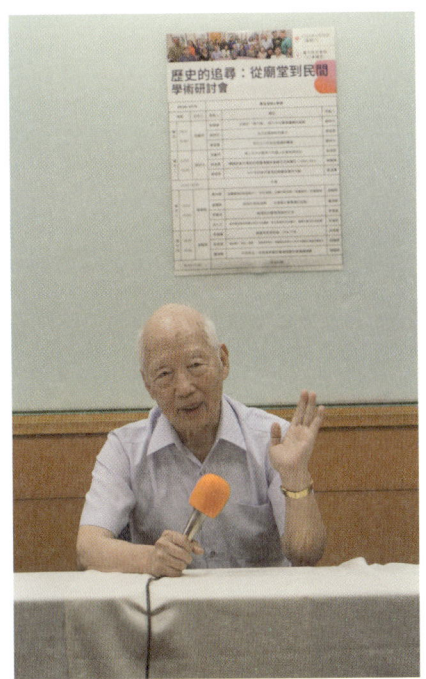

老師全程參與研討會。

研討會結束後，在蘇杭餐廳聚餐並為老師慶生。蛋糕上插了90字樣的蠟燭。老師手上的花束是未能出席的李惠惠特地託朋友送來的。

前排左起：胡興梅、張老師、張師母、李達嘉、游鑑明、陳能治。
後排左起：倪心正、劉興華、張建俅、周佳豪、張三郎、蔡杏芬、韓靜蘭、張瑞德、
　　　　　黃中興、吳淑鳳、張　馥、鍾淑敏、廖咸惠、朱瑞月、吳翎君、劉祥光、
　　　　　謝國興、謝蕙風。

難忘師情話意

王榮川＊

一、恩師難忘

我這一生的大半時間，除了短暫在部隊服務（1968-1974）一段日子，大部分的歲月雖也都在軍事院校教學，但我始終記得與懷念幾位曾經任教過我與啟迪我的老師；無論是小學、中學或大學研究所的老師。我稱為恩師。舉例來說，我至今仍與我一位小學時的曾鏡榕老師保持聯絡，並隨機回屏東故鄉探望，雖然他已百歲高齡；每每聽到他一再提起我當年的調皮搗蛋事，我都忍不住會心傻笑。另一位是大學時期一位教英文的鍾鳴鳳老師，他不僅在專業與道德上啟發我，畢業離校後我仍與他維繫書信來往，尤其在外島服務時期。後來回校任教相遇，他仍關心我的事

＊ 曾任政治作戰學院政治系、政治研究所教授、國防大學戰爭學院教授。

業，也關心我的身心健康，甚至婚姻（曾為我介紹女友）。

而張玉法老師應算是我此生最後一位恩師。他是我1974年讀研究所時撰寫碩士論文的指導老師。雖時光也已過半世紀，但對老師當年細心指導與協助，我至今仍記憶猶新。

當時我是從部隊（台中的成功嶺）服務期間，以上尉軍官考進北投復興崗政戰學校的政治研究所。當時自己與學術研究尚陌生。對張老師的學術背景也幾無概念。加上因自己以前念大學時主修政治，後來考政治研究所時，所選的是政治作戰組，與歷史較無直接關聯。惟因我的碩士論文主題是：太平天國初期的群眾運動研究。研究取向是：以政治作戰六大戰的群眾戰理論分析太平天國歷史案例。因研究方法採科際整合（Interdisciplinarity）方式，除了應用相關的社會科學理論如社會心理、文化人類等，也需採用相關歷史資料，自然需要歷史專家來指導。因此機緣，當時研究所的組主任孫正豐老師向我推薦當時在研究所兼課的張老師當我的論文指導。後來與老師見面後，老師坦然告訴我說：他當時是專攻近代與現代史，太平天國非其研究範圍。不過老師還是願意接手指導我，讓我很感激、開心。

我翻閱1974年時的日記，看到當時張老師指導我論文的細節。當時我配合老師來校時間向他請益，並將自己寫好的論文稿分章送請老師審閱。等下次老師來校時，再從老師手中取回上次的論文稿，然後換送交下一章的論文稿給老師。之後老師在本所的兼課結束，我才改為郵寄方式，或自己直接送文稿到中央研究院近史所，繼續請老師審閱。猶記第一次看到老師審閱的初稿

時，彷彿國文老師看我的作文一般，字裡行間留下許多老師修訂字句，顯見老師不僅關注論文內容，也留意我的用字遣詞。之後修改字句就漸少，顯示在老師的細心指導下，我的文筆也日益精進。我在1975年3月21日的日記中提到：「張玉法老師在組主任面前說我的論文寫得不錯。我想應歸功張老師的熱心協助，尤其他看論文仔細得像國文老師改作文一般，更令我感激。」不僅如此，老師隨時會幫我借一些相關參考書籍，或推薦相關的資料叫我去圖書館借閱參考。1975年7月31日進行我的論文口試活動。現場口試委員除了張老師外，另有謝康、曹伯恆、談子民、吳祖祿等老師。

二、論文經修訂刊載與結集出版

　　研究所畢業後我就被留在母校政治作戰學校（改制後來成為國防大學的院校之一）任教。在此我從教官改敘為文職講師，再升副教授。到1988年調到台北大直的三軍大學（現址為國防部）任教並升教授。這所被稱最高軍事學府後來從大直遷移到現今的八德（中間曾暫遷到龍潭原為特戰部隊營區），校名才改為國防大學。我在此任教至2010年退休。此期間我都與老師有聯繫或到老師住家拜訪請益。法友會成立後，只要有接到通知要與老師聚會或慶生，我都會盡量撥空參與。

　　此期間我也利用教學空檔將原來的碩士論文稿整理修訂，成為單篇論文，陸續投稿登載《復興崗學報》上。每刊登一篇後，

我與內人潘秀淨登門拜訪老師

就將抽印本寄送給老師。後來老師編著一套《中國近代現代史論集》(台灣商務印書館發行,中華文化復興運動推行委員會主編,1985年8月出版),老師將我的兩篇論文也納入所編的文集的第3冊裡。讓我感到意外驚喜。而這些刊載過的論文,後來我自己再將此編輯成專書出版,還獲得國防部長頒發軍事著作學術獎。近日法友會編輯專刊時,要求我以LINE傳碩士論文原本資料。我上窮碧落下黃泉的搜尋,才在書堆找到此超過半世紀的舊版書。隨機翻閱時,才發現內中有幾章未及修訂、重整刊載學報。雖有遺珠之憾,但已時不我與。

三、桃李滿軍中

　　我自研究所畢業後，從政戰學院任教至三軍大學以及國防大學，身分從軍職改敘為文職。不過，我仍有軍職身分。當我從講師升為副教授時，我的軍職也從少校升為中校。升任教授後，我的軍職也升為上校。

　　由於我長期都在軍事院校任教（也曾受邀到國家安全局、師範大學政治研究所任講座）。因此，我曾任教過的學生從大學部到研究所都有。後來長期在國防大學的戰爭學院任教（包括陸海空及國防管理學院），直到退休。學生堪稱遍及陸海空各軍種。因此有不少學員生與我重複相遇。為此，每當上課首日我會先提問：以前我們曾碰面過的請舉手。印象中有學員生我從大學部，到研究所及戰爭學院都剛好相遇。換言之，有的軍官幾度當過我的學生。而早期在戰爭學院任教時，學員生的資格多數為上校級，每期也總有一位是少將級。就年班或期別而言，早年常會遇到學長級的。因此上課時我會客氣稱學長。後來的學員生的期別漸低，年齡愈來愈年輕，我轉稱他們同學。此外，由於軍中女性軍官一向屬少數，因此在我任教的各班女性軍官也是稀有。惟在我退休之前的任教班裡，卻出現幾位女性軍官。她們大多已上校階級。後來我退休之後的幾年的年終時，從新聞報導看到國防部公布升任將領的軍官名單中，竟出現幾位女將軍，那些名單讓我有似曾相識之感。

　　由於自己大多在軍事院校任教，尤其是戰爭學院學員來自陸

海空各軍種，堪稱「桃李滿軍中」（我退休時受頒「將帥之師」獎牌）。當老師最開心的事是：爾後會陸續看到自己所任教過的學員生事業有成。譬如每年年終國防部都會公布將級升官的名單。看到內中有自己曾任教過的學員生，會感覺欣慰與有榮焉。尤其在退休後的歲月。這使我想起小時曾聽到長輩一句諺語（台語）：有狀元學生，無狀元老師。意指你教過的學生為可能步步高昇為達官貴人，而你可能永遠只是一位老師。

只是偶也會遇到難過消息。譬如有一位于姓少將，從大學部（74年班）時我擔任他的導師，後來以少將身分來讀戰爭學院時，我們再度相遇。沒想到卻在2020年1月2日一次隨上級長官搭乘黑鷹直升機出任務時，發生空難而英年早逝（後追升中將），讓我難過好幾天。有時也會看到一些相關的趣聞。譬如一次看到一段鄧麗君在勞軍時演唱〈你怎麼說〉歌時的影片，看到她下台對著一位年輕軍官唱著歌，然後問他姓名，年齡。但當聽到此軍官回答說已婚後，她即掉頭不理而離去，覺得甚為有趣。後來我好奇從網路查此傅姓中尉軍官資料，發現剛好也曾是在戰爭學院任教過的學員（92年班）。他後來他升到中將退役。另外也遇過一對來自金門洪姓兩兄弟，我先後任教過他倆。其中一位是在戰爭學院就讀時，後來升少將，另一位是我指導博士論文的博士生，後來持續專心軍事戰略研究。而最常遇的的情況是：在許多公開場合常會遇到有人過來向我打招呼，然後表明他曾是我的學生。譬如2015年隨同中華民國團結自強協會去總統府拜訪馬英九總統時，當天在廣場時，發現有一位廖姓指揮官從遠處飛奔過來，

到我面向我行禮致意，才知他是我曾任教過的學員（99年班）。原來當時他擔任總統府侍衛室上校組長。而在任教的學員中，每期有外籍學員，大多是來自約旦。他們來受訓時家屬也隨同來台灣，居住學校附近。曾經有一位學員還熱情邀我夫妻到他住處作客。當天與其妻子兒女聚餐時，男女坐不同桌，體驗到伊斯蘭男女區隔的文化。再如有一位約旦學員下課時會過來與我用英語談話。我謙稱自己英語講得不好。他卻安慰我說：It is not your mother language。由於伊斯蘭世界容許一夫多妻，剛見面我會半開玩笑問他：How many wives do you have？但他卻微笑回應：Only one！

四、尊師與誠實校風

有時與同是在一般大學任教的同學或友人分享個人心得時，會聽到他們感嘆現今社會尊師重道教育倫理消退。尤其近年來，可能受少子化影響，許多學校，尤其私立院校面臨招生困難甚至關閉，使得教師在上課或課業指導都難以或不敢「嚴管」（譬如糾正上課滑手機、睡覺等），以免得罪學生，導致學生轉學或轉系。但我在軍事院校則無此感覺。畢竟軍事院校學員生入學前都曾經過身心的歷練，對老師無論是文職教授或軍職教官都彬彬有禮；尤其戰爭學院學員都是經過長期部隊歷練，平均年齡都四十多歲，能入院就讀也經精挑細選。所以他們都珍惜此受訓機會，尊師重道自然是一種常態。

戰爭學院的最後一堂課留影

　　而早年我在復興崗的大學部任教時，學校以誠實為校風。學校重視學生誠實行為超過學業成績，故考試不及格可補考，當時學校期考時無安排監考，但若學生被發現有作弊行為，等於破壞誠實規範，就會被當場宣告開除。而學生一般犯錯，若涉及誠實，都會受嚴格處分。我曾遇到一個案例：在政戰學院任導師時，有一個我輔導班的大學部學生，休假回他外島的家，卻因故逾假未歸。回校後依當時校規可能被開除。不過當時學校還是洽詢我的意見。我提出意見表示：此學生少小離家，難免留戀家人。逾假歸營，應尚情猶可原，畢竟他還是學生嘛，應給其改正機會。為此我也向上級承諾輔導其改正。之後該生表現正常直到畢業。畢

業後在部隊服務亦與所輔導同學一般優良。這班學生至今仍常提到我在畢業紀念冊所簽的一行引自「六祖壇經」慧能禪師名言：「迷時師度，悟了自度」的勉勵語。而這班的學生一直與我保持聯繫至今，並在社群網路line設有「政三班師生會」的帳號。

五、歷史研究的啟示

　　雖然我的教學與研究都在政治與戰略領域，不過，除了參考運用相關理論外，我總會加入歷史因素與方法。當自己在指導博碩士論文時，也是如此。

　　而歷史研究給我的啟示是：搜尋真相、講真話。

　　回憶處在台灣威權時空，尤其在軍事院校嚴肅環境，發表論文內容或講課意涵多少會受到檢驗，無論授課或文字論述，都須考量時空的價值觀，不然有人（時稱保防細胞）會上報要你更改或修訂。關於此，剛好看到張老師的新書也提到：當時在政戰學校陸續擔任研究所所長的繆全吉與謝延庚教授，都因說「錯」話被辭退。（見《浮生日錄》，頁318）其實他倆都是我心目中的良師。而我當時也在政戰學院政治系任教，也曾有此「遭遇」。一次參與編寫政治學教材，我負責政黨理論撰寫時，我將當時執政的國民黨歸類為「一黨獨大」（dominant-party system），竟被一位教經濟學的教授檢舉，認為我醜化國民黨，逼我不得不當面向上級解釋。之後我還是堅持原先的學術理念。其實以當時黨禁未開放時期，從學理上我應該歸類為一黨專政（one- party authoritarian system。我以一黨獨大稱之已美化當時的執政黨。再如在退休前（2009年）參與編寫《台灣戰爭史彙編》（精神戰力之部），我負責撰寫有關鄭成功與荷蘭的戰爭研究。當時題目已先訂為：鄭成功復台戰役。但我在研究過程發現：台灣當時並未屬中國領土，是法外之地。荷蘭人僅居經濟因素佔領。而鄭成功攻台的動機則在藉台灣作為反清復明的基地。至於台灣會納入中國版圖，可能是以後問題。因為直到施琅平定台灣後，滿清仍視台灣為化外之地，幸經施琅的力爭，清政府憂慮台灣若不納入統治，恐影響其未來統治權，台灣才被正式納入滿清王朝的版圖。因此，我撰寫論文題稱「復台」非實然，而是應然問題。只是在研究時讓我發現真相。此也讓我聯想起老師的一句趣言：「歷史除了人物是真的，其他都是假的；而小說除了名字是假的，其他卻是真的。」

六、閱讀老師新書的感同身受

去年（2023年）6月30日參加張老師新書發表會後，獲得老師這本《浮生日錄》。當時即深深佩服老師近九十高齡還能出此厚重巨著。最近暇時翻閱拜讀後，引發自己的感同身受，讓我藉機表達一些：

1. 老師能將這一生事跡鉅細無遺呈現，顯示老師應有寫日記的習慣。這點我也類似。我只是單純習慣記錄自己生活過

程。從1960年的高中時期寫到今日。早先是手寫，一年一本。後來進入電腦時代才以鍵盤紀錄，然後備份留存在外接硬碟裡。猶記得讀研究所時，曾好奇請問授課時的任卓宣老師：老師有否寫日記習慣？他卻搖頭回應我：那是達官貴人才寫。當時想想：以任老師的經歷，尤其他與共產黨發展的關係，不寫日記留存資料實在可惜。如今從另一個角度看，寫日記猶如現今隨身以手機留影紀錄。至於爾後處理（如綜整成自傳），就看自己的價值觀。這是老師的出書給了我另類的啟示。

2. 老師書中透露，文青時期喜歡文藝，常投稿報刊雜誌。這方面我也曾經小小經歷過。從讀小學時五六年起就喜閱讀文藝書籍，從不看童話書。初高中時作文比賽都拿第一獲獎（我的第一本日記就是校長的頒發獎品），因此高中時學校請我擔任校刊主編。後來高中畢業到台南參加聯考卻落榜但不意外。考前晚上還去赤崁樓賞夜景。在日記上留下詩句：「名落孫山原意中，古都夜色盡飽嚐。」回到台北萬華老家那一年，因家境貧寒，食指浩繁，為賺一些零用錢，也讓南部親人知道我的存在，就投稿中華日報（當時故鄉只看到中華日報）。得到的稿費交給辛苦的母親補貼家用。隔年才考進軍校，畢業派往在金門服務時，為解除在戰地的孤寂，暇時也在碉堡寫稿，投稿刊載於青年戰士報（後來改為青年日報）。學生時選擇加入文藝寫作社。當時領導長官詩人瘂弦（王慶齡）不時邀請當時名作家來

社演講。印象最深刻是一次邀朱西甯來社團演講，現場瘂弦老師在介紹時，提到朱西甯與劉慕沙那段曲折戀情時，我們都受極大感動與豔羨。休息時我過去請朱西甯在我日記留言。只是一件憾事則是：邀請瓊瑤來演講當天，卻等不到主角出現。後來才知當時瓊瑤因傳聞與平鑫濤發生婚外情，被媒體傳得沸沸揚揚。才臨時被校方取消邀約。

3. 老師書中令我感動的情節是：雖處動亂時代，卻始終對山東故鄉的親情關懷、濟助不斷。在那個龍應台所稱的大江大海年代，因國共內戰造成無數親人被迫妻離子散，尤其年輕學子被迫少小離家，致與父母手足長久離散。直到政府開放探親才有與親人重聚機會。此一悲歡離合場景，我不時從友人贈書或期刊看到：有人有幸能重投父母懷抱喜極而泣；也有人回鄉後，卻只能黯然在荒郊野外搜尋到父或母墳塚跪地懺悔、哀泣。此景猶如同余光中〈鄉愁〉詩所述：「鄉愁是一方矮矮的墳墓，我在外頭，母親在裡面」。而老師在此艱苦時空中（如幸運避過澎湖713事件的災難），不僅努力向上成就自己，之後也用心良苦地早早與親人間接或直接聯繫，並隨時濟助長輩及手足。尤其在兩岸隔絕年代，大陸經濟仍低落，而海岸這邊的台灣，軍公教也薪資不算高的年代，老師透過親友不斷轉帶金錢、禮物給故鄉的親人，實令我萬分感動與佩服。這點也顯示師母寬宏大量，才能圓滿老師長期關愛鄉親的心願。

我們最近與師母在《浮生日錄》新書發表會相見歡

　　以上是我意到筆到的記述，沒有特定主題，只是藉機懷想半世紀前老師的苦心指導與關愛。限於篇幅，適可而止，不再贅言。

師門憶往

張瑞德*

1976年，我以第一志願考入師大歷史研究所。那一年的秋天開始上張玉法老師的課，和老師有了師生關係；1983年11月進入中研院近史所服務，又開始和老師成為同事關係。算一算我與老師結緣至今已有近半世紀之久。不過我由於自幼即患有懼師症（pedagophobia），和老師私下的接觸，比起有些同學，其實並不多，至今連一張和老師單獨合影的照片也找不出來。

求知若饑

我大學唸的是成功大學的歷史系，大一時上「國際組織與國際現勢」的必修通識課（當時稱為「共同必修科目」），期末作業

---

* 曾任中央研究院近代史研究所研究員、現為該所兼任研究員。

獲陳雲卿老師稱許為「具有研究生的水準」，大受鼓舞，於是立志要成為一名學者；又受到胡適之「為學要如金字塔，要能廣大要能高」一句話的影響，以為做學問是一輩子的事，大學時代應該要廣泛吸收歷史學之外的各門知識，才能為日後的高深研究奠定寬廣的基礎。我開始每星期騎自行車搖搖擺擺地到學校圖書館一、二次，借書還書，還書借書，像似餓死鬼投胎，整天狼吞虎嚥，滋味無窮，只是老覺得時間不夠用。不過我解決時間不夠的方法和大學時代的比爾蓋茲（Bill Gates）不同。他選擇了離開哈佛，創辦微軟公司；我則選擇盡量不上課，認為自己讀書的效率比較高。大一上學期結束，我竟然還休學回臺北準備重考。當時打的算盤是重考考得好的話，可以上較好的學校；萬一考不好，我也可以多唸一年大一，多讀一年的書，因此穩賺不賠。不料回臺北後，才發現自己心理上已無法重新再做一個高三學生。每天只要一拿起高中課本就昏昏欲睡，提不起勁來。如此渾渾噩噩了半年，重考結果居然考得比第一次還差，只好夾著尾巴乖乖地回成大。此時原來的同班同學都成了學長，還好唸的不是軍校，否則每天見面還要向他們行舉手禮。

春來秋往，有如轉燭，轉眼到了大四，為了實現我的學者夢，開始照計畫準備研究所的考試。當時由於臺大和師大研究所入學考試日期經常衝突，一般歷史系的畢業生多數選擇考臺大，我則認為師大的師資大多來自中央研究院，其中有許多是我嚮往已久的老師；前幾年的考古題也顯示師大的試題開放性的申論題較多（直到去年才知道張玉法老師當時是中國近現代部分的命題委

員），較適合我這種從小不擅長也不屑背誦的學生，於是我毫不猶豫地選擇了報考師大。考完筆試自認考得不錯，所以就沒有參加第二天的政大考試，放榜後發現我名列第二。

九月開學，我懷著興奮的心情到公館師大分部報到，不自量力地選了許多近史所老師開的課（學期中開始寫報告後才發現自己的失策，選課時未能搭配一些較為「營養」的課程）。由於各老師的著作我在大學時多已大略讀過，到了上課時真有如粉絲參加偶像歌手的演唱會，可以一睹偶像的廬山真面目，自是十分興奮；加上研究所都是小班上課，所以不致也不敢像大學時代經常逃課。

第一印象

第一次見到張玉法老師，是在他所開「中國現代史研究」的課堂上。教育部雖然自1972年起即將中國現代史列為大學共同必修科目，但是當時師大研究生所研究的領域大致上仍和中研院近史所研究人員相似，都偏重近代史而非現代史。加上當年老師那本暢銷近半世紀的《中國現代史》教科書尚未出版，因此修老師這門課的學生並不像修李國祁老師「中國近代史研究」的人多。

當時老師在我的印象中，是位略為清瘦的英俊小生，夏天經常穿著一襲「青年裝」（1970年代公務員的標準服裝），冬天則是西裝筆挺。雖不多言，但是沉穩內斂；外表有些嚴肅，不過偶爾也會講個冷笑話。

我對老師上課印象最深的是他論述史事客觀公正，有如老吏斷獄，不夾成見，不帶感情，更不情緒化，和呂實強老師上課時的眉飛色舞，口沫橫飛，風格迥異。記得有一次一位同學問老師當前中共官方經常扭曲中國現代史，我們歷史學者應如何團結起來反制共黨謬論云云。不料老師當即正色表示史家應維持其自主獨立性格，儘量做到求真，不應成為任何政黨和企業的工具，為他們代言。

　　老師的個性耿直，見不平則鳴，有時看不過眼，除了口誅，還要筆伐（後來才知道當時老師不時還替國內各大報刊撰寫社論和政論文字，多達百餘篇）。他雖留美，但是對於外籍漢學家的著作並非照單全收，對於臺灣學界言必稱歐美，研究潮流追隨歐美漢學家的現象，也十分不以為然。記得有一次一位近史所老師開的課，邀請張老師講山東省的區域近代化，講完這位近史所老師對張老師所做山東士紳人數的估計和張仲禮《中國紳士》（*The Chinese Gentry*）一書中所作估計略有不同表示質疑，不料張老師立即反駁道：「你說我的估計數字和張仲禮不同，因此有問題，你為什麼不懷疑是他的數字有問題？」令臺下的我們瞠目結舌，至今印象深刻。

　　學期末我繳交的報告寫的是〈蔣夢麟早年心理上的價值衝突與平衡〉，老師發回時表示寫得不錯可以出版，問我有何計劃？我當時以大學時代已有文章投稿《食貨》雜誌被錄用的經驗，便表示想投《食貨》，也獲得了老師的贊同。

再度受挫

在碩士班畢業前尚須通過資格考試，我當時因為過於忙碌，考試前一、二個月才開始準備，這時才發現近代以前部分自從碩士班入學考試結束後，早已忘得一乾二淨，重新開始進入狀況，談何容易，只覺得書到用時方恨其多。最後只準備到魏晉就必須硬著頭皮上場，考完以後只覺天地變色，兩眼直冒金星，不久成績公佈，我的中國通史只得到54分。所長張朋園老師見到我就皺起眉頭對我說：「瑞德，你的古代史太weak了。」接著對我耳提面命，諄諄告誡，要我好好準備下一次（也是最後一次機會）的補考。張老師的話讓我羞愧萬分，無地自容。這次的挫敗也給了我很大的教訓。從此做任何事情，總是會及早準備，以免到時手忙腳亂。好在後來的博士班入學筆試，名列榜首，一雪前恥，也稍微恢復了一點自信心。有位好友看到我考試成績大起大落，居然發現一些規律，有次在大家面前說：「我發現瑞德兄每次考試，該考好時經常考不好；該考差時反而考得好。」引得大家哄堂大笑。

校園氣氛

臺灣當時仍在戒嚴時期，官方宣傳的意識形態雖然鋪天蓋地，但是執行時許多環節無法配合，以致影響其功能的發揮。一般草民雖然人人心中都住了一個「小警總」，不過仍有不說話的

自由，對於從上往下的宣傳，也未必就照單全收。例如當時用于右任（余又任）、吳三連（吾三連）、趙麗蓮（照例連）等名人諧音來譏諷蔣介石「鞠躬盡瘁，死而後已」的政治笑話，居然成為雅俗共賞的順口溜，即顯示大家心中各自也都有一把尺。

在大學校園內，「國父思想」雖然是大學生的必修課程，公職人員考試的必考課目，周世輔所寫《國父思想》的銷售量，長期在三民書局所出版的大學教科書中佔據第一的位置，陸民仁的《經濟學》只能屈居第二；不過「國父思想」課程在各大學普遍被視為「營養學分」，任課教師的職業聲望也比不上一般的教師。1970年代各大學先後成立三民主義研究所，中央研究院在錢思亮院長時期抗拒不了政治壓力，也成立三民主義研究所籌備處，不過在用人時，仍能堅守學術原則；經濟學者陳昭南擔任籌備處主任時甚至表示，該所什麼學科的人才都要，就是不要學三民主義的博士，此話經過口耳相傳，一時成為佳話。又如當時的出版品審查制度，查禁了不少政論、文藝和學術作品，看似雷厲風行，不過文網欠密，有些書被禁後反而洛陽紙貴，在地下廣為流傳。我書架上的《李宗仁回憶錄》就是研究生時期花臺幣五、六百塊買的，書價約為當時一般書價的兩、三倍，可見殺頭的生意也還真有人做。

師大校園保守，不過歷史所尚稱開明，與中研院相近。記得有位同學對陳獨秀有興趣，想請李國祁老師（當時兼任文學院院長）指導，撰寫碩士論文，不料被李老師打了回票，表示要做這個題目，應該去唸政大東亞所。此舉固然顯示李老師或許是擔心

這種題目會為所裡帶來麻煩,不過也顯示出當時國民黨推動加強「國父思想教育與匪情研究」,政大東亞所這種「匪情研究」機構與三研所,都被學術界歸為同類,其專業地位無法和一般正規的教研機構相比,即使這兩種研究所的師生中,也有不少優秀的人才。張朋園老師主持師大所務時,我們也聽說學校人事部門曾建議所方不要錄取某位筆試成績雖達錄取標準但是「思想有問題」的考生,經過張朋園老師拍胸脯保證,那位考生最後順利入學,成為我們的同學。

擇師經過

我在大學時代有興趣的題目是中西文化的比較和中國現代化問題,讀了一年研究所之後發現前一個題目不切實際,於是在碩一結束放暑假期間翻譯了一本人類學家許烺光寫的《文化人類學新論》(The Study of Literate Civilizations)(聯經出版,1979年)後即不再繼續,轉而希望能在第二個題目中找到碩士論文的題目。

1950年代的臺大歷史系,由於裡面有個「史語所(歷史組)」,因此師資陣容堅強;1970年代的師大歷史所,在李國祁、張朋園兩位老師主持所務期間,也有類似的情況——近史所的精銳群聚至此,加上連續不斷的海外客座教授,師資美不勝收,學生士氣高昂。我開始找指導教授時,由於懼師症的關係,採取的是排除法,凡是看起來兇的一概不予考慮。當時我心中最佩服的是李國祁老師。他的批判能力驚人,在課堂上或是討論會中,不

管學生寫的是任何朝代的任何題目，他都可以將文章大卸八塊，批評得體無完膚。這種本領讓我十分佩服。不過李老師有一副閻王面孔，不怒而威，不必開口即已讓我心生畏懼，每次大老遠看到他就趕緊改道，避之唯恐不及；對於那些膽敢請他指導的同學，我只有自歎弗如。至於張玉法老師，當時我覺得他也是略微嚴肅，因此被我列為心目中的「候補名單」。

當時我心中的第一人選是張朋園老師——慈祥和藹，喜歡和年輕人在一起，讓我這個懼師症患者在心理上對他即有好感。加上他在「中國現代化研究」課程中所介紹的相關理論，我在大學時代都已有所涉獵，聽了他的課等於重新替我整理了一遍，上他的課覺得十分輕鬆，於是就決定去敲他研究室的門，拜他為師。不料張朋園老師和我談話之後，出了一道難題，要我研究湖南自辦鐵路何以未能成功。我花了幾個星期找相關的史料和二手研究，結果發現這個題目史料過少，而且重要性不大。不過在找資料的過程中發現全國各鐵路中，以平漢鐵路的資料最多，地位也極為重要，適合寫一篇碩士論文。我把我的看法向張朋園老師報告後，他即表示：「這個題目我不懂，你可以去找張玉法老師，他現在正在研究華北地區的現代化。」好在張玉法老師爽快的答應下來，於是我就這樣成了張老師的學生，並且在他的細心指導下先後完成了碩、博士論文。

1983年，我在老師的推薦下，有幸進入近史所服務。我在近史所完美的研究環境中，完成博士論文，並先後將碩、博士論文以專書形式出版。另外，也出版了一篇討論近代中國鐵路技術

師大歷史研究所博士班同學與汪榮祖老師伉儷餐敘。前排左起：朱鴻、汪老師伉儷、溫振華；後排左起：劉紀曜、林麗月、呂芳上、吳文星、劉德美、張瑞德。

轉移的英文論文。至此我的鐵路史研究告一段落，因緣際會轉轍進入下一站──軍事史的研究領域。

　　學生時代的黃卷青燈，現在回想起來，雖然只是半瓶之醋，不過因此養成了凡事追問現象背後結構的習慣，以及跨領域、跨學科思考的能力，讓我終身受用不盡。

有愧厚望

　　我的兩本鐵路史專書──《平漢鐵路與華北的經濟發展

1988年5月,至加州大學聖地牙哥校區出席第五屆中國科學技術史國際會議宣讀有關鐵路與技術轉移論文。

（1905-1937）》和《中國近代鐵路事業管理的研究——政治層面的分析（1876-1937）》於1987及1991年出版後,命運和近史所出版的大多數其他專刊相同,只能得到圖書館的青睞,初版1,000冊約需六、七年才能賣完。沒想到過了十幾年,到了本世紀初,大陸學界在幾位學者的推動下,交通史成為顯學之一。我的兩本鐵路史著作開始受到關注,尤其是第一本,居然有近十本碩博士論文以它作為「範本」,研究各鐵路與沿線地區的社會經濟發展,2020年,也就是我的兩本鐵路史著作出版三十多年後,北京中華書局出版了簡體字版。令我十分意外,真是無心插柳柳成蔭。

在英語世界，也有類似的反應。除了兩次獲得歐美學者的邀稿為他們主編的論文集撰文外，基本上乏人問津，連引用都很少。不料最近十年，拜全球史熱潮所賜，有兩種頗具影響力的全球史教科書先後提及我的鐵路史研究，包括佩西（Arnold Pacey）和白馥蘭（Francesca Bray）合著的《世界文明中的技術》（*Technology in World Civilization*）（1990年，增訂本2021年，中譯本2023年）以及潘納（Anthony N. Penna）所著《人類的足跡：一部全球環境史》（*The Human Footprint: A Global Environmental History*）（2010年，增訂本2015年），顯示出在人煙稀少的漢學圈之外還有人讀我的作品，真是意外，好像等公車，等了老半天都不來，沒想到一來就來了兩班。生性樂觀的妻，頗能舉一反三地說道：「希望你那被套牢十幾年的海外共同基金也能早日解套。」我則發現，人生遇到驚喜的機會頗多，遇到驚嚇的機會較少。不過驚喜有如妻子，經常會遲到；驚嚇則有如被套牢的股票，常常不易擺脫。

　　自從踏入歷史學的領域，轉眼已逾半世紀，感覺歷史研究這門行業的特色是平均每小時工資極低，但是風險也極低，凡能長期投入，必能有不錯的收穫，不過前提是要能夠在大學或是研究機構有一個立足之地。前幾年我所指導的幾位研究生，博士論文寫得比我的好，但是始終無法在大學謀得教職，我也無法成為他們的墊腳石，讓我覺得十分慚愧；不過也讓我更加感謝老師當年的推薦，讓我有機會進入近史所工作，從學徒開始，慢慢學習成長，最後終於實現了成為一名學者的夢想，直至今天雖已退休，

1988年8月，於中研院近史所近代中國農村經濟史研討會宣讀論文，主席張玉法老師（中），評論人黃俊傑教授（左）。

仍能有一枝可棲，還能做一點研究，自得其樂。飲水思源，想起我長久以來，幾乎從不到老師家中走動，年節也疏於問候，只是幾次出國短期研究時，每到一地都會寫信向老師報平安，順便發發牢騷，吐吐苦水。老師則總是婉言安撫，不以為厭，讓我身處海外時備感溫暖。自己由於資質駑鈍，志大才疏，加上興趣過廣，備多力分，一路上跌跌撞撞，雖多貴人相助，但是由於本質上為一扶不起的阿斗型人物，以致出息有限，難成大器，實在有愧老師的厚望。

言教身教

老師令我佩服之處有很多，其中有一點是他能夠同時將事業和家庭兼顧得很好。

我一直對傑出學者的家庭生活感到興趣。最近在網上看到美國一位著名軍事史學者漢森（Victor Davis Hanson, 1953-）接受媒體訪問的影片。記者問漢森何以能夠著述不輟，秘訣何在？漢森居然精確的說，他寫一本書約需2,000-3,000小時，一共寫了27本。由於寫作是個零和遊戲，時間花在寫作上多，花在其他地方一定變少。他沒有社交生活，住在鄉下，專心寫作；由於住在鄉下，無法在外用餐，也因此節省了不少時間。漢森說這些話時一臉肅然，他甚至向訪者表示，如果時光倒流，他也不知道是否會做同樣的選擇，因為他沒有時間和他的子女互動。

漢森的訪談錄讓我印象深刻，他當然不是當代著作最多的歷史學者。據我所知，英國學者Jeremy Black（1955-），也是一位軍事史家，擁有兩個院士頭銜，寫過的書甚至超過百種。我曾經試圖尋找有關他家庭生活的記錄或報導，不過並未成功。不過我也暗自慶幸沒找到，因為我真怕看到另外一個生命乾枯的漢森。

老師也曾經應我之請，和我分享他何以能夠如此多產的原因，我發現老師和漢森一樣，生活高度自律，毅力驚人，有如訓練有素的長跑選手；平日深居簡出，盡量避免不必要的社交活動，埋首於功課，彷彿少林寺的高僧。不過和漢森不同之處是，老師有個溫暖和睦的家庭。老師和師母結婚六十餘年，依然恩愛

如恆，子孫滿堂，均表現優異，師母操持一切，不僅是老師的司機還是助手，協助老師電腦打字，完成一部又一部的著作，賢淑無怨言，功不可沒。

空谷迴音

　　2023年冬天，老師除了出齊了他那氣勢驚人的《中華通史》鉅著，又出版了名為《浮生日錄》的書信摘輯，呂芳上學長所主持的民國歷史文化學社特為此書在師大舉辦新書發表會。當天眾白頭弟子重聚一堂，相見甚歡。大家追想當年師門種種，試圖捕捉四、五十年前的共同記憶。凡遇有同學久未聯絡，未知近況，經過大家一番腦力激盪，總還能將人名拼湊成功，讓人忍不住要為自己的寶刀未老相互舉手擊掌稱慶。

　　不久新書發表正式開始，老師在熱烈掌聲中又一次登上講臺發表演講。他面貌清癯，炯然有神，顏色慈祥，不顯滄桑。演講的題目雖然是當代傳記的發展，但是演講中對史家應追求自由獨立，不應成為政治或商業勢力的附庸，再三致意。讓我耳中不禁又響起半世紀前老師上課時所訴說的同樣言語，直有如空谷迴音。今日的我，雖然曾遍嚐人生的酸甜苦辣，一如煮熟的餃子經歷過不斷的沉沉浮浮，有時甚至還要加上一些無妄之災的衝擊，早已不再像年輕時相信人世間存在有公平正義，而自己是武林高手，可以行俠仗義，除暴安良，改變世界；今天的大環境在學術資本主義的籠罩下，學術界和政府、企業界的合作關係日益強

化，三者之間的界線也早已日益模糊，採取經營企業的模式管理學術機構，久置學者於水火之地。看到老師歷盡千帆，仍能堅持古典人文主義的學術獨立思想，不與時代共舞，信仰堅定純淨，始終如一，實在難能可貴。頃聞老師正在整理過去幾十年的日記和百餘篇針貶時政的文章出版，屆時老師感時憂國的情懷當可更完整的重現於世。

走筆至此，感觸良多，乃不揣淺陋，試擬藏中對聯乙副，向老師致敬：

謙謙君子，溫潤如玉，不愧書生本色；
諤諤國士，侃然足法，始顯大師風範。

師恩憶往

陳能治＊

　　時光回到45年前，1979年春臺大歷史系畢業前夕，決定繼續進修碩士學位。那一年，臺大與臺師大研究所招生考試撞期，經思考後，決定報考臺師大歷史研究所。

　　1979年選擇報考臺師大歷史所，最大的原因是，當時臺師大歷史所是中國近現代史研究的重鎮，老師多來自中研院近史所，自覺興趣在中國近現代史，因此以此為努力目標，幸得錄取。

　　在大學，我的歷史學習是用功有餘、才智不足，進入臺師大歷史所內心是戰戰兢兢的。在所上，我選讀課程多與中國近現代史相關。因為天生自信心不足，每堂課幾乎都是默默上課、寫筆記、繳交報告。可是，有一門課，卻激發我的自信心，讓我了解什麼叫歷史研究，這門課就是張師玉法開設的「中國現代史研

＊ 曾任南臺科技大學教授，現任南臺科技大學兼任教授。

究」。

在「中國現代史研究」課程中，老師讓我們讀了不少英文書，期末報告是任選一本（或數本）撰寫書評，包含書籍內容及評論，字數至多5,000（或6,000）字。將一本（或數本）英文書濃縮到5,000字，確實是個很大的挑戰。我紮紮實實讀了好幾本有關中國現代學生運動、地方軍閥及中蘇外交關係的英文原著。繳交報告前，文字濃縮再濃縮，最後繳出三篇書評，每篇都符合字數的規定，老師給了我高分，這個鼓勵太大了，我居然能做點學問了。

當時並不知道老師正與聯經出版公司合作，規劃出版中國現代史西文著作引介叢書，很幸運的，這三篇書評都收入老師編輯、聯經出版的《中國現代史論集》。期末報告可以變成鉛字，讓我信心大增，埋下日後中國現代教育史研究的種子。此外，老師要求學生精簡文字的訓練，也讓我終身受益。

依規定，研二上學期必須找指導教授，當時聽說排隊請老師指導的學生很多，擔心沒有名額，所以提前於研一下學期，鼓起勇氣，探詢老師收我為指導學生的可能性，老師沒有馬上答覆我。至研二上學期，老師為我簽了指導教授的申請書，1980年秋正式成為老師的門徒。

研二開始找碩士論文題目，當時修讀蘇雲峰老師中國近代教育史專題課程，逐漸摸索出一條研究路徑，決定結合張老師的中國現代學生運動史與蘇老師的教育史研究，以〈抗戰前十年的中國大學教育（1927-1937）〉為題，撰寫碩論。寫作過程中，張老師給我的史學方法訓練，以及蘇老師提供的史料與檔案館相關訊

息，讓我省走不少冤枉路。

研二、研三兩年，開始進入真正獨立的歷史研究，當時勤跑教育部檔案室、中國國民黨黨史會（時位於陽明書屋）、中研院近史所圖書館、臺大總圖書館及政大社會科學資料中心等，至今回想，那真是一段充實且快樂的時光！在1970、80年代，臺灣學界並不鼓勵中國現代史研究，多數官方檔案館也未具檔案建立、開放或閱覽規制，如果沒有老師及蘇老師的引介，何能進入這些檔案館？尤其是教育部檔案室及中國國民黨黨史會。

碩士論文撰寫期間，到教育部檔案室調閱原始檔案，包括國民政府教育法規、教育部會議記錄及統計資料，以及大學生學籍與成績單等等。其時教育部檔案室位於政大後山，經常是一早出門，轉三趟公車到政大，再從政大步行前往。有一次遇到莫瑞颱風（1981年7月20日），早上經過道南橋時，見景美溪岸仍有農民耕作，下午返家途中，景美溪暴漲，溪水淹沒道南橋，差點回不了家。在中國國民黨黨史會，翻閱抗戰前十年的《大公報》，經常一個人逐年、逐頁翻找大學相關資料，當時《大公報》為原件，因環境潮濕紙質脆弱，有些頁面甚至黏在一起，因此容易撕開者，小心剝開，嚴重黏合者，為保護史料，只能放棄。

1980年代臺灣很多檔案館不僅未完成檔案建制，有的檔案館甚至沒有空調設備。在冬天極寒冷的陽明書屋，或夏季極悶熱、滿佈灰塵的教育部檔案室，或在資料散置的臺大總圖地下室蒐尋日治時期留下的中國大學統計資料，過程雖然辛苦，但翻找原始資料的喜悅，大過於外在環境所帶來的不適。

撰寫碩士論文的兩年，是我與老師接觸最頻繁的一段時間。這兩年從老師身上學得的為學與為師之道，影響我一輩子。

　　記得當時老師要求我先訂題目，再將構想初擬為章節，爾後再依所閱讀的資料，不斷增刪或調整章節順序。記憶最深刻的是，老師從未驟下指導棋，指導我該如何如何，而是傾聽，先讓我敘述論文的方向及觀點，偶爾提出一、二點疑問，然後說：「妳再回家想想看」。每月一次與指導老師的 meeting，都是這樣進行的。老師完全讓我自主思考、自我調整，產出自我論述，「循循善誘」可以說是最貼切的形容詞。

　　碩士資格考，雖然過關，但成績不太理想，自覺有愧老師的教導，向老師致歉。老師說了一件往事，提及某位學官兩棲的學者，年輕時考學科考，兩題只答了一題，結果郭廷以教授給了 100 分，為什麼呢？因為郭教授認為，雖然他另外一題沒有回答，但回答那一題的答案，就足以給滿分了。老師不僅間接安慰了我，也讓我了解到為師者對學生寬容以待，對學生來說，是多麼重要。老師就是這樣身教言教，不看學生不足之處，而是從正面看每位學生之所長，如此一來，自然對學生沒有分別心。在人生職涯將要起步的階段，能有這樣的指導教授，何其有幸。

　　碩士論文寫作，當時還沒有電腦，只能用稿紙書寫，碩論包括統計圖表，整整寫了 26 萬餘字。論文寫就後必須拿到打字行打字、排版及印刷，因為篇幅太大，時間太趕，字跡潦草，打字行行員抱怨看不懂，因此不得不向老師報備會晚些送論文給口試委員，請老師原諒。結果老師不僅沒有責怪我，還對我說：「我

都看得懂啊」,這樣一句話,讓當時為校稿忙得焦頭爛額的我,剎時得到莫大的安慰。

碩士論文口試,除指導教授、所長之外,還有教育心理系張春興教授及中研院近史所蘇雲峰教授擔任口試委員。面對幾位教育學與教育史研究的著名學者,口試前後心情之緊張,可想而知。幸過程順利,也獲得委員們的肯定,給了高分。

碩士論文口試前,接到國防部史政編譯局通知,畢業後到史政編譯局就職,職缺為史政員。這是該局聘用文職研究員之始,相信這是出自中研院近史所老師們的美意,為中國現代史研究後進者帶來的工作機會。口試結束第二天,1982年7月8日即到史政編譯局正式上班。

在史政局,雖然可以繼續現代史研究,但也面對未來生涯規劃及感情上的難題,非常困擾。當時也不知道哪來的勇氣,貿然到南港近史所所長辦公室,請老師給我一些指引——到底要到美國與男友會合一起修讀學位?還是繼續留在史政局?或留臺進修博士班?各種選擇都有各種難題,老師讓我一把鼻涕、一把眼淚的把話說完,如碩士論文指導meeting時一樣,偶爾拋出一、兩個問題,讓我自己理清思路,自己尋找答案。

不久後,我接到新竹師專黃光雄校長來信,告知新竹師專可能沒有適當的職缺,也為沒能提供協助致上歉意。讀完信後,不禁紅了眼眶,因為我不曾寄求職信給新竹師專,是老師默默將我的困境轉知黃校長,黃校長再寄信給我,鼓勵我不要氣餒,這就是上一輩為師者的風範——人師經師,身教言教。

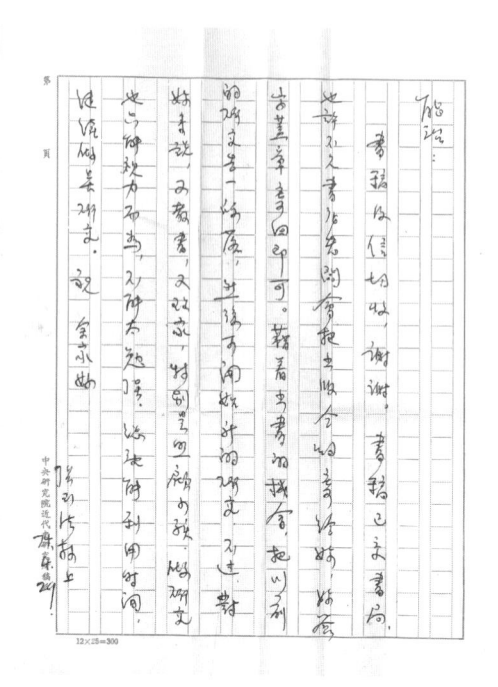

1985.4.29老師轉知碩論出版合約書並加期許勸勉

　　1985年前後，中國歷史學會編輯史學研究論文叢刊，選出20本中國近代現代史相關博碩士論文，委由商務印書館出版。很榮幸的我的碩論被選入其中，編輯委員會給了一些修正建議，由於修改時間有限，所以請示老師意見，老師說：「我的意見不都寫在評審單上了嗎？」原來老師是評審委員之一，而且秉公處理，對我來說，感受到的是，老師對學生默默卻不循私的支持與鼓勵。

　　在史政局任職期間，男友回到臺灣，1984年春我們走入婚姻，男友成為「外子」。因外子在南部就業，所以在同年夏辭去

1984.4.28歸寧宴,右起張朋園教授、張玉法教授、蘇雲峰教授、劉鳳翰教授、容鑑光副組長

史政局工作,到臺南縣南榮工專教書,之後再轉到南臺工專(今南臺科技大學),一直工作到退休為止。

婚後,在南部教書,建立家庭,忙於家務,除教師節、新年向老師寫賀卡問候之外,也參加同門每年一度的謝師聚會。沒想到,日後還會有機會再度走入中國現代教育史研究,再向老師請教相關研究論題。

首先是,1995年左右,同門學長謝國興教授接受臺南市政府委託,統籌進行續修臺南市志計畫,承國興學長不棄,讓我負責其中政事志行政篇及教育志部份,這是教書多年後重拾學術研究之始。其次是,2003年因任職學校轉型為科技大學,督促教師進修,因此決定就近報考成功大學歷史所博士班。報考成大博士班,需有推薦函,因倉促決定,幸得老師及國興學長即時寄來

推薦函，完成報名手續。考取成大博班後，開始人生第二段的歷史研究之路。

在成大博士班修課期間，2005年修讀一門臺灣當代政治經濟發展史相關課程，無意間閱讀高棣民（Thomas B. Gold）著 State and Society in the Taiwan Miracle 一書。高棣民在自序中提及，因曾擔任 Oberlin-in-Shansi 駐東海大學的代表，因此開始關注臺灣政治社會發展。Oberlin-in-Shansi 這個字眼，吸引我的注意。經網路搜尋，知道這是一個與美國教會大學歐柏林學院（Oberlin College）有關的對華文教組織，全稱為歐柏林山西紀念社（Oberlin-Shansi Memorial Association），類似雅禮協會（Yale-in-China Association）。該社自20世紀初成立起運作迄今，在亞洲從事近120年的文教活動，包括最早在山西太谷成立的山西銘賢學校，以及1950年代以後與東海大學及其他亞洲大學建立的協作關係等。最特別的是，這個組織與孔祥熙有密切關聯。

進入博班後，面對博士論文選題問題，目標仍鎖定在教育史研究領域，但應該繼續臺南市地方教育史研究？還是延續碩論的中國現代教育史研究？難以抉擇，最後還是決定專程北上請教老師。

在與老師討論中，老師認為就蒐集史料的方便性言，繼續臺南市教育史研究是比較適合的。幾經思考之後，還是決定回到中國現代教育史研究領域，以歐柏林學院與山西銘賢學校為題進行博論寫作，雖然當時臺灣地方史研究已逐漸成為顯學。更進一步思量，老師強調讓史料說話、述而不論、客觀寫史，從歐柏林學

院檔案館（Oberlin College Archives）的網路資訊來看，該館檔案建立完整，對研究者又非常友善，應該是個不錯的選擇。

2008年首次獲得歐柏林學院檔案館夏季訪問學者補助，到該館蒐集資料，2012年寫就博士論文〈歐柏林學院與山西銘賢學校——近代中國教會學校的個案研究，1900-1937〉。博論口試時，老師、王成勉教授、古偉瀛教授及鄭梓教授擔任口試委員，老師為口試委員會召集人。在碩士畢業30年之後，再度在學術研究路上與老師相遇，真是何等奇妙，又何等幸運。

博論口試一開始，老師一如往常以幽默又帶著關愛的語氣說：「妳碩士論文研究40所大學，博士論文只研究一所中學」，我知道老師是希望我這位老學生不要太緊張。可還是太緊張了，我整整報告了40多分鐘，答辯後，獲得委員們的肯定，給了高分，終不愧對老師的期許。

2012年博士班畢業後，仍持續進行歐柏林山西紀念社與山西銘賢學校關係的研究，並將時間斷限從抗戰前，往後延伸至二戰及國共內戰時期，也觸及1951年撤出中國後與東海大學關係的建立與終止等，研究方向從文化帝國主義論辯，逐漸轉向中美文化交流取徑。

2016年基於原始檔案蒐集及口述訪談之必要，前往四川成都對銘賢校友進行口訪。2017年二度獲得歐柏林學院檔案館夏季訪問學者補助，再度至該館蒐集資料。2018年到山西農業大學（前身為山西銘賢學校）進行實地訪查，並於該校檔案館查閱檔案。自2008年迄今，除博士論文外，陸續發表近三十篇研究論

2015.5.9慶祝恩師八十大壽時與老師及師母合影

文,參與研討會,也獲得科技部專題研究計畫補助。2022年退休後,持續閱讀以上史料並整理書稿,成為目前生活的重心之一。

值得一提的是,2008年及2017年二度到歐柏林學院檔案館蒐集資料,是一段十分美好的經驗。猶記2008年7月10日第一次踏進該檔案館時,館長Ronald M. Baumann博士對我說:「我們等待一位華人來研究銘賢的檔案,等很久了」,對一位初到者而言,這句話實為莫大的恭維。時任檔案館館員、現任館長Kenneth Grossi先生,不厭其煩的為我調閱檔案,每每為此對他深表歉意,他說:「別擔心,是你們,才讓我們檔案館存在的」。在這裡,我看到檔案館的宗旨——「檔案館因使用者而存在」,

也見識到這座被視為典範的檔案館,在史料徵集、典藏、檔案建立、管理、借閱、推廣,以及館員對典藏的嫻熟度等方面,何以被研究美國反蓄奴運動、非裔女子大學教育、海外宣教、音樂教育與勤工儉學的學者,視為必訪「麥加」的原因。

誠如老師所說:「史料無止境」,何其有幸,在研究之路上,既體驗1980年代初期在臺灣蒐集原始檔案的苦樂,也親歷當代典範檔案館的閱覽經驗,更體會到21世紀數位時代蒐集史料的便利性與複雜度。老師強調第一手史料的史學訓練,影響我的選題與研究方法,面對當代無窮盡的數位化資訊,在寫作上也面臨較大的挑戰。

回顧與老師的師生情緣,文拙不足以表達內心的景仰與感激。經常思考,如果在大學畢業後人生最重要的求學階段,沒有遇到老師,現在會是怎樣的我?在學術上,也許仍然是一個對自己沒有信心,不認為自己有獨立研究能力的我。如果沒有老師嚴謹的史學訓練,我可能錯失許多奔波於各檔案館蒐集第一手史料的樂趣。如果沒有老師循循善誘、不強加己見的指導,我可能早就放棄學術研究這條路了。

老師如何讓我對歷史研究開始有了自信,究其原因,是老師「默默」的鼓勵、「不著痕跡」的提攜、「不強加己見」的指導、「不說重話」的寬容,是對學生「無差別的對待」,讓每一位學生都覺得「我是老師重視的學生」──學生感受到老師的關懷,卻不互相爭競,這在學術界是不容易見到的。進入教職40年來,老師對待學生、關心學生的方式,一直影響著我。

與老師相遇45年來，在學術研究上，雖沒有傑出的表現，但老師給予我的史學訓練，永遠受用。在教書職涯中，老師樹立的榜樣，也時時提醒我，一位「好」老師是建基在對學生默默付出、不求回報、沒有分別心的師生情誼上。值此老師九十壽辰，我要說，謝謝恩師，您的身教言教，學生終身受益。

師門小記

謝國興＊

　　我在國立政治大學歷史系大學部就讀階段，稍微讀了一點書，以為自己對思想史有點心得，決定以後上研究所要研究思想史。畢業前準備考研究所，臺大、師大考期同一天，我選擇了報考師大歷史研究所（那個時候臺灣只此一間師範大學，高雄師大是師範學院，彰化師大好像還稱教育學院，所以只有「師大」，沒有現在「臺師大」的簡稱），幸運考上，同時也以第一名考上政大歷史所，比較兩個研究所的師資，發現政大歷史所的大部分老師在我讀大學部時期已修過他們的課，因此決定接受挑戰，到陌生的師大讀研究所。

　　1978年夏天大學畢業，9月開學時先去師大歷史所碩士班註冊，大約一個月後收到預備軍官入伍通知，我決定先去當兩年兵（預官），因此辦了休學，去向當時的所長張朋園老師報告，

＊ 現任中央研究院台灣史研究所研究員。

記得他對我說：「先去當兵很好啊，把身體鍛鍊好，再回來好好讀書」。服役期間基本上無法讀書思考，1980年退伍後到師大歷史研究所復學，恢復碩士班學生身分。碩士班第一年就選修張玉法老師的中國現代史專題，一學年上下兩學期的課，碩博士班合開。當時韓國同學來師大唸碩博士班的人不少，唸博士班的韓國同學多半已在大學教書，記得有幾位已是學校講師、副教授，其中有一位金貞和是張老師指導的博士，畢業後還連絡過一陣子，她也曾邀我到韓國參加學術會議，近十餘年斷了音訊；當年一起修玉法老師課的學生包括剛上博士班的吳文星學長。

張老師上課以講授為主，下課前留一點時間讓同學提問，討論通常很熱烈。當年還有兩位在臺灣大學歷史所碩士班就讀的學生也來旁聽，一起上了張老師一年課，一位是費德廉（Douglas L.Fix），另一位是沈松僑。費德廉臺大沒唸完，轉去美國加州大學柏克萊分校唸了博士，研究領域為臺灣史，特別是19世紀後期西方人在臺灣的書寫紀錄；我後來有機會跟費教授提起當年我們一起上張老師課的往事，他記憶猶新。沈松僑後來跟我同時進入中研院近史所工作，成為同事。

碩士班第一學期寫了學期報告，老師也沒多說什麼。下學期開始，時序是1981年，也就是民國70年初，按照慣例，七十是個重要年數，學術研究相關單位組織了「中華民國建國史討論集編輯委員會」，預定出版《中華民國建國史討論集》，這是我後來才知道的，這一套書共分六冊，內容包括辛亥革命史、開國護法史、北伐統一與訓政建設史、抗戰建國史、中興建設史，及附錄。

第二學期開始不久，有一天下課後老師把我找去，問我可不可以幫忙看一些稿子，就是上述那一套書中某分冊（或多冊？）由老師負責主編的文稿，當時還沒有電腦，所有文稿都是寫在方格稿紙上的手稿，可能影印費也不便宜，所以老師交給我的全是不同學者專家手寫的原稿，不過其中並沒有張老師自己的文稿。

我當時的工作現在叫工讀，負責幫忙閱讀文稿，查看格式有沒有大問題，有無錯別字，對於有疑慮的資料來源到圖書館查證文章引用出處是否正確等等，有點類似初閱編輯。由於是手稿，有些作者的文字近乎行書，有的稍潦草，所以要讀懂往往要先練習識字。引用資料有些近史所圖書館才查得到，而且是書上蓋了「限制閱讀」字樣，中國大陸出版的中文簡體書。

我記得近史所的前輩同事李念萱（當時是副研究員，兼負責圖書館業務，到退休仍是副研究員）曾說，當時全臺灣好像只有四個地方允許購買進口這類有時被開玩笑稱為「匪書」的簡體字版書籍：中央研究院近史所與史語所、國防部情報局、國安局國際關係研究中心（後來併入政治大學，與政大東亞所關係密切）。當時中研院的大陸進口「限制閱讀」圖書只有正職研究人員才能借閱，不對一般讀者開放，我因張老師事先交代，特許可以向圖書館的蘇樹先生借閱，所以我大概是老師的學生中比較早接觸並練習看簡體字著作的一位。由於校讀的是原稿，故我的工作是用鉛筆在原稿上註記，除了標示錯漏字、引用參考資料訛誤外，我也「斗膽」標註出某些不當的文句與用詞，有時也建議文字可以如何修改，這一部分老師好像也沒有表示過不必要。這是我唯

——一段權充老師小助理的經歷。

說到大陸簡體版圖書，可順便說個小故事。1995年我擔任近史所圖書館主任，發現中研院人文各所每年購入大量大陸出版的圖書資料，早期兩岸不通，基本上都透過香港的書商轉手，價格是原書價的數倍（還好早期簡體版圖書定價低廉），我覺得極不合理，先是跟代購書商交涉，要求降低售價，但降到一定幅度後書商不肯再降，我認為書商利潤仍然過高，當時兩岸剛開始互通郵務不久，但我覺得不妨嘗試直接與大陸的圖書出口公司交涉看看。兩岸三通初期自然還在摸索階段，那些可行哪些不可行，有時難免無法清楚規範，我請中研院院本部主計部門直接詢問審計部，有無哪一條規定說公家圖書館不能直接向大陸圖書出口公司購書並寄送過來，答案是：沒有！於是透過信函來往詢問，近史所郭廷以圖書館開始以大陸圖書定價的八折直接向大陸圖書出口商（皆中央級官方機構，只有兩三家，非出版社）購書，即使加上運費，仍然比透過代理商購書便宜許多，節省不少經費。中研院其他各所得知後，自然起而仿效，行政院大陸委員會也有圖書館，也購買大陸書籍，起初不相信臺灣可直接向大陸買書，後來經過了解，於是召集各主要公立大學圖書館負責人開會，推廣中研院的經驗，一開始沒有任何大學圖書館相信可以直接向中國大陸購書。

上了老師一年課，上下學期各寫了一篇期末讀書報告，僥倖獲得老師謬賞，上學期的報告論文〈黃郛與濟案交涉〉，後來收入隔一年老師主編的《中國現代史論集》第7輯（臺北：聯經

出版公司，1982年），下學期的報告〈察馮事件前後的輿論〉，也蒙老師推薦，刊登於《中國歷史學會史學集刊》，14期（1982年）；這是我從事學術研究初試啼聲（開天闢地）最早的兩篇研究論文，對當時一個碩士班二年級的學生來說，是莫大的鼓勵與肯定，從此放棄大學時代研究思想史的念頭，開始了我這一生跟隨老師讀書、研究與工作的日子。我的碩士論文〈黃郛與華北危局〉就是在碩一的學期報告基礎上發展而成，為了寫這篇碩論，老師特別代我聯絡說項，請沈雲龍先生接見我這個毛頭研究生，去向他請教有關黃郛的直接資料問題。沈雲龍是國大代表，住在新店中央新村，編寫過黃郛年譜，跟黃郛夫人沈亦雲女士有過接觸，不過沈雲龍先生表示他手上有的資料全數編入年譜書中了，我只能空手而回。

不過我的運氣不錯，碩士論文寫作期間，在國防部史政編譯局找到一些塘沽協定與何梅協定談判的直接史料（係近史所沈懷玉女士無意間發現後告知，十分感謝！）；在陽明山後山陽明書屋（中國國民黨黨史委員會辦公與存放黨史資料的地方）查閱抗戰前的報紙資料時，幸運認識當時也在山上看資料的史丹佛大學胡佛圖書館東方部負責人譚煥廷先生，得到譚先生的協助，聯絡黃郛的女兒，得其授權同意，將當時已存放胡佛圖書館的黃郛檔案中為我需要查閱的部分代為影印寄給我（已忘記付了多少費用）參考利用，終於能夠用到重要的新史料，順利完成碩士論文。當時要想查閱1930年代中國發行的報紙，只有到黨史會看紙本原件一途。

陽明書屋原為老蔣先生晚年行館，門禁森嚴，在靠近陽金公路入口有憲兵站哨，閒雜人等不能自由出入，經申請後可以前往看黨史會所藏檔案文獻資料，但我們這些去查資料的外人上山只有一個辦法，每天早上到國民黨中央黨部門口（今張榮發基金會大樓前，當時尚未改建），跟黨史會工作人員一起搭交通車（免費）上山，中午以自帶乾糧果腹，下班時間再跟著搭交通車回到中央黨部門口。當時有一段時間（大概一兩個月）每天一起搭交通車上下山的包括任職黨史會總幹事的呂芳上學長、以及他的下屬邵銘煌、陳立文、高純淑等人。陽明山後山離市區甚遠，下班時間從仰德大道下來的車子已經不少，一到士林外雙溪復興橋頭，是交通車第一個停靠站，幾位乘客在此下車回家，交通車繼續進入市區體驗臺北尖峰時段的擁擠，總覺得每一次回到中山南路中央黨部門口時，大家都已筋疲力竭。有一次車子又到復興橋，邵銘煌準備下車，並以顯得心情愉快的口氣跟大家說再見，呂芳上幽幽地說：「等我們回到家，人家銘煌兄已經在家睡過一覺了」，引起一陣哄堂大笑。

　　我不是一位好學生，論文章節大綱跟老師討論之後，就埋首讀資料寫初稿，很少跟老師請教討論各章節內容，可說是自我放牛吃草；大約寫完大半章節，只剩結論，才把論文稿一次交給老師批閱，老師度量寬宏，仍逐章逐節仔細校閱，適時指出不妥之處及應如何修訂建議。記得口試時，口試位委員之一的李雲漢老師（當時是中國國民黨黨史委員會主任委員，同時也是政治大學及臺灣師範大學歷史研究所兼任教授）曾說：「不管我們同不同

意國興的觀點，但必須承認這篇論文有突出的創見」。我的碩士論文一年後（1984年）幸運獲得郭廷以獎學金獎助出版，成為臺灣師大歷史研究所專刊之一（編號12）。我何其有幸，從我入學作為歷史學研究的門徒，以及學術研究工作初試啼聲，就得到一生的貴人張玉法老師引領教導。

《黃郛與華北危局》一書出版近40年後，2022年被臺灣一位李姓年輕新進歷史學博士（文化界一位李姓大名人的後裔），拿來作為批判中國大陸近代史學界以研究「蔣介石」著名的楊天石教授同領域論著的依據，頗感意外。

1983年6月碩士論文完成，老師鼓勵我考師大博士班，幸運錄取。當時師大歷史所博士班每年可錄取三個名額，不知何故通常只取兩名。那一年跟我一起應考的幾位後來都成為歷史學界的名學者，包括戴寶村、王明珂、賴惠敏等，結果我跟戴寶村兩人上榜，我不小心考了第一名；戴寶村、王明珂跟我碩士班同一年入學，同一年畢業，一起考博士班，結果原被看好的王明珂卻落榜，落榜的原因是英文（只佔10%）考太差，只好先去中學教書，他研究上古史，不久得到他的老師管東貴先生推薦，進入史語所擔任助理研究員。當年因英文慘遭滑鐵盧的王明珂，幾年後以在職進修方式去美國哈佛唸了歷史人類學博士回來。同一年考師大落榜的賴惠敏則考上臺大歷史所博士班，後來也進入中研院近史所成為我的同事。當時在史丹佛胡佛研究所任職的墨子刻（Thomas A. Metzger）正好在師大歷史所擔任客座教授，賴惠敏上過他的課，相互認識；博士班放榜不久，一次在師大分部研究

所走廊相遇，墨老師握拳作勢要打我，（當然是開玩笑）對我說：你怎麼可以打敗我的學生（賴惠敏）？

博士班放榜後的暑假期間，一天老師（當時是近史所副所長）找我去近史所，告知近史所正要招聘新的研究人員，問我要不要試試看。那時候還沒有後來形式上一定要公開揭露招聘資訊的相關規定，大約是近史所所長、副所長跟幾位資深同仁共同商討，請同仁推薦合適人選，從中挑選後進行學術審查、在所務會議討論、票決然後報院程序。張老師如果沒有提攜之意，我絕不可能知道這個申請機會，事後我才知道那一次申請近史所職缺並送學術審查的候選人共有三名，最後申請助理研究員（碩士學位）的沈松僑和我通過所務會議投票，畢業於東京大學的張炎憲博士研究臺灣史、申請副研究員，在所務會議投票時未能通過，不過張炎憲隔年另闢蹊徑，申請進入中研院三民主義研究所（後改稱中山人文社會科學研究所，再改為現在名稱「人文社會科學研究中心」）就職，仍成為中研院同事。近史所當時正要開始聘用臺灣史領域的研究人員，張炎憲是來應徵的第一位，因為沒能通過聘任，隔年（1984）2月聘用許雪姬博士任副研究員，成為近史所第一位專研臺灣史的研究人員。

近史所的聘任案8月雖然在所務會議通過，還須報院方核定，我本來已準備博士班休學先來近史所報到開始工作，沒想到9月中旬錢思亮院長突然過世，院方人事案辦理暫時凍結，接著學校開學，我只好先在師大註冊唸一學期再說，忘了是哪一門課跟林滿紅一起修課，滿紅那時已在近史所任助理研究員，以在職

進修身分在師大唸博士班，不過學期還沒結束，12月中旬近史所通知我可以來報到上班了，於是匆匆休學，開始成為老師在近史所的同事，這是我的第一份（也是最後一份）正式工作，我的研究室在近史所舊樓A棟西側，就跟滿紅隔著中間走道門當戶對。

老師在臺灣師大指導的學生取得碩士資格後進入近史所擔任研究工作的，張瑞德學長是第一位，早我一年，我是第二位，我們後來又都以在職進修方式（中研院規定工作滿兩年後得在職進修）回師大復學就讀，先後在老師指導下完成博士論文。記得我讀博士班時，一次上老師的課，有位同學提問，張老師簡要回答之後告訴這位同學：想要更詳細了解的話，你可以去看我的同事張瑞德先生的某篇文章。張瑞德那時候博士班還沒畢業，張老師提到瑞德兄不說「我的學生」，而是「我的同事」。當年上課老師講授的內容我全不記得了，但「我的同事」這句話讓我對老師的胸襟、格局始終印象深刻。

到近史所工作不久，1984年夏天，一日張朋園老師從他的研究室打電話給我，其實他的研究室跟我的研究室距離大約不到20公尺，「國興啊，我現在找所內幾位同事，組織一個集體計畫，準備向國科會提出申請，進行第二期中國現代化區域研究，一共有七個省區，現在只剩下安徽沒有人認領，你要不要參加？」第一期中國現代化的區域研究選擇清代洋務運動以後到民國初期（1860-1916）的中國沿江沿海比較可能有現代化現象的十個省區，研究近代中國是否以及如何現代化的議題，參與者包括李國祁/閩浙臺、張朋園/湖南、蘇雲峰/湖北、張玉法/山東、王

樹槐/江蘇、陳三井/上海、王萍/廣東、呂實強/四川、林明德/河北、趙中孚/東三省，這是1970年代近史所的一項大型研究計畫，後來前面五個省區成果在1980年代陸續出版了專書，後面幾個省區各有一些研究論文發表，但原來出十本專書的規劃未能實現。

雖然近代中國追求自強革新的歷程是否適合用現代化的概念作為分析解釋架構，學界有不同看法，但數大就是美，壯觀容易令人印象深刻，已出版的五本區域現代化研究一字排開，還是有標竿性的效果。張朋園老師發起為近代中國比較內陸發展相對落後的省區進行區域現代化研究，應該是考慮補充拼圖，看看比較不現代化的地區其歷史發展歷程究竟如何。這七個省區包括河南（沈松僑）、陝甘（張力）、廣西（朱浤源）、雲貴（張朋園）、山西（陳存恭）、江西（第一年熊秉真，第二年起呂芳上接手）、安徽（謝國興）。前面說過，安徽是人家揀剩的，我跟安徽地區素無淵源，之前自己研究的領域是民國時期政治外交史，現在一下子要改作區域研究，當然是一種挑戰。我先去找玉法老師，報告張朋園老師邀約參加研究計畫的事，同時也徵求老師的意見。區域研究是一種跨領域多角度的研究方式，就研究歷程來說，對個人是一種很好的學術訓練，因此老師基本上並不反對我參加計畫，不過他的直覺是安徽的資料可能比較少，研究困難度相對也比較大。雖然如此，我還是毅然「改行」，安徽的區域研究中經濟層面資料較多，也比較容易析論地區性的發展變遷，參與區域現代化的研究訓練也是我後來的研究偏重社會經濟史的主因。

1985年之後我復學到師大歷史所博士班就讀，繼續請玉法老師當指導教授，就以安徽的區域研究作為博士論文。1991年《中國現代化的區域研究：安徽省，1860-1937》以近史所專刊的形式出版，是第二期七個省區研究成果中的第一本，1995年朱浤源出版《從變亂到軍省：廣西的初期現代化，1860-1937》，是第二期計畫的第二本成果，此外其他五個省區迄未出版。

2018年我受邀在上海復旦大學歷史地理研究所演講，結束之後一位年輕研究生拿著一本書來請我簽名，書是從學校圖書館借出拿去影印店整本複印後裝訂的《中國現代化的區域研究：安徽省，1860-1937》，已是我近30年前舊作，看得出來那本書有著仔細翻閱註記過的痕跡，感動之餘，回臺灣後設法找到一本原書寄贈給這位年輕朋友。

雖然忝列老師門牆，但由於同在近史所上班，我跟張老師以師生形式來往的機會反而少於以同事性質互動，例如直接見面請教、談話的機會較多，好像從無書信往返，逢年過節也疏於形式但應屬必要的問候（慚愧！慚愧！），所以我找不到任何老師給我的信件、賀年卡等。記憶中最後一次向老師請示行止是1997年夏秋之間，李遠哲院長要我到院長室幫忙（院長特助），我去告知老師並請示，老師認為有機會服務並拓展眼界是好事，表示支持。我在院長室「行走」兩年餘，並因此機緣在1999年921地震後，參與九二一災後重建為宗旨的「全國民間災後重建聯盟」擔任執行長（李院長是全盟召集人），前後跟李院長一起協助民間災後重建的社會服務工作三、四年。

2002年2月玉法老師退休時，我建議師門學長姊們（連絡得上的40人）合資買一件琉璃工藝品送給老師表示祝賀與感謝，琉璃是我去挑選的，記得特別挑了一件豐碩果實造型的美麗作品，二十年前尚無今日智慧手機方便拍照，數位相機也剛萌芽，忘了自己拍張照片存檔。致送琉璃當時所附的祝頌詞記得也是我擬的，我原已無法記得全部文字，幸得老師在其《浮生日錄》中留記：「著作等身名遠揚，洵洵儒者容異說；化雨春風及卅載，桃李滿門最豐碩」，文字並未求對仗工整，只是為了與琉璃作品輝映，同時聊表師門子弟感謝老師與祝賀之忱。老師退休後兼任近史所研究員，我們在所內仍有見面請益機會，不過2010年5月為了支援研究人力不足的中研院臺史所，我轉去臺史所擔任專任研究員，跟老師互動的機會變得較少，不過年初老師門生聚餐我都儘量參加，我們幾位在中研院工作的學生，包括瑞德、鑑明、達嘉、淑敏和我，多承鑑明、達嘉聯絡，原則上每年教師節前後都會約老師、師母一起聚餐聊聊，直到新冠病毒發生的那幾年不得不暫停，近期已恢復。

　　作為學生，我如果跟老師互動過程中有一點點貢獻，或許是我當年提議老師眾門生以寫論文開研討會然後合輯出版論文集方式為老師七十歲生日祝壽，勉強可算是吧！雖然老師從不希望我們使用祝壽論文集字眼，大家也心照不宣，居然形成傳統，七十（《走向近代：國史發展與區域動向》）、八十（《近代史釋論：多元思考與探索》）到今年九十《歷史的追尋：從廟堂到民間》，同門學長學姊第三次以文會友，同時慶賀老師耆壽，漪歟盛哉！

人生過處唯存悔，知識增時益增疑：隨玉法師問學多年感想

劉祥光＊

很早以前就讀過老師的《中國現代史》上下二冊，當時是由東華書局出版。那個時期仍在戒嚴，大學有必修課，中國近現代史、憲法、三民主義（或國父思想）、軍訓（女生是護理）均屬之。更重要的是，男性在畢業後即須服役，多數是預官，須考過試才能受預官訓練。為了考試，能有機會接觸到中國近現代史的讀本，而我就在那機緣讀到玉法師的《中國現代史》。

其實中國近現代史的讀本不只一種，作者也不止一位。以出版社為例，當年有正中書局、商務印書館、幼獅書局、中國文化學院出版社與東華書局等，甚至一人出版社也都有。作者則公私立大學的教師都可出書，那些年可謂琳瑯滿目。

差不多同時，臺灣逐漸走向開放。回想起來，整體的感覺

＊曾任國立政治大學歷史系教授。

是，好像一個新時代開始了，很多地方都有變化。一個明顯跡象是，不少「禁書」在幾個大學附近開始偷偷地賣。舉一、二例而言，殷海光、李敖、陳公博、胡適文選或文集（臺灣盜印本）等等，一點一點地出現，有人暗地裡以小發財貨車載到政大舊女生宿舍附近賣。我依然記得的有魯迅的〈阿Q正傳〉、〈祥林嫂〉，沈從文、巴金等人的作品在臺的盜（翻）印本。那個時候，「黨外」之詞也出現了，黨外雜誌也順勢上市，重慶南路一段的書報攤先是暗著，再是明著賣違禁書刊，一切看來都擋不住。校內以前只有國民黨組織（其他較難彰顯），現在有開始有其他學生海報出現。

幾乎在同時，記者金惟純在中國時報上的社論以及大膽採訪重要名人如李敖，黨外（或新潮流）也接著出現。一時間，原有國民黨主導（獨大）的局面不復。影響所及，當時中國現代史的內容已難滿足一般學生的需求，特別是從國中就開始的國民革命史觀早已被不少人厭倦。又因氣氛已較鬆，過去的教程內容不容易吸引一般學生。

玉法師的《中國現代史》首先出現在自己統計系同學的書架上。我降轉歷史系，他們準備考預官，須讀中國近現代史，就買了相關書籍，等他們考過，再移交給我。和此幾乎同時出現的是，當時玉法師也編了《中國現代史論文選輯》，由聯經出版事業有限公司發行，共十冊。對當時初識歷史的我而言，那套書可謂新天地，相對開展多數歷史系學生中國現代史的視野。說得具體些，歷史的內容不只有帝王、功臣、政治、稅收、制度等，經

濟、教育、思想、婦女、文化等，都包含在內。對中國近現代史的興趣更濃厚些，於是想進研究所的想法油然而生，也考進了政大史研所。

進入史研所後，仍以中國近現代史為主修。那時旁聽一門政治所蔡明田教授中國政治思想史的課程，又讀了一些中英文儒學思想的文章（特別是杜維明論熊十力的論文），自然產生一點自以為是的想法，想做現代儒學的題目。於是向研究所的老師請教。

原先在大學部後期，對近代秘密社會如洪門、白蓮教與青幫等有興趣。但後來讀了杜維明論熊十力的文章，深覺此題可再深入做，於是想請所長蔣永敬教授任指導教授。但和蔣永敬教授晤談，他建議我去找張玉法教授。他笑嘻嘻地說：「因為你們兩個都有特別的想法，適合在一起。」這樣，我就厚臉皮去南港找玉法師了。

去之前，為了讓阻力減少，厚臉皮地毛遂自薦，把自己前此修課的學期報告影印一份寄給玉法師寓目，讓他心裡有個底。後來和玉法師通過電話，約時間去南港和他見面。到了那天，進了玉法師的研究室，他立刻說我看了寄來的報告，文筆算還可以，你可以繼續寫。

事實上，除非寫得太離譜，玉法師不太管我寫什麼。我那時正處在自以為是，目空一切的階段。讀了一篇杜維明論熊十力的思想（翻譯論文），翻了翻熊十力的《新唯識論》，就想寫十力先生這題目。他放手讓我去寫，只在語句太突兀處點出來，但也只是點一下，沒特別說什麼。一方面，他是自由派，學生想怎麼寫，

就讓他們去寫，一點問題不必太在意。現在回想，他的意思是，如果學生錯了，而且自我很強（史實錯誤不行），短時間內，大概不太能把他扳過來。但久了之後，他自己會知道，因為人會長大。

確切的細節不記得了，但依稀有印象，有次寫到民國廿年代的中國思想界有陣子受馬克思的影響。自己的說法相當欠妥，玉法師在文稿上劃了一條紅線，表示再想想。那時自以為有如椽之筆，剛有機會寫自己的論文，接受不了別人意見，和老師有點爭執。他也沒說什麼，並不堅持己見。過了兩三個星期，自己越想所用的邏輯越不對，必須承認錯誤。於是有天回老家竹南，從竹南撥電話給玉法師，承認邏輯錯誤。他聽了後，反應不大，淡淡地說：「啊，這樣啊。你發現就好，發現就好。」

中國現代史上曾出現科學與國學救國的爭辯。那時候的我滿腦子科學主義想法，根本無法插入一點人文精神，只知道科學救國。不符科學精神原則的說法都不接受，所以科學強過國學，西醫強過中醫，「現代化」是歷史發展的軌跡。我想自己至今多少仍有這樣的二分思考模式。但生活並不全能以二分法思考，這點讓我想法有點變化。例如，我較成年後，幾乎每年須回老家苗栗祭掃田螺地祖墓。和爸媽一起站在祖墓前，左看看，右看看，每年都這樣看看。偶而私下問老先生、老太太：「這墓地當年是誰選？」眾人祭掃的祖墓自然是上兩三代前的祖先決定的，但是為什麼如此決定，就難說得準了。

於是從蛋頭的角度，很容易就想到風水。我正是這麼想的。

祖墓有兩處，一處在平地，四週有水田、芋田，來臺祖十六世後祖先集體葬此。另一處在山上，祖父母與他們的兄弟安置於該處。族人過世，先暫葬一處。等那輩族人走得差不多了（或墓地滿了），再找一處。但一處在平地（旁都是稻田或芋田），一處在山上（旁邊還有一條水渠），先人會這樣選嗎？

有點中國近代家族史知識的人都知道，墓地也是族（家）產。如果墓地較大卻乏人照管，每每成為他人侵吞的目標。田螺地祖墓占地不小，也用水泥磚塊圍起來。但旁邊緊挨著他人的稻田和芋田，祖墓離馬路也有一段距離，僅用一小條田埂和連外道路相通。明眼人一看就知道墓地曾遭侵盜，不然祖先也不會如此築墳。當初祖先一定請了風水先生看過地，一番挑選，才相中這裡。一兩百年來下，附近搬來了民居，墓地前後左右因無人照管，漸有人侵入耕種，才變成這個樣子。這是說，當初一定有圖籍，也必然有註冊証明。但如果要打起官司，手上必須握有提得出來的證明。但一問之下，子孫不肖，地籍、地圖放在抽斗或五斗櫃屜裡，時間一久，被蟲蛀掉大半以上。這下可死無對證。

有一事讓我覺得新鮮。某年春天，田螺地祖墓須維修，不能不把撿骨罐或骨灰盒移出曝晒，謂之「晒仙骨」。那時先父先母尚在，我載他們去祖墓。當時請來一位風水師，大概三十歲開外，很年輕，手持一張紅底的文字，以客家話作法唸經文。之後，再請一位族人進墓穴把骨灰陶罐一個個抱出來。骨灰陶罐上的陶碗須被移開，先人的骨骸須被取出曝晒風乾，記得他們的「仙骨」是暗灰土色的。晒仙骨時，每房至少要有一戶到場，我當時曾回

2023年6月30日《浮生日錄》發表會結束後與玉法師合影

竹南載先父先母出席,我也趁機左看右看。

說來慚愧,我完全無法置喙現實的風水怎麼看。吹牛很容易,什麼「左青龍,右白虎,北玄武,南朱雀」,吹牛不打草稿。(不過我倒不曾聽過有人用客家話說青龍白虎字眼。)但要說得有理有據,理論和實務能結合,不是那麼容易。例如有次政大歷史系自強活動,選擇了聯合報在新竹一帶的員工休閒場所,抵達之後,一看就知道風水絕佳,因為環境讓人舒服。但誰能說得具體清楚青龍起自何處,白虎又止於何處?當場指畫給我看看。又如最近去了一趟宜蘭冬山鄉梅花湖三清宮參觀。站在宮前俯看前

方,馬上感到氣勢開擴,風水絕佳。但能否具體指給大家看龍頭與虎頭何在?為什麼如此看?如何有助於個人的健康、財富、婚姻、子女等等。這些問題,一來是學海無涯,要努力求解之處甚多。二來是自己是否提對了問題?

　　早年問學於玉法師,因資質有限且用功不足,學習成效明暗互見。然先生總是和顏以待,不辭講析。儘管自己懵懵懂懂,先生總是樂於提點。不僅如此,玉法師的弟子眾多,一路走來,總有學長學姐可依靠。其中我倚靠最多的是學長張瑞德,因為我自服役史政編譯局起就認識他,其人擅說笑話,極為風趣,甚是榜樣。我退伍前,他還提議去近史所找玉法師聊一聊。路上巧遇師母下班,他悄悄和我說:「我有點怕師母,因為她看起來很嚴肅。」那時才知師母情貌。未料二三十年後,竟有幸於哥大校園再見老師師母一對璧人。

　　這篇短文寫來拉拉雜雜。本來感想者,無所不包,拉雜為其特色。還望讀者不以為怪。

恩師與師恩

胡興梅*

壹、初識經過

　　1984年暑假，當時正就讀政治作戰學校（現今國防大學政治作戰學院）政治研究所碩士班一年級，要升二年級準備寫論文，論文題目經與所內教授討論，一致認為最佳指導人選為張玉法院士（時任中央研究院近代史研究所研究員），但都表示張老師（此後均稱老師）指導學生非常嚴格，要我多加考慮，經過多方思考還是認為張老師最適合。

　　我（老師自1976年開始陸續指導本所研究生）找到老師研究室的電話，鼓起勇氣直接打電話過去，很幸運與老師通上電話，我跟老師說：「我是政治作戰學校政治研究所碩一要升碩二的研

---

* 曾任海軍軍官學校政治系主任、中華科技大學通識教育中心主任、學務長，現任國立台北科技大學通識教育中心兼任副教授。

究生,我想要跟老師請益我的研究題目及大綱,知道老師是這方面研究的專家,而且研究成果豐碩,想與老師討論,不知老師是否有空?」,老師聽後二話不說即同意可以見面並約好時間。

見面當天我和老師約好下午3點老師才會進研究室,我提前2點就到了研究室外等候,我待老師進研究室一會兒,才敢敲門,老師應門讓我進入並請我坐下,我才發現老師研究室中堆滿了書籍,我和老師就坐在書堆中談話。我當即取出自己的研究論文題目與大綱請老師過目,並詢問老師的意見,老師仔細看完後說:「很好啊!」我當時不知哪來的勇氣,立刻跟老師說:「如果老師對我的研究題目與大綱認可、也有興趣,我能否請老師指導?」老師聽後點點頭,我當即拿出早已準備好的指導教授同意書請老師簽名,老師毫不考慮地就在同意書上簽上他的大名,拜師成功(歡呼!),從此我就與老師相識與結緣,成為一生中的「恩師」。

貳、論文指導

老師正式成為我的碩士論文指導教授後,將近一年的時間,每月定期與我見面指導,這期間我固定每兩至三週一定完成一章論文,然後送請老師過目,老師都能精準且詳細的修改指導,而且在再次見面時,將上一次的論文章節還給我,並指出哪裡可以找到相關研究資料?因此我常常往中央研究院近代史研究所郭廷以圖書館找尋研究書籍與資料,在圖書館中找不到的書籍我去詢問老師,回說都在他的研究室中,此後我就每次到了老師的研究

1992年赴國立臺灣師範大學就讀博士班前，獲當時海軍總司令葉昌桐上將個別頒獎獎勵！

室，放任自己在研究室中找尋，找到了我要的書籍或資料，就跟老師說一聲帶回去研讀，下次去研究室的時候再歸還。

如此往返將近一年的時間，我的碩士論文〈建國大綱與我國政治發展（民國十三年至三十七年）〉終於在次年1985年5月完成並付印，當年6月12日口試順利通過取得法學碩士學位（老師也於是年8月16日接任中央研究院近代史研究所所長）。

碩士班畢業後我當時官階上尉，直接由國防部分發回海軍陸戰隊擔任營輔導長並晉升少校，兩年後又調至海軍總部政治作戰部第二處擔任政戰官、政參官並晉任中校，之後於1992年如願

考取國立臺灣師範大學三民主義研究所（2017年8月1日已整合至東亞學系）博士班，入學後（國防部核定四年時間留職停薪）全職讀書，此時1992年7月5日老師已榮獲中央研究院提名通過成為院士，並在母校國立臺灣師範大學歷史研究所碩士班開「中國現代史研究」課程，我趕緊去旁聽。

每次上課前先接老師到教室，備好茶水然後隨班旁聽，在這過程中已開始與老師討論我的博士論文題目與大綱，並請老師指導，老師告訴我，他在政治領域部分涉獵不多，請我另外去找政治領域的專門教授指導，或由老師和他共同指導，我當即回應老師說，政治領域的部分由我自己負責，老師只要指導我史學部分即可，於是正式敲定由老師擔任我博士班的論文指導教授，延續與老師的緣份及研究指導。此時我暗自慶幸自己何其有幸，能夠獲得恩師首肯成為我碩、博士一貫的指導教授，這份緣分與恩情，豈是一般言語能夠形容。

之後一如往常的方式進行，每個月固定完成一章論文，然後送請老師指導與修改，如此往復將近兩年的時間，在博士班三年級下學期，已通過博士班資格考並完成博士論文，老師說我可以畢業了。我向老師回報還有一年的時間，我可以慢慢沉澱並修改論文，且想到各地方演講，與社會結合到，藉機增加社會歷練，避免成為學術象牙塔中孤芳自賞的學者。

老師聽後十分認同我的想法，於是再經一年至博士班四年級下學期即1996年6月14日通過博士論文〈中華民國在台灣地區的政治發展（民國三十八年至八十二年）〉口試，取得法學博士

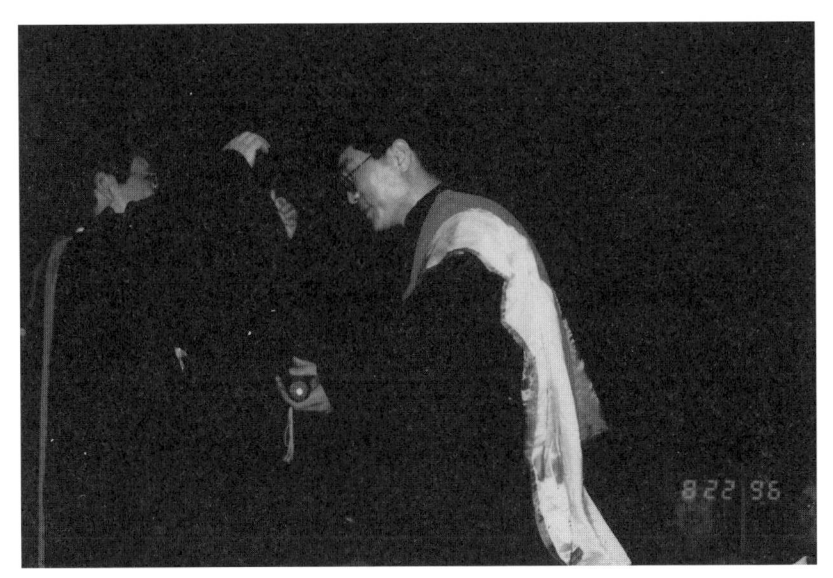

1996年6月獲得國立臺灣師範大學法學博士學位,畢業典禮時由當時校長呂溪木親自撥穗與頒證!

學位。我成為三民主義研究所博士班成立以來第一位、也是當年唯一一位博士班畢業生,畢業典禮由時任校長呂溪木親自撥穗。

參、畢業後發展

博士班畢業後依約回軍發展,經海軍總部詢問,我表達想要教書,因為軍旅生涯經歷已中斷,教書是最好的選擇也是我的興趣,經海軍總部同意,分發至海軍官校政治系擔任專任副教授兼政治系主任(佔上校缺)。依照之前國防部的規定,凡在國內、外一般大學獲得博士學位者,直接晉升一階,但在我博士班畢業時,該規定已取消,所以佔上校缺之後,必須依照比序才能晉任。

當時所有人都不看好，因為我剛剛從博士班畢業回軍，和在軍中奮鬥的人員比序，應該是無法獲得晉升機會，但幸運的是當年我離軍去讀博士班，承蒙那時海軍總部政戰部張振亞中將主任的關愛、欣賞與提拔，當年考績特別給我優等，之後讀博士班4年繼續沿用，所以我回軍當時的考績一共是五個優等，比序直接名列前茅，於是1997年1月1日順利晉升上校，並至義守大學通識教育中心兼任。

於此同時我的博士論文也獲得「中華民國中山學術文化基金董事會」審評為八十五年度中山博士論文獎得主，獲得獎狀及50000元獎金，雙喜臨門，四年的努力沒有白費，獎金也不無小補。

在這之後於海軍官校擔任系主任並任教達三年半，當我服役屆滿二十年可以退伍，打報告向海軍總部申請，大家都很高興。因為上校缺當時極為稀缺，報告上呈立刻被批准，在1990年3月1日正式退休離開軍旅生涯及海軍官校，並很幸運的於當年8月1日獲聘為中華科技大學專任副教授兼通識教育中心主任。教育部於1999年開始推動大學以上通識教育，我們是第一批通識教育教育中心主任。擔任通識教育中心主任兩年後卸任為一般教師，當時學校還有專科學生，所以一開始講授的科目為「中華民國憲法」、「憲法與立國精神」。

擔任通識教育中心主任後，開始規劃通識課程，之後講授的科目為「中華人文」（中華科技大學特有核心通識課程）、「人際關係與溝通」、「情愛溝通」、「職場溝通」、「思考與創新」。並於2007年開始到國立臺北科技大學兼任，所教課程為「創意潛能激

我在2004年為慶賀老師七十大壽舉辦的研討會擔任主持人

發」、「婚姻與家庭」、「兩性關係」、「生涯發展與選擇」、「政治與生活」、「創新思考」迄今。

由於我在中華科技大學多年教學經驗獲得學生的認同與喜愛，並得到學校高層的支持與肯定，2010年獲聘擔任學務長，一任三年後於2013年8月1日卸任，兩年後2016年2月1日從中華科技大學退休，繼續在國立臺北科技大學兼任到現今。

博士班期間及畢業後在學術上的專論有：

一、〈中華民國在台灣地區政治發展的依據與策略〉等三篇
二、〈兩性關係系列：六見鍾情、情書、失戀萬歲〉等八篇
三、〈人際關係與溝通及三民主義教育的新視野〉等二十餘篇

這些年的著作有：

一、《溝通的行動技巧》（南宏）
二、《兩性問題一》（東大）
三、《兩性問題二》（東大）
四、《兩性問題》（三民）
五、《心話朵朵開--說話藝術的理念與實踐》（全華）
六、《人際溝通》（龍騰）
七、《商業溝通》（龍騰）
八、《商業溝通》（台科大出版社，108課綱）
九、《溝通中：持續一生的溝通練習》（三民：非常榮耀這這本書是由老師寫推薦序）
十、《情緒管理與人際溝通》（揚智，與王淑俐合著）

另外從博士班第四年開始陸續到社會各單位、企業界及各級學校演講迄今達三百餘場。

以上這些許的發展，都要感謝恩師這四十年來持續的指導、調教與支持，才能使自己擁有如此豐碩付出的機會，讓自我的生命更充實。所以，最要感謝的就是師恩的浩瀚，目前仍持續在教育的崗位上努力，就是要傳承師恩。

在此恩師九十嵩壽前夕，僅以此文聊表心意，祝福您福壽康寧，平安健康！

我的前半生：36年教與學憶往

黃中興*

　　我一生的職涯都在教書。從1973年大學畢業到2009年退休，教了36年！

　　1982年到1985年三年期間到師大歷史研究所攻讀碩士，即使在讀研的三年中也趁空檔兼課，沒有丟掉教師的能力和責任。

　　三十六年中，屈指算算歷經了十幾所學校，從國中高中到大學，也曾在升高中升大學的補習班和普考特考補習班任教。除了學校的正職也在他校兼課和代課，經歷公立私立學校的歷練洗禮，最後在臺北市立松山高中退休，這是我教得最久的一所學校，從1989年創校到2009年退休剛好20年。

　　我因左眼弱視，體位被判定為丙等，不必服兵役。因此，從1973年輔仁大學歷史系畢業後，即找到教職工作。當時九年國

---

* 曾任台北市立松山高中歷史科教師。

民義務教育才開辦不久，每年出生的嬰兒接近60萬人，所以需要大量教師，我有幸躬逢其盛，較同齡的其他男同學提早兩三年就業，但也託了關係，找了離家最近的復興國中任教。復興國中在當時是宜蘭縣最大、最負盛名的學校。

創校初期學生不斷從各地湧入，每年教師缺額約有一二十位，即使如此，歷史科的基本上課時數不夠，所以教書的第一年學校安排我教了一班國文，以補授課時數的不足，但第二年後就全是教歷史本科了。國中歷史課的每周基本節數是22節，當導師減4節，如果超出基本節數，就屬於兼課鐘點，當時兼、代課的鐘點費一節僅37元。

在復興國中任教九年後，決定報考研究所繼續深造，主要是不想太安於現狀。對我而言，愈來愈熟稔的歷史課程，教材準備的再多也難以在課堂上發揮，上課時的教室管理又耗掉不少心力，當時我已三十出頭，決定走出舒適圈挑戰自己！

在教書的第二年我曾考上文化學院歷史研究所，但弟妹相繼在大學、高中讀書，都在花錢的階段，若我也去唸書，父親軍中微薄的退休俸根本無法支撐家裡的負擔，只好忍痛放棄！然而考研的念頭始終在心裡盤桓不去，每當四、五月研所招生考試期間心緒總是跌宕起伏、躊躇不定，不敢輕言將這個鐵飯碗丟掉。

1982年省政府教育廳頒布一項法令，鼓勵在職教師留職停薪到師範院校進修深造，看到這份公文後，給了我機會和希望，於是下定決心報考師大歷史研究所，終於僥倖錄取，得一償夙願。

為深造而留職停薪在當年曾轟動全校！當時有人祝福，也有

同事勸我考慮，畢竟不算年輕，加上未來出路未定……但我還是毅然辦理留職去踐行我的理想。

那段時間少了我的薪水，僅靠妻子的收入顯然不夠，要繳房貸又要照顧宜蘭臺北兩地的開銷，於是起了兩個會，每會五千元，很快就湊到五十人。有了這筆即時雨，可以安頓妻兒讓我沒有後顧之憂。

此時，有熱心朋友幫我找了一個家教，也有同事介紹我去教普考特考補習班。這個經歷，讓我之後在高中升大學補習班的教學，累積了一些經驗。詎料，這兩個會不到半年就被有心人倒會，讓生活變得非常拮据，所以我得努力找代課機會。記得教過西園、萬芳、木柵等國中，也曾在公務人員特考補習班上課，到處辛勞打工的結果，勉勉強強把家中的經濟緩了過來。

研二時，姊妹和弟弟知道我們的經濟狀況後，每個月主動資助。（大姐是公務員，大弟在美工作，二弟在大學任教，小妹掌管自家工廠財務）這份手足之情，永銘在心，也感謝姐夫、妹婿、弟媳的慷慨包容。這樣一來，我總算可以全力專注學業，完成學位。

攻讀研究所期間，有幾個難忘的回憶。我本想研究明清史，但聽了幾位同學和學長說，師大史研所是以近現代史為研究重點，我觀察開設的課程後，印證了這個說法屬實，遂轉向現代史。

研究所一年級修了張玉法老師的課，聽了老師說國史不是黨史，深受啟發；又從老師的《中國現代史》、《清季的革命團體》、《清季的立憲團體》等專書中，找未來研究題目，找撰寫靈感，

其中讓我覺得饒有興味的是，為何中華民國建國不到幾年的時間，就出現了帝制、復辟的大事件？發現袁世凱很可以研究，但在深入了解後好像研究者眾多，難再有特別突破。某天看到楊度的籌安會，眼前突然一亮，覺得楊度是一把打開袁氏稱帝的重要鑰匙，或可從他的身上理解民初政局的變遷，而且學界沒有一本研究他的專門論述，大多數的介紹都著墨在籌安會那段時間的負面印象，遂以「楊度與籌安會」為題，交了研究報告。

記得老師給我90分的高分，對我來說無異是莫大鼓勵，也給我在以後研究所學習過程中帶來了自信，我也以這篇報告為基礎擴大成為碩士論文。

研所一年級時，還有一件讓我得意的事情，修了李國祁老師的「歷史教材教法專題」，我把國中教學時經歷了1973年與1980年兩個不同的版本，做了一個比較，寫成期末報告，李老師把那篇文章交給「教學與研究」，刊登在第五期發表，當然李老師也給我很高的分數！

由於大學畢業後脫離學界太久，有些學界訊息顯得生疏，好在讀研究所期間結識不少益友，有李筱峰、張三郎、李惠惠（我們四個是同門，同在張玉法老師的門下）、阮忠仁、黃克武、韓靖宇、周志宇、章貞利（周章兩人後來結為連理）、詹素娟、李月鈴（好巧，她姐李月紅和我是國中同事，月紅和鑑明學姐是政大同班同學，所以我和學姐很早就認識了）等10多位同學，從他們那裡得知不少史學界新知識新資訊，這讓我快速填補了這些年來的無知空白，也讓我求知的渴望暫時的得到了滿足。看到

約在民國80年代在台北的餐敘中與老師、師母合照

大家都勤奮向學，激發了我向上的動力。

那時真是用功，一天當兩天用，幾乎每天晚上讀書，白天要不上課、要不就是到各個圖書館、近史所跑資料、看微卷，吃完晚飯後睡到半夜起來讀書。研二研三時確定以楊度為碩士論文題目，玉法師特別將其在哥倫比亞大學圖書館影印了一批清末留日立憲派學生出版的7種雜誌，囑咐我在老師的研究室裡整理，楊度的《中國新報》即是其中之一。這本雜誌對我的碩士論文確實大有助益，可以看出楊度不是個政治投機份子，清季時他就是與梁啟超齊名的立憲派領袖，主張君主立憲是他早就有的政治立

場。因為常在老師研究室，我可以和玉法師長時間近距離的接觸，也可趁機向老師請教有關論文的問題，這是我在研究所時非常難得難忘的回憶。也在那段期間，我觀察到老師的勤學認真，對我有相當的啟發與引領。

研四那年我回復興國中復職，另抽空撰寫論文，補寫民初部分的楊度及前言、結論，次年過完年後完成，再打字裝訂，五月底論文口試通過。我非常謝謝玉法師在這些日子以來的用心、關心與指導。

碩士畢業了，在短暫的欣喜後，反而有一點悵然失落，前方的路在哪裡？我又回到原點，又回到國中任職，還聽到一些嘲諷酸語。我也曾試著找一些高中包括我的母校宜蘭高中投放簡歷，但不是沒下文就是告知沒缺。正山窮水盡一愁莫展時，有同事告知，《中央日報》登載臺中一中甄選一批教師的訊息，其中歷史缺額一名，於是趕緊前往報名，在筆試口試試教及資格審查後約一個星期，接到臺中一中聘書，於是欣然整裝應聘。

臺中的天氣、一中的教學環境、學校的優良聲譽和老師間的熱情互動，都讓我耳目一新。更有幸的是、和玉法老師的大學同學張庭鐸老師，同在一間辦公室，我坐在他的左側，中間隔了一個走道，張老師和老師不僅同姓，還是山東老鄉，兩人的身形、氣質相仿，真是神奇！由於處在一室，只要是上班上課時就可看到張庭鐸老師的身影，就猶如親見到玉法師一樣，因此，雖然研究所畢業，但感覺好像老師時刻在我身邊、給我鞭策，而臺中對我而言，人生地不熟，卻也不覺生疏。

在臺中教書的那一年，又有一件讓我自豪的事。我的碩士論文〈楊度與民初政治〉，被師大史研所定為專書出版，我把這個訊息向玉法老師稟告，獲得老師嘉許。

　　臺中一中教了一年後，在上高三暑期輔導課時，有一事改變了我的後半生。某個七月的深夜，接到任職臺北市復興高中一位老師的電話，他是我在師大時，三民主義研究所的同屆同學，他告知復興高中在甄選教師，其中歷史老師有一個缺額，明天就報名截止，要我快做決定。那麼晚了，我找誰諮詢？要不要再換個學校？折騰了一個晚上，翻來覆去沒睡好覺，第二天上午上完輔導課，吃過中飯後，恍恍惚惚地隨便拿了一些證件，就搭車去臺北，再坐計程車到北投，剛好在截止前一刻趕到，但因證件不齊，主事的黃茂德主任（黃主任可說是我生命中的又一位貴人，後來我去松山高中也是他的推薦）特別開了一個後門，准許我在次日早上上班前補齊証件，再送件到教育局。在80多人激烈的競爭下，我竟然被錄取了！離開臺中時，一位一中老師說，你真願意放棄臺灣省最好的高中，好多人都欽羨的高中，好不容易進來的學府，到臺北市邊遠的高中！？好像真是如此！但在那個年代，進到臺北工作不是很多人的想望嗎？而且臺北有不少我的師友親戚，回家鄉宜蘭又近了好多。

　　到了臺北，在好友輔大教授邵台新推薦下，安排到輔仁大學心理系、圖書館系兼課，教「中國現代史」，我為了偷懶省事，以玉法老師在研究所上課時的筆記為基礎，再添加一些材料，有了一點上課的底氣，也在大學講臺上濫竽充數了一年。

兩年後松山高中創校，我被松山高中挖角，不用通過考試，直接調聘到松高。這時有一段小插曲值得一提，調職到新學校需要原學校開具離職證明書，但復興高中王祥鑑校長按下不開！我去校長辦公室都說不在，晚上去校長宿舍也不見。眼見時間緊迫，松山高中這邊急了，屢屢催促，但我就是找不到校長，到最後一天上午，校長坐在辦公室內請我去拿離職證明書，一直跟我說抱歉，並說：「我不是刁難，也知道你一直在找我，但我要松山高中葉文堂校長知道你是個好老師，我捨不得立刻放你走。」聽完王校長的解說不覺莞爾，讓我對這種人情世故有了深深體會，也對王校長的愛護感佩不已！到了松山高中總算在職場安定下來，結束了我這些年來的游牧職涯。

　　松山高中是個新學校，在首任葉文堂校長有心認真的經營下，很快的在臺北市公立高中名聲鵲起，北市高中聯招排名約在三四之間，考大學升學率在全臺也擠進前5%，所以每年都會招到社區外不少的優秀學生，甚至有遠從桃園、基隆、新北等外縣市來的孩子，松山高中男女學生兼收，當時好幾間北市高中都是如此，但男女雖然同校卻男女分班，像復興高中就是這樣！葉校長大膽的將男女合班，當時確實是創舉，是個新的嘗試，成則開了新局，敗則揹負罵名！還好創校至今沒有改變，說明這是正確的，讓男女生在正常環境下自然交往。我觀察到大多數學生活潑開朗，很愛表現，可能和合班有關。另一創舉是榮譽考試，就是各種考試不用老師監考，學生自主管理，用以培養學生自愛守紀的榮譽感，可惜這項制度實施不到半年就廢除了。在松高任職期

間的某一年，玉法老師知道我在那裡教書，曾透過王良卿學弟找我，商借松高場地辦中國現代史年會，幸不辱使命，順利完成任務。

我在松山高中教書的頭幾年，也不得閒，沒課空檔在升大學補習班任教，補習班的上課時間、上課方式不同於高中，一節課是90到100分鐘，且大多數班別（如保證班、醫科班、速成班等）上課時程壓縮在半年左右，每一科有好幾位老師同時授課（如歷史有三個老師），再由學生替老師評分，作為是否續用的參考。雖然緊張但鐘點費頗高，聊可慰藉補償。在補習班緊張的教學幾年後，因大學錄取率越來越高，重考生日漸減少，補習班漸走下坡，我也結束了短暫的補習班任教時光。但還是閒不下來，接下來的幾年又轉入私校兼課，先在衛理女中教了兩年，又在華興中學教了兩年，繼在宜蘭慧燈中學教了三年，在私校兼課時，又獲師大心理與測驗中心徵聘，擔任選題老師，選題老師有兩個，另一位是內湖高中的韓靖宇老師，我們每個星期四下午從兩點工作到五點多，工作是把各個國中老師出好的試題，重新選好改好後，進入題庫，作為每年國中基本學力測驗的考題，這可是攸關全臺數十萬國中生考高中的大事，責任相當重大！

到了1999年高中教材大翻新，從過去的一綱一本改為一綱多本，這是個教育的大變革，我有幸能參與其中。

當時，南一書局央請政大林能士教授幫忙，主編南一版高中歷史。林教授是我大學最好的同學邵台新（曾任輔大歷史系系主任）在臺大歷史所博士班前後期學長學弟關係，後來兩人關係日

密，私交甚篤，甚至兩家也經常往來，我也因此早就與能士師結緣，建立起亦師亦友的親密關係。更巧的是，能士師和我的高中歷史老師林忠勝是大學同班同學，兩人交情深厚，情同手足，而我對歷史的興趣也開始於高中時期授業在忠勝老師門下，且在當時就確立了我以歷史系作為大學第一志願的願望！以後在一次兩位林老師都在場的聚會上，我向忠勝老師吐露這段我的人生因緣，我看到老師臉上露出得意的一抹燦笑！

忠勝老師後來創辦宜蘭慧燈中學，邀聘我去幫忙，教高三畢業班，我也趁機回應對忠勝老師的鼓勵和信任。因這些關係吧，能士師請我出任南一歷史編輯委員之一，我才踏入歷史教科書的編輯行列。從1999年開始，課綱變動頻繁，經歷了88課綱、95暫綱、98課綱、103課綱、108課綱等。

在教科書編輯的過程中體會到編寫一本優質的教科書多麼不易，尤其是開放初始，各個出版社無不絞盡腦汁使出渾身解數，想在激烈競爭中脫穎而出佔據市場！過去部編本只有一個版本，具有獨一神聖性權威性，而且是黑白印刷沒有彩色，紙質不好印刷也不講究，新版本百花齊放各自努力發揮，爭取市場認同！對撰寫人的要求是內容要符合課綱，文字要適合學生程度，每節字數也限制在相當範圍。對編輯者的要求更多，以迎合眼球世代的閱讀習慣，如字體大小、字型美觀、每行行距、合宜地圖、歷史圖像、紙張品質、每節作業、圖片、照片選用彩色還要注意是否有版權、另要附加文字說明。在編排中，幾乎每頁都要有圖片、照片，如此一來一本書的成本大增，售價自然不菲。

約在民國80年代在宜蘭家中與林能士老師（穿短袖T恤）邵台新老師（穿長袖上衣）還有好友王星熹（穿條紋襯衫）切磋麻將

　　此外，出版社還要為老師準備一些教學周邊物品，如教師手冊、備課用書、試題光碟等，這些都備妥後能否獲得老師歡迎還有變數，也考驗出版社的資金是否雄厚，業務員的行銷能力等等……由於教科書大鬆綁，有好多家出版社參與，真是盛況空前，如1999年的歷史教科書就有七家競逐，南一的歷史課本在第一年就取得佳績，佔了三成以上的市場，以後的幾冊也都在兩成到四成不等，實屬不易！相信南一老闆應相當滿意，才會有以後幾個版本的繼續合作。

　　回首前塵歷歷在目，想起對我歷史啟蒙的林忠勝老師，視我如家人的林能士老師，和我莫逆相知的邵台新老師，都已在這些

年先後作古離世,對我的衝擊頗大,在我的人生旅途上少了這些親密的良師益友,也隔斷了我對歷史的執著興趣。

現在回想我的教學生涯,確實曲折曼妙,尤以讀研為分水嶺,此後的職涯似乎就像一場一場的旅行,一站一站的學校走走停停,從宜蘭到臺北,從臺北到宜蘭,再從宜蘭到臺中,臺中又回到了臺北,跑了約半個臺灣,有的學校少則數個月,多則20年。從國中教到高中,從高中教到補習班,從公立學校教到私立學校,也曾參與一些教改大事。每個旅宿的景點,有不同的風光與遇見!這麼些年的際遇,好像偶然、又似必然!感恩這一路上相遇相識的人,往事既清晰又模糊,有歡笑、有遺憾,但如今都已過去了!現在的我已邁過70好幾,又將奔向80,可算是耄耋老人了!

未來的日子只望健康平安,與老友走過青山綠水,與老伴坐看雲卷雲舒、調養脾氣心性、放慢腳步、靜享餘生。

我的不歸路

游鑑明＊

　　這是我第一次與張玉法老師以及師母單獨合影，也是非常珍貴的一幀照片。由於拙書《日本殖民下的她們：展現能力，引領臺灣女性就業的職場女先鋒》榮獲婦聯會第一屆「近代中國婦女史學術性專書獎」，該會特別邀請老師和師母參加頒獎典禮。這本書改寫自我的博士論文〈日據時期臺灣的職業婦女〉（1995年），此次有幸獲獎，當然得歸功於老師當年的指導。前年翻閱博士論文時，發現我還保留張老師在論文口試本首頁摘記他與口試委員的建議，真是無比感動。

　　在研究這條不歸路上，我始終集中在女性史研究，張老師是我的引路人，原本以為張老師的研究主要是政治史，當詳讀老師的專書《浮生日錄》（2023年）後，發現老師始終關注女性史

＊ 曾任中央研究院近代史研究所研究員、現為該所兼任研究員。

2024年1月17日與張玉法老師、張師母攝於婦聯會美齡樓

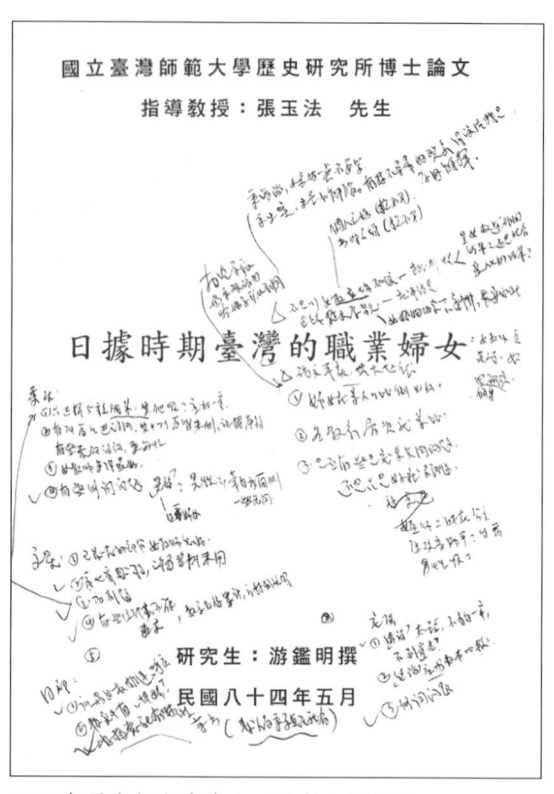

1995年張老師在我博士口試本上的摘記

研究，早在1975年便與李又寧教授合編《近代中國女權運動史料》，讓我竊喜自己是老師的傳人。與老師初識是1979年，那一年，我任教臺東新生國中，因為家在臺北，我利用暑假到師大歷史研究所開設的暑期教師進修班進修，在修習老師的課時，我撰寫了《臺灣民報》中關於臺灣婦女的論文，沒想到這是我從事婦女史研究的開端。

入門必須單打獨鬥

　　1984年，我考上師大歷史研究所碩士班，留職停薪到研究所深造。取得碩士學位後，我渴望繼續攻讀博士，再加上父母日漸年邁，我毅然決然辭去人人稱羨的教職，1987年返回臺北，專心準備考試。1988年，我考取師大歷史研究所博士班。

　　撰寫碩、博士論文期間，正式成為張老師的入門弟子。我以臺灣婦女史作為研究方向，先後完成了碩士論文〈日據時期台灣的女子教育〉、博士論文〈日據時期臺灣的職業婦女〉。張老師的學術風範和對問題的敏銳，令我相當敬佩，舉個例子，我把碩士論文的大綱呈送給老師後，老師叮嚀我：除了以日本殖民時期的臺灣女子教育為主題外，也可進一步去瞭解日本殖民臺灣以前的女子教育。經由老師的提醒，我開始去蒐集相關史料，不但找到日本殖民以前兩所基督教女學校的史料外，也發現基督教傳教士曾在臺南創辦《臺灣府城教會報》。老師的提點，激發我思考一個問題：西洋傳教士在上海發行《萬國公報》，其中有鼓吹女性讀書和放足的言論，那《臺灣府城教會報》是否有同樣的言論？於是我到臺南教會公報社尋找這份報紙，果真在日本殖民之前，該報確實有鼓吹女子教育和反對綁腳的言論。儘管這批史料只在我的論文中占一小節，卻讓我的論文有別於其他日治時期論文的書寫。

　　此外，受到張老師的影響，我採用量化研究，把繁複史料編製成表格，作為我論文的正、附表。同時，為了使論文更加充實

而立體，我運用質性研究──口述歷史來補足檔案和報刊等史料的不足，這是我希望突破前人研究的大膽構思，因為在當時口述史料尚無法被用在歷史學的論文書寫上，特別是為配合〈日據時期臺灣的職業婦女〉的撰寫，我大量地引用口述史料，但張老師不曾反對，而是讓我游刃有餘地盡情發揮。進到中研院近史所後，我展開日治時期7位職業女性的口述訪問，且出版了《走過兩個時代的臺灣職業婦女訪問紀錄》。

事實上，從事口述訪問是中研院近史所郭廷以所長任內的一項計畫，早年近史所研究人員大多得參與口述訪問計畫。事後回想，老師默許我運用口述史料，原來是有這一段歷史淵源，而我也承傳了近史所口述訪問的薪火。迄今出版《走過兩個時代的臺灣職業婦女訪問紀錄》、《春蠶到死絲方盡：邵夢蘭女士訪問紀錄》，還與同仁羅久蓉合作完成了《烽火歲月下的中國婦女訪問紀錄》、與沈懷玉合訪《曾祥和女士訪問紀錄》。訪問女性之外，我也訪問男性。

另外，受臺北榮民總醫院、臺中榮民總醫院與振興醫院等醫院委託，我忝為計畫主持人，邀請同仁和所外醫療史研究學者，一起展開大型口述訪問計畫，且出版成套書。有意思的是，我的訪問對象從女性擴及到男性，從自行訪問、主持訪問計畫到參與同仁的訪問計畫以及規劃訪問計畫。而口述訪問雖然不算是學術成果，卻是我學術研究外，另一項重要工作。退休後，我慶幸得到口述歷史組委員會同意，進行「何橈通先生口述訪問」計畫，

該訪問紀錄《何橈通先生訪問紀錄》目前已出版。[1]巧合的是，何橈通醫師是張老師任教基隆中學時期的高徒，他風骨嶙峋、耿介不阿、幽默風趣的性格，與張老師如出一轍，讓我極為感動。

1991年4月，我進了近史所服務，單打獨鬥的日子直到現在。因為我是張老師的學生，而且進所時是層級最低的「研究助理」，我採沉潛、低調去面對個人研究和近史所的各種事務。1992年張老師當選院士不久，在近史所服務的老師弟子與老師在所外餐廳聚餐，老師當場耳提面命：「你們不能因為我是院士而驕傲。」我更是謹謹誠懼，絲毫不敢懈怠，也很少去老師研究室，除非是向老師請益我的博士論文。

1992年，因為張老師的鼓勵，同仁們（王樹槐、呂芳上、張瑞德等老師）與我獲得蔣經國國際交流基金會「近代中國婦女史研究計畫」補助，在王樹槐老師領導下，我負責主編《近代中國婦女史研究》，這本刊物在100年度人文社會科學期刊評比中，審定為學術品質優良，且收入國科會THCI Core資料庫，是海峽兩岸、也是全世界第一本以近代中國婦女史為主題的學術刊物，更是中國女性史課程的教材。這本刊物讓我嘗盡各種酸甜苦辣，除了校對是由國內編輯委員輪流進行外，召開編輯委員會、邀稿、請人審查、排版、封面設計、出版經費籌措，都由我包辦。儘管編輯工作難不倒我，因為進所之前，受李國祁老師委託於

---

[1] 游鑑明等訪問，《何橈通先生訪問紀錄》（臺北：中央研究院近代史研究所，2024），397頁。

1990年創辦的《人文及社會學科教學通訊》雙月刊，也是我獨挑大樑，而且看到《近代中國婦女史研究》受到各界肯定，我內心的開心實不能言喻。然而，當計畫結束，得知蔣基會不再贊助這本刊物時，我只得到處請託善人或基金會幫忙，終於在2003年獲得澳洲雪梨大學蕭紅老師的的一百萬贊助（龍儀基金）。《近代中國婦女史研究》創刊20年後，由於王汎森院士促成、近史所所長黃克武首肯，2013年這本刊物的出版經費終於由近史所承攬，我的憂心才告一段落。

放飛就是視而不見

近史所的訓練相當嚴謹，每個人都要在兩週一次的學術討論會報告，除有評論人外，全所同仁都可以提問，每次輪到我報告時，總是相當緊張。由於每年都要有學術成果，每有論文完成，我一定請張老師指正，像是個未斷奶的孩子，直到某一天老師對我說：「可以了。」我才不再麻煩老師。坦白說，老師願意在百忙中繼續指導我，我何其榮幸。最令我感動的是，老師退休後，仍幫我看論文，《運動場內外：近代華東地區的女子體育（1895-1937）》這本專書的每一個章節，都經過張老師細閱，因為改動不多，我對自己的研究才更有信心。

從事歷史研究，必須「上窮碧落下黃泉」，到各地蒐集史料，就讀碩士班以降，除使用雙枴走路外，我採用各種交通工具代步，無論三輪摩托車、汽車或電動輪椅，都讓我克服了行動不便，

得以在國內進行史料蒐集或口述訪問。而1992年10月是我走向境外做研究的開始，也是張老師對我的放飛。這時我進所不久，張瑞德學長告訴我，杭州大學歷史系舉辦「中國東南地區人才問題」國際研討會，且鼓勵我自費去開會，出國前，我特別向張老師報告，老師居然說：「可藉機到其他地區看資料，增廣視野」，我心想：老師難道沒看到我行動不便，我怎能像其他人一樣遊走各地？但我也因此孤注一擲，結束杭州和湖州的會議後，在杭州表姊陪同下，我們搭火車到上海，接著華東師範大學歷史系易惠莉老師帶我去徐家匯圖書館，坐在暈黃的燈下看書，我內心有著莫名的興奮，因為我辦到了。

近史所的每一位研究人員都有出國蒐集資料、參與國際會議、受邀演講和國外進修的機會，這不但能促進學術交流，還開展自己的研究領域。杭湖之行後，我也經常出國，到過5個國家、20多座城市，每一次的遠行，都開拓我的研究視角，也和國外學者建立深厚的學術網絡。我與中國大陸的口述歷史交流，更在出國的行旅中占大部分，許多學校邀請我講演口述歷史，其中北京中華女子學院中國女性圖書館連續兩年邀請我在該校做口述歷史演講，培養近百名訪談員，經過培訓與實際操作，該圖書館出版了10冊以上訪問紀錄，對女性歷史的研究有很大幫助。

張老師第二次放飛是1997年，當時我受邀參與老師主編的《中華民國史社會志（初稿）》上冊，有次在臺北福華飯店餐敘，我把車停在地下一樓停車場，該飯店地下一樓只有樓梯和手扶梯，沒有電梯，我拄著拐杖一步步走上樓梯，呂實強前所長在一

旁說:「鑑明行嗎?很辛苦的。」老師在旁則說:「不用擔心,她可以的。」就這樣我走上樓,也在老師刻意「視而不見」下,我在學術不歸路上,繼續創發。

我的本業是要不斷有學術成果,才有可能續聘、升等,因此,出版論文和專書是在職期間的重要工作。2017年7月,為迎接退休的到來,我給自己一個禮物,出版《當二十世紀中國女性遇到媒體》,這是結集此前出版的論文成書。接下來是改寫博士論文,這是科技部贊助的寫書計畫,蹉跎多年,我終於能靜下心寫書,但改寫論文其實是一大工程,只不過,這時候寫書不需要有任何顧忌,我可以透過檔案、期刊報紙,與各種記憶體文類對話,凸顯日本殖民時期臺灣職業女性的特色,終於在2022年9月出版,也圓了我寫一本結合學術與大眾專書《日本殖民下的她們:展現能力,引領臺灣女性就業的職場女先鋒》的心願。在獲得婦聯會專書獎之前,這本書受到各界關注,2023年底獲得金鼎獎第47屆「優良出版品」推薦,也被教育部推薦為「中小學生讀物」,這都是我始料不及。由於張瑞德提醒兼任研究員可向科技部申請三年專書寫作計畫,2022年年底,我「乘勝追擊」向該單位提案,次年7月僥倖獲得專書寫作計畫補助。而這條不歸路真不知道何時終止?

撰寫論文和專書不只是為了續聘、升等,也出於個人興趣和推廣研究,因此,我還出版《傾聽她們的聲音:女性口述歷史的方法與口述史料的運用》、《她們的聲音:從近代中國女性的歷史記憶談起》、《她们的声音:从近代中国女性的历史记忆谈起》(簡

體重修版)、《躍動的女性身體：近代中國女子的運動圖像》、《當二十世紀中國女性遇到媒體》等書。另外，我主編了5本與婦女史研究有關的《中國婦女史論文集》，也與國外著名的中國婦女史學者合編4本書。2007年，我發現高彥頤（Dorothy Ko）的 *Cinderella's Sisters: A Revisionist History of Footbinding* 這本書頗為重要，我請當時剛在紐約大學取得博士學位的苗延威翻譯此書，因為苗延威的博士論文也以纏足為主題，因此他駕輕就熟地完成譯書《纏足──「金蓮崇拜」盛極而衰的演變》，這本書出版後，十分叫座。2023-2024年，我又建議出版社翻譯3本有助於婦女史研究的外文書，中文書名分別是：《女性的世界史》、《婦女與中國革命》、《中國的娛樂與性別：女性之「變」》。無論寫書、編書或譯書的促成，我唯有一個目的：就是在撒種，讓這些書成為教材，促使更多研究者投入這個領域。

我還負責近史所婦女史研究的拓展業務。1998-2014年成立「近代中國婦女史研究群」，我先協助呂芳上所長、再當召集人，這期間，不但邀請專家學者演講，還舉辦工作坊和學術會議，2001年在蔣經國國際交流基金會贊助下舉辦「近代中國的婦女、國家與社會（1600-1950）」國際會議，會議論文出版成一套3冊論文集，其中，《無聲之聲（II）：近代中國的婦女與社會（1600-1950）》由我主編。

執行計畫是同仁的重要學術活動之一，我一方面執行個人的科技部計畫、大型口述訪問計畫，並於2003和2007年，先後受國立臺灣歷史博物館委託執行「臺灣女人」研究計畫。2013

年7月，我與德國海德堡大學梅嘉樂（Barbara Mittler）教授合作執行「中國早期雜誌期刊（ECPO）智慧型線上資料庫」（Early Chinese Periodicals Online），這個計畫建置的是智慧型資料庫。

除從事學術研究外，我還擔任近史所學術與行政服務，我當過《近史所集刊》編輯委員與執行編輯、圖書館委員、學發會委員、口述歷史組委員暨召集人。同時，因清華大學與輔仁大學歷史研究所請託，我在這兩所學校兼課，且指導研究生論文，其中4本論文內容精湛，有兩本在臺灣出版，另兩本在中國大陸出版簡體版。2014年8月，擔任近史所副所長兼檔案館主任，對於所方不因為我行動不便而畀以重任，我以胡適之院長的名言：「做了過河卒子，只能拼命向前」，自我期許。

兼任副所長期間，令我印象最深刻的是特聘研究員的產生。當時黃克武所長與康豹教授分別獲得學術諮詢委員提名，他們申請的資料除經過嚴格審查外，擔任學術諮詢委員會召集人的張老師更是謹慎處理此事，他採用選舉院士的規格，要求所有有投票權的諮詢委員用雙層信封袋把票寄回秘書室，開票當天，兩位候選人各請一位同仁監票，由秘書室李怡嬅小姐剪開信封、巫仁恕副所長計票、我唱票，最後終於塵埃落定，雙雙獲得學諮會委員支持，而院方也同意近史所同時有兩位特聘研究員。坦白說，我不知道其他所特聘研究員產生的流程，但近史所這次特聘研究員的產生極為嚴謹而公平，我也因此對張老師處理「危機事件」的智慧，由衷敬佩。

2002年1月31日與老師、師母、黃德宗學長合影於老師榮退茶會

結語

　　回顧這段不歸路，深感幸運的是，我不是踽踽獨行，因為我背後有許許多多的人支持和幫助我，我的家人、師長、同學、同事、學生、國外朋友，乃至當我跌倒、扶持我站起來的陌生人，他們讓我方便、自在地工作和進行學術活動，而張老師的「視而不見」、讓我單打獨鬥，更是最大的鼓勵與促成。2012年歲末我發生車禍，造成雙腳骨折，在臺北榮民總醫院緊急手術。由於《自由時報》以半版刊登我車禍新聞，驚動老師與師母在我手術次日，直奔醫院探視，我受寵若驚，

　　面對數不盡的關愛，我唯一能回報的是，累積更多的學術成果，把我的研究經驗傳授給後學。

德國十年

劉興華*

　　1990年夏初，我離開臺灣，來到德國。這個時間回顧，倒是看到自己當時的些許冒進。1987年8月，完成玉法老師指導的碩士論文後，便至軍中服役。因為身體不適，一年後即退役。在《余光音樂雜誌》工作了約半年，開始了師大法語中心的法語學習。那個留學的願望，應該來自法國年鑑學派，長期歷史架構的建立，對初入歷史研究的我來說，是個新奇的果子。也許當時嚐不出果子的滋味，但總懷著幻想，可以進一步觸及。法國，成了我的首選。只是，這個選項，最後仍被替換掉了。記得，玉法老師聽到我棄法留德，也是吃了一驚。這個決定應該還是出於經濟上的考量，留法，大概率會在巴黎，生活租房開銷較大；德國，城市發展平均，物價穩定，大學免學費，選項更多。畢竟，當時

---

* 現任家西文化事業有限公司負責人。

想說都是學習歐洲史，兩地雖有差異，但應會各有繽紛。於是，在結束三個月歌德學院的德語基礎課程，完成各類證件與語文學校申請後，便來到位於荷蘭邊境旁的德國小鎮，開始進一步的德語學習。

1989年的兩件大事，也影響了自己未來十年的德國生活。六四事件和柏林圍牆倒塌，發生時，當時在我周遭，卻是兩種反應，一是激動狂熱，一卻如水過無痕。到了德國，語言學校宛如聯合國，大家吃住皆在學校，經常聚在一起交換生活趣事，其中，也有許多中國學生，六四自然成了話題重心。他們多顯得沈重與哀痛，幾位北京來的學生，更是參與其中，在六四當天目睹許多慘案。他們離開中國，更像是種逃離，德國只是一個比較容易離開的選項。十多年後，再遇上的中國留學生，多少已有自己的目標。這兩代人的不同，也見證著中國在二十世紀最後十年的變化。在這間德國語言學校，我也認識來自北京的前妻。差不多十年的相伴，看著她在異國慢慢走出六四的陰霾。

在這間語言學校的半年中，德國也發生了兩件大事。1990年7月8日，德國取得世界盃足球冠軍，1990年10月3日，東西德統一。一如前一年的六四和柏林圍牆倒塌，這兩件大事，對在學習德文的學生來說，既可以看到德國人的激動狂熱，亦見到他們的冷靜自持。當時，德國統一，我們並無切身感受，但隨著德國政府投入重建德東的資源愈來愈多，原本屬於外籍學生的福利，便一一縮減，最直接的，就是取消已婚學生的宿舍補貼。統一後，德國失業人口逐步增加，極右派種族主義亦漸得勢，這對

在德國的外國人來說，便是一種壓力，我在德國最後幾年，相關的新聞大量浮現，生活上，也容易見到德人抒發不滿情緒。

之後，我拿到幾家德國大學的入學許可，最後選擇波昂大學。波昂人口約三十萬，統一前，是德國的首都，各國在此設有使館，統一後，議定柏林為新都，重要政府部門不斷遷出，各國使館也隨後搬移。我在德國十年，親身經歷這座城市逐步從繁華歸於平淡。一些繁華的市區，店面結束營業，不少古物精品行業，也逐步消失。波昂在古羅馬時期，是羅馬帝國的軍營，十三世紀起，成為科隆選帝侯的首府，波昂大學的主樓，便是其府邸。1777年，選帝侯馬克西米安・弗利德里奇（Maximilian Friedrich von Königsegg-Rothenfels, 1708-1784）將府邸改成選帝侯學院（這位選帝侯也是貝多芬的第一位贊助人），1784年，神聖羅馬帝國皇帝約瑟夫二世（Joseph II, 1741-1790）授與學院頒發學位憑證，終而改制成大學。法國大革命期間，萊茵地區成為法國屬地，大學關閉，直到拿破崙垮臺。1815年維也納會議後，萊茵地區併入普魯士王國，1818年，普魯士國王敕令成立波昂大學，援用原來的選帝侯大學舊址。今天，波昂大學校區遍佈波昂各地，我所就讀的歷史系單獨位於萊茵河旁的一棟建築，但此處以歐洲近現代史為主，中古史（與方志史一起）與古代史另有獨立教學樓。在我通過德語入學考試後，進入這棟樓中聽課時，才發覺自己學了將近兩年的德文，根本無法應付課堂學習，近乎鴨子聽雷。

德國大學要求一科主修，兩科副修。我在政大史研所的學

德國波昂大學主建物後側的大草原

分,幾乎無法抵扣,因為都是中國近代史相關學分,而我在大學時的俄文組學分,反倒因為俄國史與俄文,而抵扣了部分課程。因此主修歐洲近現代史(含中古史)部份,最後需要完成的課程,約需二年。加上其他兩個副修:古代史與漢學,各自需要一年時間。由於研究方向偏向西歐史,額外要求英文以外的兩個外語,法語及拉丁文。法語在臺時,已讀了一年,已有基礎,只需通過歷史系內法語史學著作研讀課程考試即可,而拉丁文除了上拉丁文課外,最後還需參加系內中古拉丁文課程的考試,時間比法語多出二個學期。隨著德文能力逐漸提升,花了約四年的時間修完所需課程,才開始博士論文的準備階段。和指導教授討論過幾次,暫時選定離波昂有段距離的阿亨(Aachen)這座城市中

古後期至近代初期的中下階層變化,為論文的大致方向。阿亨是中世紀早期法蘭克王國查理曼(Charlemagne, 742- 814)的王庭所在之處。他在羅馬帝國滅亡後,首度統一西歐大部分地區,也帶來歐洲第一次的文藝復興。隨著法蘭克王國分成三個王國後,阿亨雖然劃入東法蘭克王國,即後來的神聖羅馬帝國,但卻位處邊陲,和法蘭德斯及法國接壤,因而逐漸發展出不同於神聖羅馬帝國其他地區的社會階層與文化特質。當時我的論文關注之處,便在阿亨此城在大時代的社會階層變動下,中下階層的生活面貌與社會地位如何與時俱進。只是,雖有想法,但卻在面對數百年的方志史料時,不得不鎩羽而歸。儘管已經選修過手稿辨識的課程,但仍無法完全解讀阿亨檔案館中的手稿字跡,這些手稿內容與筆跡,由於地方特性與個人書寫習慣等因素,更加深解讀時的難度。最後,取得指導教授的諒解,不再繼續攻讀自己的博士學位,畢竟更換題目,面臨的又是其他的挑戰,所費時間只會繼續增加。

在波昂讀書時,假期會有工作機會,賺取一些生活費用。後來,機緣巧合,在當時新聞局的駐德辦事處尋得文件整理翻譯的工作,能夠貼補家用。隨著駐德辦事處準備遷至柏林,以及自己已無繼續攻讀博士學位的打算,便自己一個人在2000年回到臺灣,尋求自己人生的新的階段。我的優勢在於可以掌握德語,因此很快便走向翻譯與版權代理的工作,而德國十年的浸潤,不知覺中吸收了許多額外的養分,尤以藝術相關的領域較為凸出。原本,曾考慮選擇藝術史為副修,但因為完全沒有可抵扣的學分,

最後只好以旁聽的方式，進一步了解西方藝術。閒暇出遊歐洲各地時，自然參觀過各地美術館與博物館，而且歐洲文物建築保存良好，許多城市基本便是一座時光博物館，可以讓你悠遊從古羅馬時期到現代約三千年的各種藝術文物。重要的博物館更是收羅世界各地的文物，令人目不暇給。在波昂時，也巧遇一位三民書局的編輯，他們籌備一系列關於歐洲文化藝術的書籍，我便將自己對歐洲版畫的興趣告知對方，最後敲定《閱讀歐洲版畫》一書的出版計劃，並於2002年付梓出版。這項寫作計畫正好可以整理自己對西洋藝術史的初步認識，除了收羅相關資料與書籍，便是經常拜訪科隆美術館的版畫收藏室，這是離自己住處最近的一座重要美術館。你可以在此請美術館工作人員拿出相關的版畫館藏，近距離握著放大鏡欣賞。

　　由於版畫以印版製作，有一定的數量，也就促成更多可能的收藏機會。在波昂及歐洲大小城市，便有專門售賣版畫的古物店面，從花鳥蟲魚、地圖星象、時尚服飾、城市景觀、生活習俗等等，五花八門，也有重要藝術家的版畫作品，一併陳列販售。在這些店面附近，往往也可見到古書店群聚而生，成為另一種風景。在德國遊學，自然要和書打交道，剛開始，只是影印一些書籍的相關章節使用，畢竟新書價格偏高，不是當時我這位窮學生可以大量消費的。之後，便走進大學附近的二手書店，尋找可用的參考書籍，慢慢觸及一些十九世紀及二十世紀初的學術性書籍，在財力許可的情況下，購買一些收藏。和這些書店老闆交談中，知道不少古書市集與拍賣資訊，也趁閒暇之際走訪參與，

逐漸積累西方珍本古籍的知識。回顧自己在德國的十年，點點滴滴，似乎都在摩塑一個新的自己，一個在出國前自己無法想像的自己。回國後，一邊翻譯，一邊開展版權業務，也開始落實開展一處生活空間，將歐洲的古董藝術文物融入大家的生活場景中。2008年，在金華街，我將這個想法實踐，一間西洋古董文物店面誕生。八年間，除了過去的收藏，也繼續經手各種歐洲文物，從家具、繪畫、工藝器具到版畫古書，試著全方位還原自己在歐洲時的文化經驗，雖有不足，卻也像是圓了自己的一個夢想，可能就是自己為何冒進出國、那個說不清道不明的動機吧。

師生之緣

李達嘉*

一、與張老師著作的初次接觸

　　我在1974年10月進入臺中中興大學歷史系就讀。臺灣是在1987年7月15日宣佈解除長達38年的戒嚴，所以那時還在戒嚴時期。政治上是國民黨一黨專政，教育是灌輸黨國思想。我們從小受的歷史教育是屬於民族精神教育，強調國家至上、民族至上。當時政治總目標是反攻大陸、反共抗俄，國民黨強而穩固地掌握國家機器，以黨國一體的形態進行統治，社會、校園都以支持國民黨的領導做為政治正確。校園內如果有老師在課堂上出現批評國民黨、批評政府的言論，很容易遭到舉報。我們當時所讀的歷史教科書也都是以國民黨為中心的敘述。

＊ 曾任中央研究院近代史研究所研究員、現為該所兼任研究員。

我讀中興大學歷史系時,「中國現代史」開在大二,是必修課,由當時的系主任張中芸教授授課,他是外文系出身。按照當時正規歷史分期,中國現代史要談辛亥革命以後的歷史。我在課堂開始時曾向他提問中國現代史有許多敏感話題,他在課堂上準備採取什麼方式來進行講授?他含糊其辭地回答,我也不便進一步追問。後來他的課從鴉片戰爭開始講起,一年下來只講到辛亥革命爆發,完全避開中國現代史的議題。

　　我大一下學期蔣介石總統逝世,蔣經國繼任總統,也承襲了黨國體制和黨國思想教育,臺灣校園的政治氛圍沒有太大變化。中興大學在臺中,相較於臺北的大學,思想上更是封閉保守。張中芸老師擔心講授中國現代史,一不小心誤觸地雷,遭遇麻煩,自然採取明哲保身之道。我大三時,又有「中國近代史」的必修課,由自臺大歷史研究所取得博士學位的何烈老師開設,他按照正規從鴉片戰爭講到辛亥革命。因此我等於是修了兩次中國近代史,而沒有在大學課堂上正式上過中國現代史。不過,我在大二寒假曾經非常認真地詳讀李劍農的《中國近百年政治史》,書中對辛亥革命以後歷史的精彩論述,讓我獲益良多,彌補了我在正規課堂上的缺憾。

　　張玉法老師的《中國現代史》在1977年7月由臺北東華書局正式出版。由於中興大學學術環境比較閉塞,我的同班同學又沒有人想在學術路上繼續深造,彼此之間少有學術交流,張老師的書出版後我始終不知這項訊息。直到1978年3月26日我才在臺中中央書局買到這部書,那時唸大四下學期。臺中中央書局創立

於1927年，是一家老書店，也是當時臺中最大的書局，販賣許多學術、文化書籍和教科書。印象中它位於中正路和三民路交口附近，在市中心，離中興大學有段距離。我偶而會去書店逛逛，從生活費中節省一點錢買書。張老師的書是黃寬重老師向我推薦的。黃老師是中興大學歷史系第一屆畢業的學長，當時在臺大歷史研究所讀博士班，回母系兼任講師，在大四開「宋代文化史」的課。我因為學分已修滿，沒有選修他的課，只去旁聽過兩堂。他非常熱心，把修課的同學當做學弟妹看待，相處起來沒有距離。他對歷史學界的消息極為靈通，知道我打算考研究所，會推薦我讀一些較好的著作。張老師的《中國現代史》就是他推薦給我的，這是我第一次知道張玉法老師的大名。

那時大學的課程，除了歷史系必修中國現代史之外，各系學生都要修通識課程，中國現代史是必修課。在張老師的《中國現代史》出版以前，大學普遍用的教科書是李守孔老師所寫的《中國現代史》，由三民書局出版。李老師的《中國現代史》應是遵循當時教育部的規範寫作，是以孫中山、蔣介石為中心的國民革命史，比較接近國民黨史。張老師在中央研究院近代史研究所任職，同時在臺灣師範大學歷史研究所兼課。他撰寫的《中國現代史》是在師大上課的講義編成書出版，相較於我們過去讀的教科書有兩個特色。第一，它參考引用西方、日本和臺灣學者最新、最重要的研究成果，分章分節編寫，每個章節行文都詳細註釋參考著作或資料來源，有憑有據。雖然是作為通俗讀物的教科書，但是在撰寫風格上卻如學術研究著作一樣嚴謹。透過註釋以及每

章附錄的參考書目，讓讀者得以了解中外研究中國現代史重要的學者和著作。第二，書中綜合各家研究成果，對中國現代史發展採取比較宏觀的角度來進行論述，與以往以國民黨為中心的歷史敘述不同。有關民初政局、軍閥興衰、啟蒙運動（五四運動）、國共關係等各方面的論述，都突破以往觀點，予人耳目一新的感覺。特別是啟蒙運動一章，以往臺灣的中國現代史著作或許因為五四運動對中國共產黨的創立有重要影響，對它諱莫如深，避而不談。張老師的《中國現代史》卻無所顧忌地對五四運動加以詳細敘述。

張老師的《中國現代史》於1977年7月出版，這年11月19日中壢事件爆發，國民黨一黨專政的局面開始受到挑戰。接下來黨外運動逐漸興起，批判國民黨的聲浪也由社會襲入校園。在這樣的氛圍下，張老師異於傳統的論述，得到更多大專院校老師的青睞，將它採用為中國現代史的教科書。所以這部書銷售得非常好，幫東華書局賺了不少錢。在此之前張老師已有《清季的立憲團體》和《清季的革命團體》兩本重要的學術著作出版，在學術界頗享盛名。《中國現代史》被普遍採用為教科書後，他的聲名傳播得更廣了。

二、成為張門弟子的經過

我讀到張老師的《中國現代史》已經是大四下學期，距離研究所考試只有短短兩個月時間。我雖然報考了臺大歷史研究所碩

士班，但是因為準備不足，落榜是意料中事。大學畢業後服兵役一年八個月，我仍然將報考歷史研究所作為目標。入伍訓練期間作息極為緊張，根本沒有時間讀書。受訓結束後，分發到部隊當預備軍官，駐防地由澎湖到埔里到臺中清泉崗，我儘量利用時間準備考試，而張老師的《中國現代史》一直是我案上的書，我也更深入地閱讀它。

退伍前夕，我報考了臺大和師大兩校歷史研究所碩士班，很幸運地兩校都錄取了。當時臺大歷史研究所的名聲略高於師大歷史研究所，而且我自覺中國現代史的基礎較弱，比較傾向研究鴉片戰爭到辛亥革命這段時期的歷史，於是選擇就讀臺大，按考試時的選組志願就讀近代史組。

臺大歷史研究所中國近現代史由李守孔老師獨挑大樑，我在修李老師的課之餘，同時到公館師大分部的歷史研究所旁聽張玉法老師開設的「中國現代史料分析」。我雖然曾經當面徵得張老師同意旁聽，但是史料分析的課比較專門而枯燥，我自覺對中國現代史僅略知皮毛，甚至鼓不起勇氣向他討教。我想一個學期下來，他對我大概沒什麼印象。當時一起上課的同學，有在師大讀博士班的張瑞德，碩士班和我同年級的洪德先、潘敏德。黃寬重老師在我碩一開學不久，送給我張老師的《清季的立憲團體》和《清季的革命團體》二書，鼓勵我向學術之路邁進。

當時由於臺灣政治、社會氣氛丕變，中共又揚言中華民國已經被掃進歷史的垃圾堆，為了不讓中共把中國現代史的詮釋權拿去，國民黨開始提倡中華民國史研究，召開大型國際學術會議，

邀請中外學者撰述論文。在國內居中國近代史領導地位的中央研究院近代史研究所，也連續數年以各種議題為中心召開民國史國際學術會議。教育部則在各大學歷史研究所設置現代史獎學金，鼓勵研究生研究中國現代史。在各方熱烈提倡之下，過去乏人問津、諱莫如深的中國現代史，一時成為「顯學」。當時近史所多數同仁研究專長為清末歷史，只有張玉法老師最早投入民國史研究，並且有深受好評的著作出版，自然成為民國史研究重要的領袖人物。近史所在呂實強先生擔任所長時，聘請張玉法老師擔任副所長，那幾年近史所召開的學術會議，張老師扮演極為重要的角色。在黨外勢力對國民黨政府進行挑戰之際，知識分子言論仍具影響力，張老師和胡佛、楊國樞等人也多次聯合對政府和時事發出針砭之言。

我從臺中中興大學畢業，到臺大唸研究所，感受到截然不同的學術氣息。同學之間對學術訊息的交流討論熱烈，我也有機會去旁聽上述這些大型的國際學術會議，打開眼界。同時參加風起雲湧的群眾運動，購買禁書。受到政治和學術風氣轉變的衝擊，我決定以民國史作為研究領域，以民國初年的聯省自治運動作為碩士論文的研究主題，請李守孔老師擔任指導教授。在我撰寫碩士論文期間，張玉法老師在我心目中是日理萬機、學術地位崇高的大學者，我深恐造次打擾，未曾私下向他請教。

1984年6月，我通過碩士論文口試，取得碩士學位。有位學長建議我送一本論文給當時擔任近史所副所長的張老師，同時向他探尋近史所是否有工作的機會。大約在8或9月的某一天，我

鼓起勇氣，帶了一本碩士論文到近史所去敲張老師研究室的門，將論文送請他指教。張老師很親切地詢問我論文的意旨、蒐集資料的情況以及寫作的心得，並且和我談了些民國史研究的現況。隨後告訴我目前近史所沒有徵人計畫，或許將來有機會再看看。我在張老師研究室停留了三十分鐘左右才告別。我雖然在碩一時曾到張老師的課堂上旁聽，但是沒有進一步請益，這次是我第一次拜訪他，和他有個別談話的機會。張老師給我的感覺是威嚴中帶著親切。

我第二次去拜訪張老師是在兩年多以後，請他擔任我博士論文的指導教授。這件事幕後最大的推手是徐泓老師。其中機緣和過程有些曲折，值得一記。

1986年我的碩士論文在經過長時間的修改後正式出版了，同年我報考臺大歷史研究所博士班，順利錄取。我碩士班畢業後的下一個學年，也就是自1984年8開始，系主任蔣孝瑀老師聘請張玉法老師到臺大歷史研究所兼課。臺大歷史系自吳相湘離開以後，中國近現代史課程一直是由李守孔老師獨挑大樑，撰寫中國近現代史相關論文的研究生，也大都由李老師指導，只有少數做思想史的研究生由李永熾老師指導。研究生之間傳言李老師和近史所關係不好，排斥近史所研究員到系上開課。真實性如何不得而知，不過臺大歷史系向來沒有近史所研究員前來兼課則是事實。蔣孝瑀老師聘請張老師到系上兼課，打破了歷史系傳統。張老師當時和近史所同事趙中孚先生合開「中國現代化專題研究」，趙先生在上學期上課，張老師在下學期上課。我讀博一時，徐泓

老師接任新學年度歷史系主任兼研究所所長，頗思加強系上中國現代史師資陣容，除了繼續聘請張老師到系上兼課，後又聘請陳永發老師開中國共產黨史。徐老師非常重視和研究生交流。臺大歷史系向來在文學院一樓設置一間研究室做為男研究生交流休息的空間，以往女研究生較少，二樓有一間研究室由歷史所和中文所女研究生共用。徐老師在中午時間經常帶了便當到一樓研究室和我們一塊兒吃飯，輕鬆地交流，聽聽我們的意見。我是他擔任所長第一年錄取的博士生，入學口試時八位口試委員對我的著作評價不錯，徐老師對我非常地好。

　　有一天，徐老師找我去系主任辦公室，問我博士論文想寫什麼題目？想請哪位老師指導？我碩士班畢業以後離開臺大歷史系兩年，不知道張玉法老師已受聘來系上上課，於是回答他系上只有李守孔老師，還是要請李老師指導。徐老師聽聞後，很懇切地告訴我，李老師對我的幫助有限，張玉法老師答應下學期來所裡開課，他的研究視野比較寬廣，對我會有較大幫助，要我改請他指導。我聽了徐老師的話，十分了解他對我的關懷和愛護，也深知張老師能給我更多的啟發。但是，我面臨的難題是要如何對李老師啟齒？我撰寫碩士論文時，李老師給了我相當大的空間。論文對孫中山的評價和傳統看法有很大不同，關於孫中山和陳炯明關係破裂的分析，更異於以往單純以「陳炯明叛變」為論斷的觀點。李老師向來被認為比較持傳統國民黨史論，看到我的論文初稿時，雖然曾經委婉地告訴我，這樣寫不太好，怕會碰到麻煩。不過，他沒有堅持要我修改。其後我只在用詞上稍做修改，全稿

完成後，他則很親切地跟我說，你這樣的觀點可能會比較有影響力，對我的論述加以肯定。我碩士班畢業以後，李老師很關心我的就業問題，鼓勵我再考博士班。他一直如和藹親切的長者對待我，我雖然知道在研究上張老師能夠給我更多的指導和啟發，卻很擔心被批評為見風轉舵、「叛離」師門。徐老師聽了我的想法，要我不要顧慮那麼多，就按照他的建議去做。

於是，在某天早上，我到近史所去拜訪張玉法老師。那時近史所研究室還是早期二層樓平房建築，所長辦公室在前棟（近史所同仁稱為A棟，後拆除改建為現在研究大樓）二樓。我剛踏進建築物一樓，在樓梯間恰好遇見正要上樓的張老師，我向他打招呼，問他是否可以撥空和我談一下話？張老師帶領我到二樓所長室，在沙發坐定後，我向他說這學期考上臺大歷史所博士班，想請他擔任我博士論文指導教授。張老師大概是考慮到李老師的感受，沒有立即同意，對我說碩士論文由李守孔老師指導，繼續請李老師指導就可以了。我再次懇切地表示希望他能夠指導我，協助我拓展研究視野。在短暫談話後，張老師問我想研究什麼題目。我回答他，在撰寫聯省自治運動的時候，看了很多資料，覺得中國南北之間有很大的差異，打算要探討清末民初中國的南北問題。張老師聽了以後略帶微笑地說，他剛到近史所的時候，郭廷以所長曾經問他想研究哪個方面，他也是回答想要研究中國的南北問題。或許因為這個巧合，張老師隨即提出一個比較周全的辦法，要我去問李老師是否可以和他聯合指導我論文寫作，並且要我轉達他只是掛名指導之意。我謝辭張老師之後，心中仍然忐

忐不安。回到系上向徐老師報告張老師的意思，徐老師聽後認為張老師的考慮較為周全，表示贊同。我於是又抱著忐忑的心情轉往李守孔老師林森南路附近的臺大宿舍拜訪，向他報告想請張玉法老師和他聯合指導我論文寫作，並轉達張老師表示掛名之意。出乎意料之外的，李老師和顏悅色地立即表示同意，並且稱讚張老師是中生代學術成績十分傑出的學者，對中外研究成果都很熟悉，研究視野很寬廣，有他擔任指導教授可以對我有更大的幫助。李老師也很客氣地要我向張老師轉達，論文由張老師實際指導，他只是掛名。李老師完全沒有不悅之色，讓我頓時放下心中一塊大石頭。於是我再回去向張老師報告，終於得到他允准，讓我有幸成為他的指導學生。後來我才知道張老師和李老師之間因為教科書有一段不足為外人道的故事，張老師願意和李老師共同擔任我的指導教授，心胸極為寬闊，我始終十分感佩。

三、受老師提攜進入近史所

1987年2月，我讀博一下學期，趙中孚先生沒有繼續在臺大開課，張老師改開「中國現代史料分析」，我選修張老師的課，在文學院二樓的研究室上課，博碩士班同學共五人選修。我以前雖然旁聽過老師的課，但那時剛上碩士班，對中國現代史還不熟悉，只能算是入門。經過寫碩士論文蒐集資料的訓練，再上老師的史料分析課程，就覺得這門課對我們做研究有很大的幫助。張老師要求我們選一個題目，蒐集相關史料進行分析，學期中以後

在課堂上先作口頭報告，學期末再交書面報告。那個學期我也選修了劉翠溶老師開的「中國近代經濟史專題研究」，劉老師也要求我們學期末要交一篇書面報告。我決定從財政的角度切入，論述廣州商人和政府之間存在重大分歧，是商團事件爆發的根本原因，這是一個新的詮釋。在張老師的課堂上，我就以「『一九二四年廣州商團事件』史料分析」做報告。

有件趣事，不妨一記。張老師的課安排在下午一點多開始上課，某天下午輪到我口頭報告。我開始報告6-7分鐘以後，發現老師閉上眼睛好像睡著了。我一邊報告，一邊開始有些緊張，心想是不是報告得不好，老師感覺無趣因此睡著了？又想要不要暫停報告，等老師醒來再繼續？可是沒有得到老師允許，這樣停下來好嗎？我終究沒有停下來，在緊張引起的心跳加速冒汗中完成報告。結果我一報告完，張老師就張開眼睛，似乎沒有漏聽報告，立刻進行深入的評論。我才知道張老師只是閉目養神，慶幸自己沒有擅作主張暫停報告。

張老師每週從南港中研院搭交通車到臺大上課，下課後自行搭公車回南港，中途還得轉車，可謂相當辛苦。下課後，我常陪同老師從文學院沿著椰林大道走到校門口，一路輕鬆地閒聊。這個景象我至今歷歷在目。在我的印象中，當時學校出納組在支付論文指導費的手續上讓老師感到有些麻煩，而且臺大史研所研究生做現代史研究的人數較少，所以老師在1990年7月以後就沒有繼續在臺大史研所兼任了。他在臺大只有指導鍾淑敏和我兩個學生。

1987年在臺大唸博一，選修張老師開的「中國現代史料分析」，撰寫「『一九二四年廣州商團事件』史料分析」做期末報告，當時還是用手寫稿。

　　「『一九二四年廣州商團事件』史料分析」文稿撰寫完成後，交給張老師作為學期報告。老師看了以後，認為寫得不錯，可以發表在近史所的《近代中國史研究通訊》上，問我是否要由他轉給當期主編陳永發老師。我那時已認識陳老師，不想麻煩張老師，就說我可以把稿子直接交給陳老師。陳老師看了之後，說還有一些問題，把稿子還給了我，所以該稿並沒有正式發表。我另外撰成一篇〈商人與政府──一九二四年廣州商團事件原因之探討〉，作為劉翠溶老師課堂學期報告。劉老師給我不錯的評價，在報告封面上用紅筆寫下「可以發表」四個字。我把文稿再交給張老師和李老師，請兩位老師看看是否有需要修改之處。張老師

看完後，說這篇文章從新的角度來談，很有價值。不過，他提醒我，文中提到1921年廣州大本營財政部長葉恭綽向張作霖洽商借款，共借得二十萬元，數字可能是錯誤的，他的印象應該是二百萬元，要我再去查查看。我在文稿中將二百萬元寫成二十萬元，其實是筆誤。張老師在全文這麼多數字中揪出這個錯誤，不但表現驚人的記性，他鉅細靡遺、嚴謹的治學態度更是讓我敬佩。我那時在《食貨月刊》協助編務，原希望這篇文章能發表在《食貨月刊》上，將稿子交給該刊負責審查工作的黃寬重老師。黃老師當時正在籌備陶希聖先生九秩榮慶祝壽論文集，看了文章後說不輸給其他學者的論文，於是把它收入陶先生祝壽論文集。我因為撰寫這篇論文開啟了新的研究方向，於是和張老師討論是否可以「商人與政治」做為博士論文的主題，而以上海為觀察的中心？張老師認為這是目前為止學界尚少研究的議題，有很大的開展空間。我的博士論文題目因此就確定了。

　　上完張老師的課以後，除了討論博士論文題目，以及拿新的文稿請張老師看之外，我很少去近史所看張老師。我心中一直有一層顧慮，因為張老師擔任近史所所長，我不希望被別人視為為了求職而奔走，因此儘量避嫌。

　　1988年底我寄了張賀年卡給張老師，老師回了一張卡片，要我有空到近史所一談。我心想張老師可能要和我討論博士論文的問題吧。隔年1月17日上午我去近史所見張老師，他問我喜歡教書還是做研究。我回答兩者都喜歡。我當時在清大、中原大學和東吳大學夜間部兼課，就談了一下在大學教書的情況。大約

過了二十幾分鐘，張老師見我完全沒有談研究方面的事，就對我說，他記得我曾經說過對研究有興趣，對我之前寫的商團事件研究印象很深刻，覺得我適合從事研究工作。如果喜歡教書的話，做研究工作也可以去大學兼幾堂課。他告訴我現在近史所剛好有機會，要我準備著作和推薦信，在4月提出申請。我聽了老師的話感到受寵若驚，回去以後積極修改已經完成初稿的〈上海商人與五卅運動〉一文，希望能夠儘快發表。不過，到了4月，老師突然告訴我申請的事要緩一緩。我當時只聽陳永發老師說張老師碰到一點困難，但他並沒有告訴我是什麼原因。多年以後我才知道近史所有位同仁要支持某位特定人選進所，積極運作。因此我的申請案一直到這年11月左右才提出。1990年我的申請案在近史所和院方正式通過了。近史所通過的職位是中研院舊制的助理研究員（舊制為三級制，即助理研究員、副研究員、研究員）。但是當時中研院開風氣之先，將研究人員改為四級制（即研究助理、助研究員、副研究員、研究員），我的人事案送到院方，院方表示新制已經生效，核定以研究助理（相當於大學講師）聘用。張老師勉勵我在哪一個職位都是一樣做研究，不需要太介意。我十分感謝老師的提攜，我想在這個過程中，他一定面臨很大的壓力，費了許多心思協調所裡同仁的意見，讓我的申請案順利通過。而張老師始終未曾向我透露其中的曲折。

我進入近史所工作幾個月後，在交通大學擔任通識課歷史學門召集人的曾華璧學姐曾邀我去該校教書，提出以專任副教授起聘的條件。當時大學仍然遵行教授、副教授、講師三級制，還沒

有在講師和副教授之間設置助理教授一級,以副教授聘任,等於是我的職別可以連跳兩級。但是我因為不願辜負張老師的提攜,自己也希望好好做研究,婉謝了她的盛意。

我是在讀完博士班四年級時到近史所工作。當時近史所年輕同仁都會被分配剪報、編輯等工作,是學習也是歷練。我進所不久後接替張力擔任《近代中國史研究通訊》助理編輯,這是老師在近史所創辦的刊物。我一面撰寫論文,一面投入許多時間在編輯工作上。當時尚未成家,經常在研究室工作到深夜,甚至凌晨。近史所圖書館蒐藏的中國近現代史圖書在國內首屈一指,早在戒嚴時期它和史語所傅斯年圖書館就獲得政府特許購買大陸出版的簡體字書,供學術研究之用。兩所圖書館早期都設置特藏室存放大陸書籍,以門鎖上鎖,院外讀者借閱時由館員開鎖提書,複印也有所限制。我進入近史所工作後借用圖書更為方便,博士論文撰寫得到極大的助益。老師不太過問我的論文進度,有兩章我完成後,請老師看過,然後投稿到《中央研究院近代史研究所集刊》發表。其餘各章寫完後交給老師,老師都認真看過。他總是用討論和建議的方式提出意見,而不會用威嚴的方式要求修改。我在1994年完成博士論文,順利拿到博士學位。

有一件和老師在學術以外的交流,可順便一記。老師五十九歲那年,已卸下近史所所長職務,那時老師指導的學生黃銘明在近史所擔任臨時助理,臺大歷史研究所碩士班畢業的李榮泰擔任老師的私人助理。有一回老師和我們提到,南港中華工專(現在改為中華科技大學)後方有個十八羅漢洞,是南港的名勝,他

曾去過，後來聽說被上面廟裡住持霸占了，不知確否？於是在某天下午和我們三人約了一起去探探。結果在研究院路三段找了一回，找不到舊路徑，只好放棄，改變計畫去爬南港山的九五峰。老師體力很好，一點也不輸給年紀較輕的我們。爬上山頂，我幫老師在題有「九五峰」字樣的大岩石前留影，老師遮住了「峰」字，留下「九五」二字，我們頓然了悟由右向左看是「五九」，正是老師的歲數，不禁歎服老師的機智。老師在山頂上還唱了威爾第歌劇「弄臣」中著名詠嘆調「善變的女人」的中文歌曲，歌聲十分嘹亮。那次和老師一起去爬山的經驗十分難得，所以我至今仍然印象深刻。似乎就在這一年的舊曆年前，老師邀我們三人去家裡吃晚餐。那時老師還住在研究院對面的舊平房宿舍，空間雖然不大，卻很整潔舒適。師母準備了豐盛的晚餐，還特別去南門市場買了有名的清蒸臭豆腐，加上黃銘明帶來陳年金門高粱酒助興。席間老師和師母十分親切地和我們閒聊，讓我們渡過了一個溫馨愉快的夜晚。

　　1996年我和近史所同事張珍琳小姐結婚，在交往期間因為不想受到外在因素干擾，對其他同事採取高度保密，我只向老師報告，老師也幫我嚴守秘密。老師還答應擔任我們的證婚人。能夠得到老師的福證，備感榮幸。

　　我的博士論文通過以後，每隔一段時間，會去張老師研究室打擾，老師總是放下手邊的工作，很親切地和我聊聊。話題有些隨興，往往在半個小時到一個小時之間。有幾回老師在我要離開前，會說：「今天聊得很不錯！」

1991年3月7-9日近史所舉辦自強活動，和張老師在新中橫公路著名的夫妻樹前合影

　　在近史所工作期間，我曾撰寫論文〈一九二〇年代初期上海商人的民治運動——對軍閥時期商人政治力量的重新評估〉，先在所內每兩週舉辦一次的學術討論會報告，按例要請一位評論人。由於所內同仁沒有人研究軍閥政治，我便斗膽請老師擔任評論人。老師表示他的評論很嚴格，不會因為我是他的學生而有不同。我請老師不用手下留情。那次老師的評論，一針見血地指出了我一些比較武斷的論述或用辭需要再斟酌，讓我獲益良多。在拿到博士學位多年以後，還能夠得到老師抽空細讀全文，提供寶貴意見，十分難得。

　　有一段時間，我曾計劃以抵制貨物運動的學商關係為題撰寫

專書,希望打破學界普遍從學生知識分子立場看問題的習見,但是看了很多資料以後,覺得歷次抵貨運動的形態大同小異,我因為不願只做史實的敘述,對於切入的角度又有所猶疑,研究陷入困境,停滯不前。我向老師提及此事。老師舉了個例子,告訴我做研究如同喝酒打通關,碰到有人喜歡糾纏鬧酒,就不能和他纏鬥下去,一定要設法擺脫他的糾纏,否則通關沒打完就醉了。做研究也是一樣,不能糾結在一個問題上,一直被困在那裡。經老師提點,後來我撰成〈罪與罰——五四抵制日貨運動中學生對商人的強制行為〉,提出異於傳統以知識分子為中心的論述,其後便將研究逐漸轉向「商人與共產革命」的議題。

老師和南京大學歷史系張憲文教授合編「中華民國專題史」時,曾經邀我寫公共衛生的部分。我曾撰寫〈公共衛生與城市變革:清末上海人生活文化的一個觀察〉一文,在東京舉辦的「第一回中國史學國際會議」做專題報告,後收錄在《中國の歷史世界——統合のシステムと多元的發展——》一書。這篇文章是從生活即文化的觀點,以清末上海租界的公共衛生論述它對上海人日常生活和城市變革的影響,旨在打破以往中國史研究多從負面批判的角度來看待外國租界的觀點。老師得知我曾發表這篇文章,因此邀我撰寫民國時期公共衛生部分。不過,當時因為考慮我探討的議題限於清末上海的公共衛生,對民國時期的公共衛生未曾深入研究,同時正在進行專書寫作計劃,因此沒有答應老師共襄盛舉,至今仍然感到愧疚和抱歉。

四、老師的風範和人格特質

　　老師值得記述的事情太多了，限於篇幅，我只能簡單記下印象比較深刻的幾件事。

　　老師不但在中國現代史學術成就受到各方肯定和敬重，行政和領導能力也極為卓越。在他擔任近史所所長時，除了每年舉辦大型學術會議，還創辦了「近代史學會」，將臺灣從事近代史研究的學者結合起來，定期舉辦會議，促進彼此交流。同時在近史所創辦《近代中國史研究通訊》，介紹學人和最新的學術動態。他擔任近史所所長時，確實把臺灣的近代中國史（尤其是民國史）研究推到最高峰。可惜在他卸下行政職務後，近代史學會日漸衰微，《近代中國史研究通訊》後來也停刊了。

　　老師對人文學科價值的維護也不遺餘力。他和我談話時，有幾次談到中研院內理工、生醫較占優勢和主導性，在制度設計和研究成績評核上，也往往站在他們的立場來思考。例如他們不需要大量的圖書，而著重實驗，就不能理解人文所研究人員何以要有這麼大的研究室。在研究成果上，他們每年發表數十、百篇論文並不稀奇，看到人文所研究人員每年發表的文章數量那麼少，就覺得不可思議。老師在擔任所長時，和史語所、民族所等幾個人文所所長定期聯誼，聯合起來向院方據理力爭，他在院長面前也是不卑不亢地為人文研究發言。例如吳大猷院長有一回向老師說，你們歷史學者寫的學術論文我們都看不懂，應該寫一些通俗性的歷史著作。老師回覆吳院長說，我們是做學術研究，不是寫

給一般人看，就像你們寫的物理學我們也看不懂一樣。由於人文所所長聯合起來維護權益，院方對人文所就不敢輕視。老師對於後來人文所所長大都不敢向院長表達不同意見，以致人文所在院內地位日漸下滑，感到非常惋惜。

在研究取向上，老師對於西方學者喜歡用理論來解釋中國歷史並不贊成，認為西方學者的漢學底子有限，沒有辦法深入閱讀中文史料。但是這些理論像現代化、後現代化等等流行一段時間就過去了，歷史還是要以史料為基礎，做出來的研究才能紮實，而且經得起時間的考驗。西方學者說近史所是「南港學派」，帶有嘲諷的意味。不過近史所從郭廷以所長創所以來就是以檔案史料起家，所有研究都奠基在紮實的史料之上，有憑有據，這也是近史所的研究在學界受到重視的原因。

同時，老師始終認為臺灣的現代史研究不能失去主體性，對於中國大陸學者充滿政治性的歷史觀點經常挺身而出極力辯駁。最有名的是1982年在芝加哥舉行的北美亞洲學會第34屆年會上，老師和中國大陸的章開沅先生針對辛亥革命的性質展開辯論。章先生堅持辛亥革命是資產階級革命，老師則強調辛亥革命是全民革命。這次辯論深受各界矚目，老師據史實力辯，毫不退讓。章先生雖然堅持己見，但是因為這次辯論，知道臺灣現代史學界對辛亥革命的看法和大陸學者截然不同，論述鏗鏘有力，觀點不易撼動，反而和張老師頗有惺惺相惜之感。以後張老師和中國大陸學者合作撰寫中華民國專題史，也始終在一些名詞和歷史解釋堅持臺灣學界的觀點，贏得中國大陸學者的敬重。老師認為

中國大陸人才雖多，但是因為在政治和視野上受到限制，有些議題沒有辦法做研究，這是臺灣歷史學者可以努力發展的地方。

老師在學術界的人脈極為寬廣，不但以文會友，也以酒會友，可謂交遊滿天下，學界尊稱為「法老」。有一事可以看出老師重視朋友情義的個性。當年老師所寫的《中國現代史》銷售量很高，曾為東華書局賺了不少錢。老師和東華書局老闆卓鑫淼先生因此結緣，成為朋友。卓先生曾請老師打鐵趁熱，寫一部《中國通史》作為大專院校的教科書。但是老師因為公務及研究繁忙，始終無暇動筆。2005年卓鑫淼先生在上海過世，老師得到消息後，對於未能在卓先生生前履約，始終耿耿於懷。辭去近史所兼任研究員正式退休之後，在汐止家中花了數年時間專心撰述一部《中華通史》，共五卷，由東華書局出版。他在八十幾歲高齡，仍然完成這部鉅著，其過人的精力實令我輩敬佩，而他堅持實踐昔日對朋友許諾的精神也值得我輩學習。

老師的學術成就深受各方敬重，但是嚴以律己，不願藉名位爭取特權，表現極為難得的學者風範。我僅在此記述兩件事。一是老師在1992年當選院士，後來中研院設立特聘研究員制度，凡是院士都可以聘為特聘研究員，薪水較研究員高出許多。但是老師不願接受特聘研究員，他認為他和其他研究員一樣做研究，為何要比別人拿更高的薪水呢？所以老師從來沒有享受過特聘研究員的待遇。這樣的風範是很少見的。不過，在這方面老師只是堅持自己的原則，對於後輩爭取特聘研究員則不會加以反對，甚至予以大力協助。

二是老師對公私分明有嚴格的自我要求。近史所內部曾經訂了一個辦法，同仁退休最多只能兼任到八十歲，兼任期滿就要將研究室交回。老師當選院士，屆齡退休以後，近史所以兼任研究員聘任，不像史語所是改聘通信研究員。由於後來院方規定各所兼任研究員每年都要由現職研究人員投票決定是否續聘，老師在尚未滿八十歲時，決定提早辭去兼任研究員，主動交還研究室。當時我擔任副所長，希望能訂一個辦法，為所裡當選院士的同仁保留終身研究室。在我的想法，這是對所裡當選院士同仁的尊重，並非特意為張老師量身打造。但老師聽到以後，很堅決地拒絕，不願制度從他開始改變，堅持要交還研究室。我想他也不願意讓我背負利用職權為老師設事的批評吧！他要把一些藏書帶回家，我原本希望能請事務室同仁幫一點忙，他也堅定拒絕，完全利用家中私人轎車一趟又一趟地搬回家。近史所有幾位老先生在兼任期滿後，仍然留著研究室，不願交回。老師遵照規定搬離研究室，是他對自己原則的堅持。不過，他從來不去批評其他同仁的行為，這樣的風範實在非常難能可貴。

　　在我們這些老師指導的學生和他的相處上，老師也表現令人敬重的處事風範和人格特質。他在師大、政大、臺大、政戰學校等校授課，指導學生數十人，但是從來不會想結合學生形成學術勢力。老師擔任近史所副所長、所長時，因為中研院實施兩個五年計畫可以擴大徵才，提拔了許多優秀的年輕學者進所，他對我們幾位在近史所工作的學生，包括張瑞德、謝國興、陳儀深、游鑑明和我，都和其他同仁一視同仁，不會特別照顧提拔。老師不

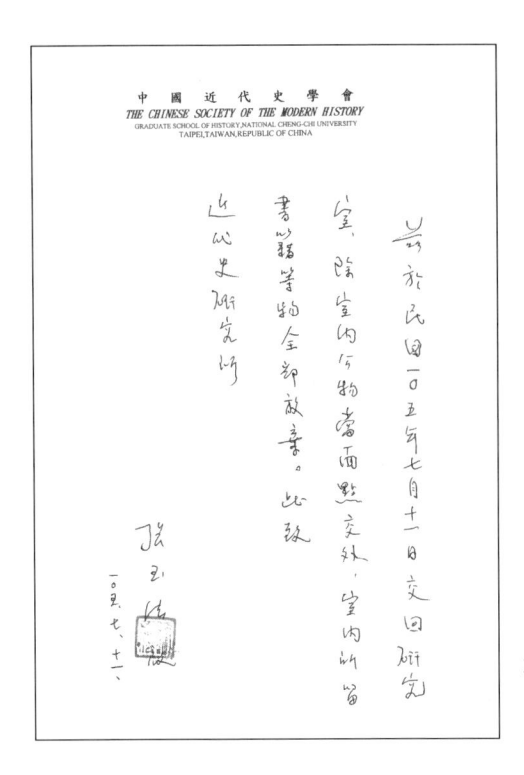

2016年7月張老師辭去兼任研究員,近史所改聘通信研究員,隨即將研究室交回近史所,親筆表明放棄室內所留書籍。

喜歡小圈圈意識。他當選院士的時候,我們幾位他指導的學生要幫他慶祝,他卻表現得非常低調,告訴我們不要張揚,以免讓人覺得他在拉幫結派,建議我們到一家位於松山路、虎林街之間較少人知道的小餐廳簡單聚餐即可。老師在獲得這麼重要的學術榮譽的同時,表現得如此地小心翼翼,一方面是堅守自己不樹立個人勢力的立場,另一方面也是避免我們被視為藉他的名望招搖。

大約就在老師當選院士以後,老師指導過的同學們發起每年和老師定期聚會,老師和師母答應參加,但是強調只是聯誼性質。我們把這個聚會稱作「法友會」。老師七十、八十、九十大

壽，我們都舉辦了內部的學術研討會，由同學寫論文，互相評論，老師全程參與。他的目的是鼓勵我們寫論文，會後出版論文集，就是具體的學術成果。以老師在學術界的聲望和人脈，如果公開為他舉辦祝壽研討會，必然是近代史學界的盛會，但是老師不願驚動大家。老師七十大壽時，同學借用近史所會議室開會，老師認為不應利用公家場所舉辦私人會議，告誡我們下不為例，因此為他慶祝八十和九十大壽的研討會，我們都是租借臺大校友會館的小會議室來舉辦會議。

　　以上謹就個人與老師接觸所知略述一二。在結束本文之前，我想再記述個人參與的兩件事。老師七十大壽時，同學們撰述論文，集結出版《走向近代：國史發展與區域動向》一書；八十大壽出版論文集《近代史釋論：多元思考與探索》。兩本論文集都由在中研院工作的張瑞德、謝國興、游鑑明、鍾淑敏和我五人組成編輯小組，齊心籌劃出版及贈書等事宜。我因為曾有多年編輯經驗，自願擔負執行編輯以及和出版社聯繫簽約等工作。兩本書都由東華書局出版。我前往位於總統府旁的東華書局編輯部洽談時，主編都立即慨允出版，在編排、校對、封面設計和寄贈書籍等方面也充分配合我們的需求，過程極為順利愉快。學術論文集市場有限，東華書局自然了然於心。卓老闆和夫人鼎力支持出版，自然是基於對老師的敬重，兩本論文集可以說是卓老闆、卓夫人和我們共同獻給老師的賀禮。我能夠在這個過程中略盡棉薄之力，感到十分欣幸。

　　老師於2016年7月將研究室交還近史所，個人書籍除了部

分帶回汐止家中，其餘囑咐我代為處理。老師有全套由劉紹唐主編的《傳記文學》，是刊載中國近現代重要人物傳記和回憶錄的著名刊物，曾想贈送給我。但是我因為研究室書滿為患，已在為退休後如何處理書籍未雨綢繆，婉謝他的好意，請老師轉贈給另一位年輕的研究同仁。其餘書籍我採取三個步驟處理，先請近史所圖書館同仁到老師研究室逐冊清點，如有圖書館未收藏的就捐給圖書館。其中應是以有關山東的資料文獻較多。圖書館清點完畢之後，第二步則通知所內同仁自由前往老師研究室選取自己需要的書籍。最後再將同仁挑剩的餘書賣給二手書店。賣書所得共16,300元，老師全部拿來請同學們吃飯，歡聚一堂。我在處理這些書籍的過程中不免有些愧歉和感慨，老師一生不知花費多少金錢和心血收藏這些書籍，最後卻以廉價售出。但是這些餘書也不可能聯絡國內其他圖書館來揀選，便只好採取這樣的方式處理。這也是我們這些從事歷史研究的人以後會碰到的問題。

今年欣逢老師九十大壽，同學們循往例召開學術研討會、餐敘、出版論文集之外，決定各自憶述進入師門、學習以及和老師交流的點點滴滴，結集出版，以慶賀之。我以「師生之緣」為題，實則受老師教導和恩惠者多，服弟子之勞者寡。謹以此文聊表謝忱，敬祝老師、師母健康平安快樂。

在每個關鍵時刻：
玉法師對我的影響

朱瑞月＊

緣起

那一年，仍是「戒慎嚴峻」的年代，我與玉法師展開了長達四十餘年的師生緣分⋯

1983年大學歷史系三年級的我，接到系學會賦予的任務，邀請並接待當時眾所期待的開明學者張玉法老師到輔園演講，老師的新詮釋，啟發我對現代史的新思考；沒想到這是與老師締結師生緣的源頭。

一、遇見大師：當我進入臺灣師大歷史研究所時

1985年9月進入國立臺灣師範大學歷史研究所，期間修習老師中國現代史相關課程，在老師引介與分析現代史料課程裡，得

＊ 現任台北市立華江高中歷史科教師。

知當時清末與民國時期的報刊已經逐步開放，在好奇心與研究志趣驅使下，前往典藏申報微捲的單位：國立中央圖書館（當時位於南海學園內），申請獲准後閱讀上海申報，並運用申報撰寫學期報告（題目為申報社論的分析）。雖知運用剛開放的報紙史料做研究會是辛苦的，但閱讀過程中神遊清末民初的上海，是有趣又令人興奮的經驗，於是，我斗膽藉著報刊進入新聞史與社會史的場域。緊接著，得知漢學研究中心（原稱「漢學研究資料及服務中心」，1981年成立）收藏申報影本，於是擬以申報為中心做為論文主題，因為得知老師曾經研究〈先秦時期的傳播活動〉，希望跟老師學習以新聞（報紙）為史料、研究現代史相關議題，再加上當時醉心婦女史研究，閱讀老師編著的《近代中國女權史料》（與李又寧合編），期待老師指導的盼望更加殷切。1986年懷著忐忑不安又期待的心情、帶著論文初步構想，拜見老師，希望敦請老師指導論文。還好經過老師「面試」，獲得同意，興奮之情難以言喻。討論過程中，老師建議除了以申報為主要史料之外，宜擴大論文研究面向，以「申報反映下上海的社會變遷（1895-1927年）」為題，探討當時社會各種階層與性別議題，並加上其他相關史料與研究成果互證互補，於是碩論「格局」更為廣闊。之後，碩論也獲得中國現代史獎助金，資助我蒐集碩論史料（申報）相關費用，真的非常感激老師指導。

　　此後，我展開了費時許久的申報閱讀與研究學習生涯。典藏申報影本的漢學中心，開放時間是週一到週五9：00-17：00，於是我就如該中心的職員一般，每天準時「上下班」，努力地從「申

報海」裡撈寶。隨著漢學中心逐步開放閱讀申報的限制，從可以閱讀、可以抄錄到可以影印部分內容，加上撰寫論文的時間壓力，當時只要看到與論文相關的內容，就做筆記或影印回家閱讀分析，並隨時與老師研討論文走向。那是一段「泅泳大海，卻不知何時上岸」的歲月，還好有老師的鼓勵，讓我堅持下去。記得修課期間，曾有人建議我對申報社論（1872-1949年）做分類整理，但張老師告知我應先集中心力在申報內容本身，社論部分等有餘裕再說；於是我聽從老師指導，緊扣碩論主題，進一步運用申報所有相關內容（包括新聞報導、廣告、社論等），與上海新聞史料、社會史料及相關文獻論著等，研究清末民初上海的社會變遷。還好當時有老師的提點與啟發，讓我對於清末民初報刊的運用與近代史研究有更多的認識。1980年代近現代史研究，在區域史之外，報刊的開放與運用，也是新的研究取向，我恭逢其盛，感謝老師在這個美好的關鍵時刻，願意帶領我一步步學習與研究。此外，就讀史研所期間曾短暫擔任助理，幫忙謄寫文稿，除了得到謄稿費之外，更大的收穫是能先閱讀吸收老師新的研究成果。

二、老師情義相挺：當我任職國防部史政編譯局時

「上下班」（到漢學中心閱讀申報）的日子持續到1988年1月底；之後因緣際會進入國防部史政編譯局（以下簡稱史編局），負責國軍史政工作。1987年底，時任該局預官的學長張瑞德，

提供史編局招聘史政員、編譯員訊息給師大史研所，同學與學姊鼓勵我去應試，經過筆試與英文口試後，順利錄取。但拿到錄取通知時，我反而遲疑了；一方面擔心老師是否同意我前往任職，另一方面則考慮若全職上班，需同時兼顧論文寫作與工作，恐力有未逮，於是躊躇之際，決定向老師請益。沒想到老師不僅同意我工作與論文寫作同時進行，還給我打氣、多方鼓勵，於是1988年2月1日我正式成為國防部史編局的聘員。

進入軍方體系，初期並不太適應，但我一直堅守崗位，並努力在史學界與軍方史政單位搭建橋樑。任職期間是史編局籌畫大型軍史館、與近現代史學界多方合作的重要時刻，有時因業務需要請老師鼎力支持，一路走來非常感謝老師情義相挺。

身為史政員，我負責的業務之一是定期邀請現代史學者到史編局演講，提供史學知識與訓練，俾使負責史政工作的各層級軍官「治史有方」。任職之初，感謝老師接受我的邀請，抽空蒞局演講「近代中國的社會變遷」，並同意講稿納入《史政學術講演專輯》（第四輯，1997年出版）。其次，當史編局籌組「中華軍史學會」，長官叮囑我力邀老師擔任發起人時，欣喜老師支持軍史研究，同意擔任學會發起人。再者此時史編局積極與史學界進行交流，例如參與學術研討會、合作編纂軍史等；我召開相關業務會議、也代表局裡多次參加研討會，偶有機會遇見老師，向老師請益工作與研究遇到的難處，老師常一針見血提供解方，令人感動與佩服。在軍史編纂方面，印象最深刻的是先前被延宕許久的《國民革命建軍史》，長官授命由我接手，經過繁複工作階段，終

於完成編輯任務。該書共四部,前三部由近現代史學者審閱與撰寫,第四部為機密等級由軍方負責,該書論述有據,審閱嚴謹,在軍史出版方面有其重要的意義。此外也順利完成整理出版《史政學術講演專輯》,出版《國軍後勤史》(李啟明將軍著)等書。在史編局積極與國內外重要機構交流之時,我邀請故宮研究員與國史館纂修蒞局演講、辦理故宮庫房參訪、與故宮研究員交換文獻(物)保存經驗等活動;還有,史編局與歐洲國家的軍事博物館也進行交流,在比利時軍事博物館參訪團來臺時,我也被指派協助英文翻譯與解說。以上點點滴滴的工作回憶,除了感謝老師

1989年7月25日由史編局局長張昭然中將主持,召開《國民革命建軍史》編纂會議,(照片右三為呂實強教授,右五為李守孔教授,左二為史政組長趙聚明上校,左一為承辦人朱瑞月)地點:三軍軍官俱樂部

費心幫忙之外，我一直謹記老師的勸勉，把握每個學習精進的機會，在史編局既是工作也是另一種學習。

任職史編局的同時，論文寫作也在下班時刻持續進行。最初，完成緒論與第一章共約三萬字文稿後，請老師指正之；但後來遇到瓶頸，再加上工作繁忙，因此論文進度有所延宕，我一方面心中焦急，一方面也擔心老師會不斷地提醒與督促，壓力頗大。沒想到，真的在某次學術研討會上遇見老師，擔心老師會有所提問，沒想到老師只是輕輕對我說：「瑞月，好久沒見到妳了哦！」接著關心我工作與論文兼顧的情形，記得當時老師以自己為例，講述他擔任近史所所長行政職與學術研究的同時，如何分配時間與完成研究，藉此鼓勵我繼續加油，頓時我深深感動，真的很感謝老師的關心與體諒，於是我努力投注更多時間與精力在論文上，經由老師悉心指導，瑞月終於完成二十多萬字的碩士論文，真是辛苦老師了，萬分感激！

三、老師提拔：我在公餘之際到大學兼課

1990年6月順利完成論文口試取得碩士學位後，雖仍在史編局任職，但希望能有新的突破，於是開始投遞履歷，希望轉換跑道，或利用公餘時間兼課。很幸運地，1991年承蒙輔大歷史系主任莊尚武老師提拔於輔大兼課，教授中國現代史，衷心感謝莊老師。之後因公忙曾暫停輔大兼課。1996年承蒙實踐大學教務長陳振貴老師提攜，前往兼課，直到2002年。後來得知輔大有

兼課機會，瑞月懇請玉法師撰寫推薦函，經由老師推薦並承蒙當時輔大歷史系主任戴晉新老師提攜，於是在輔大開設通識課程，真的非常感激玉法師與輔大的師長們。2008年與駱芬美、張斐怡兩位老師進行協同教學，並於銘傳大學通識教育研討會「通識教育核心課程的規劃與發展」發表論文：〈中國纏足文化—協同教學示例〉。2011年我於銘傳大學「通識教育學習成果導向教學觀摩暨學術研討會」宣讀〈通識歷史課程實施台灣史教學的現場—以「族群的歷史、歷史的族群」單元為例〉論文。以上兩篇論文修訂後分別刊載於銘傳大學通識學報第一、二期。受到老師影響，多年來我持續參加學術活動，例如「近代中國的婦女國家與社會」、「1600-1950年國際學術研討會」、「1920年代的中國學術研討會」、「中國近代國家的塑造國際學術研討會」、「戰爭與日常生活1937-1945年學術研討會」、「政府遷台六十周年學術研討會」、「二二八與台灣戰後發展國際學術研討會」、第1-15屆「文化交流史國際研討會」等等。日子就在工作、備課、學習中充實地度過，真的非常感謝師長們的鼓勵與提攜。

在史編局任職六年五個月後，又一個關鍵時刻到來。

四、老師支持：當我成為臺北市公立高中歷史教師時

1994年6月因緣際會參加臺北市公立高中歷史教師聯合甄試，順利通過甄試，即將成為公立高中歷史教師。但此刻又面臨

抉擇，因史編局新年度聘約調升我的職等，由聘五等（比照少校）升為聘六等（比照中校），當時局長希望我繼續留在局裡服務，令人左右為難；經老師綜合分析後，最終我向史編局提出辭呈，1994年8月1日展開高中歷史老師生涯，迄今三十年仍持續中。

加入高中歷史教育行列後，一直以來都秉持著老師的訓誨：「隨時檢視自己一年來做了什麼？」，除了持續參加學術活動之外，也參加讀書會與學會，例如歷史意識讀書會、資治通鑑讀書會、近代史學會、歷史教學學會等，希冀不斷精進研究與教學。也曾參與撰寫歷史教科書、教學工具書、書評等。任教高中前，在游鑑明學姐鼓勵下，撰寫書評〈長期間、遠距離、寬視野的歷史座標—簡介黃仁宇的三本歷史著作〉，並獲審核通過收錄在《人文及社會學科教學通訊》（1991年，第一卷第五期），這應是與教學相關的初次接觸。2001年民間出版社邀請撰寫《歷代官名解釋手冊》，提供高中國文老師參考運用，解釋中國古代官職，並附上資料來源與註解做延伸指引。沒想到這本手冊，也引起老師好奇，詢問撰寫相關事宜，並給予肯定，此時很慶幸自己沒有怠忽所學，且更感受到老師對我的鼓勵一直持續著。之後，加入臺灣師範大學歷史系廖隆盛教授編寫歷史教科書團隊，共同編纂完成《高職歷史》教科書（2006年出版）。

自1994年任教以來，見證多次臺灣歷史教育出現重大變化；從課綱數次的更迭（國編版教科書、1997年、2006年、2011年、2019年等）、教科書版本的開放、英美歷史教育理念的推廣、數位典藏的運用、歷史相關議題的討論、社會科閱讀素養的培育、

2002年1月31日老師榮退（於中央研究院近代史研究所合照，中間為老師與師母，右一為呂芳上老師，右二為朱瑞月，左一為國史館纂修洪喜美女士）

AI在教育現場的運用等，這些變化在在都影響教學現場的歷史老師們。這期間我「無役不與」，多次參與高中歷史教育相關計畫，例如：

（1）「數位典藏與數位學習國家型科技計畫」（2001年）。研究國家數位典藏成果在高中歷史教學上的應用，完成《火與土的藝術》（中國陶瓷藝術），並於研討會分享研究成果（故宮場次）。

（2）國家教育研究院「歷史教材議題與和平教育之論述與實踐」計畫（歷史與多元文化組）（2012-2014年）。參加計劃期間，每個月固定到國家教育院開會並進行研究與討論，完成撰寫〈影

視媒體融入歷史教學之成效分析―以學生理解日本歷史文化為例〉論文。2014年國家教育研究院召開「歷史教材議題與和平教育之論述與實踐」研討會，該論文分別於11月22日臺北、12月6日臺南兩個場次發表，並納入《歷史教育與和平―教材教法的反思與突破》（2016年出版）一書中

（3）教育部人文社會學科學術強化創新計劃下的「歷史意識重要著作研讀會」，數次負責主持、導讀與評論。2010年，歷史意識重要著作研讀會年度成果報告，舉辦「古典與今典：歷史論述與歷史意識學術研討會」，我在會議中宣讀〈流轉於史學與教學之間：歷史意識、經典閱讀與歷史教學現場〉論文，探討歷年來歷史教育目標與課綱變動的情形。2014年該論文經邀稿審核通過，收錄於張老師八十壽誕紀念論文集《近代史釋論：多元思考與探索》一書中。

（4）「高等教育深耕計畫」華語文與科技研究中心計畫之中等學校文化教育策略研究計畫「子計畫一：高中社會性議題融入與文化教育實施」（2019年），由高中歷史、地理、公民三科老師共同研發教案，研究主題為〈東亞華人移民與文化擴散〉。

（5）國家教育研究院「TASAL臺灣學生成就長期追蹤評量計畫：素養導向評量―社會領域」,「高中社會領域素養導向評量工作坊」（2021-2023年），研發社會科合科素養導向的閱讀文本與試題，每個月與來自各地的高中老師（歷地公三科）、相關領域的大學教授們，進行多次的討論與修訂，2022年於臺中女中發表相關成果，並於國內各高中進行施測。

108課綱實施後，教育部規定高中需有校訂必修課程，許多高中以地方學為主軸，我任職的學校以「艋舺風華」為校本特色之一。2018年起，我便進行課程研發與設計，2019年接受TVBS電視「世界翻轉中」節目採訪—「高中108課綱下的教育現場」議題，分享校本特色課程。也參加臺北市政府艋舺學園活動：「臺北市果菜市場：走讀艋舺」、「咱的加蚋仔」等，分享課程設計與實施現況。

　　此時，歷史教科書內容更加受到社會大眾的關注，對某些主題或用詞有不同的見解。記得老師曾來信詢問現行高中歷史教科書如何書寫「曹錕賄選」與相關問題，當時我提供相關資料，並與老師討論，在討論過程中，得知並確實感受到一般社會大眾對歷史研究與高中歷史教科書的期待、認知、評論是何其「多元」啊！

　　以上在不同領域的努力與成果，都因深受老師身教的影響，在學在職均兢兢業業，不敢絲毫懈怠，庶幾不負師誨啊！也感謝老師在每個關鍵時刻給我的支持、鼓勵與影響。

感言：

　　回顧與老師的師生緣，老師嚴謹的治學態度著實令人敬佩；還有老師對我不斷的鼓勵、提點與關照，都令我深深感動，並又重燃信心與動力繼續向前；在許多關鍵時刻，老師都對我產生深刻的影響，師恩深重如山。雖然平時無法常常與老師聚會，但是

2023年6月30日老師「浮生日錄」新書發表會

每年師生書信卡片往返，除了傳達我衷心謝意之外，老師也會回信鼓勵，這樣美妙的緣分，我深深感恩與珍惜。聚會時，老師總要我們說說自己在學時與畢業後的經歷，其實回顧以往，發現正是因為有個標竿（玉法師）在前面，時時提醒自己不可鬆懈。老師雖然退休了，但仍持續認真做研究，並出版中華通史與相關書籍，作為他的學生怎能輕言懈怠呢？話說每一年的聚會就是「交作業」的時刻，還真是有點壓力耶！不過有壓力才有成長，或許這是玉法師對學生的用心良苦與期許吧。

老師對性別平等的重視也是令人印象深刻；無論是課堂上討

論的議題或是平時閒談,都可以感受到老師對女性的尊重與鼓勵,這在1980年代前期的臺灣社會,相對於同齡層的人而言,老師應屬先進啊!師母也會參加聚會,常常關心我們這些徒子徒孫,不論是工作、感情,或人生大哉問,都會給予貼心的理解與溫暖的關懷。非常感謝老師讓我們這些學生加入玉法師的大家庭,老師與師母就如同溫煦的陽光,時時照耀我們、處處充滿溫馨,我們真是何其幸運啊!衷心感謝老師!

走上研究之路

鍾淑敏*

　　1985年進入臺大歷史研究所，成為歷史學徒，迄今將近40年。回顧研究生涯，要感謝張玉法、曹永和、濱下武志3位恩師的啟蒙與引領，有幸蒙三位大師親炙，是自己走上歷史研究之路的關鍵因素。

　　我生性駑鈍，算是困而學之的人。生長在遠離政治經濟中心的花蓮，既未懷抱大志，也沒有困惑而亟欲解決的問題，只因對歷史的喜好，便從地理轉到歷史系。渾渾噩噩的學習歷程中，對1970至1980年代臺灣社會的變動也毫無所感，若不是返鄉擔任國中老師的日子太苦悶，大概就這樣漫不經心的、平穩地過一生吧！

　　為了脫離苦悶的教學生活，唯一的可能似乎是再入學。當時

---

*現任中央研究院台灣史研究所研究員。

臺大歷史所分成一般史、中國現代史及藝術史3個組別，基於大學時的關心，我選擇中國現代史組。當時中國近現代史的研究中心似乎是在師大，臺大的課程不多，我在師大就讀時就知道張玉法老師的名字，1986年2月，張老師在臺大歷史所開設「中國現代化的專題研究」，我自然就成為選課生，開啟了師生因緣。說來慚愧，自己雖說是專業歷史研究者，卻不長於保存史料，手邊資料幾乎全部散佚，要回顧研究生時期的種種，反而要藉著張老師的《浮生日錄》，才能拼湊出記憶圖像。我的名字出現在《浮生日錄》中數次，如「1987年1月27日，臺大歷史研究所來信，感謝俞允擔任碩士生考試委員，計邱澎生、鍾淑敏等七人。」又，「2月，這學期，臺大歷史研究所選『中國現代史料分析』者李達嘉、鍾淑敏等五人。」簡單的紀錄，勾起我朦朧的記憶，依稀想起在教室上課的光景。記得有位學姐說，上課時總是看著老師的袖扣和領帶，因為老師總是衣冠整潔地、慎重地出現在課堂上。

　　決定以臺灣史研究為題，是因為花蓮的日本人官營移民村。看著在規劃下呈現的特殊地景，聽著家人屢屢提及的特殊發音的地名，就連對周遭環境不敏感的自己，也被深深吸引了。這是我的第一個研究課題。但是該怎麼著手？張老師要我先到省文獻會調查檔案。由於中央研究院近代史研究所正在進行《臺灣總督府公文類纂》的清查計畫，張老師知道有這麼一批寶藏。我遵師命前往位於臺中市的黎明新村，有了與總督府檔案的第一次接觸，這也成了開展自己與總督府檔案數十年奇緣的契機。多年後，我參與了中央研究院與臺灣省文獻委員會（今國史館臺灣文獻館）

合作的檔案數位化計畫，也長期在臺大歷史所與學生一起研讀檔案，與總督府檔案結了不解之緣。回顧最初面對總督府檔案草字天書的挫折時，讓我獲得鼓勵與救贖的是曹永和老師分享自己與荷蘭檔案奮鬥的故事，而開啟我與總督府檔案關係之門的，卻是張老師。

在我受教的1970年代，臺灣史基本上是尚未發展的學門，大學時期只上過王啟宗老師的臺灣史，課程主軸是跟著到處去看古蹟的田野踏查，教材也僅有臺灣省文獻委員會編輯的《臺灣史》。其實如果不是在師大，恐怕就連修臺灣史的機會都沒有，這是當年的學習環境；並且如果不是上臺大歷史所，大概也無緣認識曹老師吧！

楞頭楞腦的自己，在碩士階段也得到論文發表的機會。機會是靠曹老師的人脈，而讓我得以完成形式上具有論文樣貌的是張老師。從移民村到對總督府統治體制的初步研究，現在看來雖覺幼稚不堪，但若非張老師逐字修改，論文根本無法成形。張老師一路修改到碩士論文完成。究竟要有多大的耐心，才能耐心閱讀、修改那些不知所云的文字？現在想來仍覺不可思議。可惜老師在稿紙上所做的朱批無一倖存，聽說有人仍然保留著老師批改的原稿，我則是在將手稿送去打字排版後，隨著自己出國留學，原稿早已不知去向。

印象中幫張老師蒐集過吳鳳的資料。那時大概是社會上對於吳鳳是否因為阿里山「番」而「殺身成仁」的評價有所爭議，我也因此有機會認真看待這件事。依據《浮生日錄》所記：1987

年7月，國立編譯館聘為「吳鳳史實研究小組委員」，因該館編輯之教科書有關吳鳳之史實，近年頗有爭議。張老師言簡意賅的記錄著。我的研究生生活很單純，沒有當助理打工的經驗，但是因為曹老師的關係，有很長的時間得以在位於今天臺北科技大學旁的「中央圖書館臺灣分館」臨時設置的臺灣關係舊籍的研究室內，閱覽臺灣總督府圖書館時期的資料，幫忙撰寫文獻解題。吳鳳資料的蒐集，便在這樣的便利下完成。也由於有這個天大的幸運，得以自由的閱覽總督府圖書館的寶藏，並且也因此認識多位臺灣史前輩學者。更因為這樣的因緣，讓自己與現在的國立臺灣圖書館有長期的合作關係。我的碩士論文利用的是還沒有數位化之前的《臺灣新報》、《臺灣日報》及《臺灣日日新報》微捲，「臺灣分館」特藏組的高碧烈和邱煇堂先生還特准我進入書庫，這些恩典令人感念。臺灣分館對於所謂鎮館之寶，即臺灣總督府圖書館、南方資料館及購自臺北帝國大學教授遣返日本時的圖書等三大批特殊館藏採取的開放態度，大大推展了臺灣史的研究。從文獻解題到資料複製，臺灣史學界與臺灣圖書館建立了密切的合作關係，之後我任職的中央研究院臺灣史研究所，更與臺灣圖書館合作典藏日治時期圖書，這些都是建立在長久的信任基礎上。而我有幸參與了其中幾個重要的環節，成了歷史的證人。

　　從《浮生日錄》中，看到自己給張老師信件的紀錄，也看到自己對日本的觀察、認識及成長。1989年剛去日本東京大學時，我的信提及「日本公私機構均重視公文書之典藏」。之後分別報告「日本老師注重對原始資料的研究，與臺灣不同」、「在日本修

課有一特色,即老師和學生共同研究一本書,各提出心得報告,彼此不同」;不僅自己的信件,老師也從他人的信件中,得知「鍾淑敏在日本外交文書搜集到一批臺灣籍民資料」。初抵日本時受到文化、學習方式的差異所生的刺激與震撼,事隔數十年後早已淡忘,或者因為最初的震撼早已內化成現在自以為的理所當然而全然不復記憶的事,藉著老師的輕描淡寫,一點一點的回想起來,同時也疑惑自己究竟是少見多怪,將這些細小的事情當作文化震撼?或者真的有值得一提的差異?好像界線都模糊了。

雖然自己不長於噓寒問暖,甚至可說是疏於問候的隱形人,但是卻一直受到老師的「庇蔭」。2007年11月,東京大學舉辦「清末民初的中日關係—合作與對立的時代(1840-1931)」,在老師的推薦下,與張老師及陳三井、黃自進、陳慈玉、陳鵬仁、呂芳上、黃克武等學者一起出席會議。2011年10月,南京大學民國史研究中心召開「辛亥革命暨南京臨時政府成立研討會」,張老師應邀在會中講「從政治變法到社會改造:晚清書刊對西方政治制度和社會思想的引介(1843-1905)」,同時也讓我與張力、張瑞德、林桶法等近代史學者一起參加。能夠與研究中國近現代史的學者共聚一堂,都是出於張老師的推介,由於自己研究的一大部分是臺灣總督府的「南進政策」,對於張老師的好意,除了感謝還是感謝。

由於工作地點在南港,與老師及「法友會」也有比較頻繁的接觸。印象中是從老師退休之後開始年度聚會?「會員」似乎以臺師大與政大歷史畢業的居多,但由於老師早期在政戰學校教

2011年10月16日-17日參加「辛亥革命暨南京臨時政府成立」國際學術研討會

過，參與的同學更多元，師母幾乎每次都同席，也記住了大半出席者的名字，這點實在令我佩服不已。教師節前夕，在南港的學長們總會提議與老師餐聚，我也理所當然的搭便車。與老師的互動不算多，但是他簡單的話語卻讓我記憶深刻。有一年照例要聚會，我因為健康因素而請假，老師的回覆是「到我們這種年紀的人，每個人都是一邊抗戰一邊建國的」，短短幾句話，讓我深受鼓勵，也感受到老師的同情、同理心。

我常想自己實在夠幸運，總能遇到「終身保固」型的老師，也反躬自省，自我期許對後輩們更主動、親切些，但願受之於人者也能回饋於人。當自己逐漸步入老年之時，回想的時間自然而然的變多了，慶幸生命中遇到多位可以讓自己學習而變得更好的人。如果問學習到什麼呢？最重要的是努力不懈的態度吧！吾雖不敏，但是當老師們都還孜孜不倦勤於筆耕時，自己還能夠停滯不前嗎？就這樣，看著老師們的背影，我也走上研究之路。

我跟張老師的緣分

張建俅＊

　　說起我跟張老師的緣分，最早記得應該是1986年我考進臺師大歷史所，碩一便選修張老師的「中國現代史專題研究」，那時很單純想修中國近現代史的課，再加上剛入學跟學長姐不熟，選課時沒什麼人可以問，對於開課老師的資料根本不懂，於是就這樣一入學就修了老師的課。那時一起修課的還有黃德宗、張曉芳跟幾個碩二的學長。

　　等到上課以後才知道老師是很有名的學者，然後那是我首次發現中國現代史跟以前讀過的書上過的課，很不一樣，通過每週閱讀資料，還有老師上課的講解，讓我對近代中國史產生了濃厚的興趣，甚至取代了原本我大學時期最感興趣的隋唐史。再加上

＊ 中央研究院台灣史研究所訪問學員（1998-1999），中央研究院近代史研究所博士後研究（2000-2002），國立中正大學歷史系助理教授、副教授（2002-2006、2006～）。

老師的山東口音,讓我更感到親切,因為我父親也是山東人,記得那年我的學期報告就是寫我父親的出生地煙臺。

上完碩一的課,要找指導教授,那時是同班的張曉芳找我跟黃德宗一起去找張老師,只記得那天我們都很緊張,幸虧老師沒有拒絕我們,事後想來或許是因為我們「揪團」的關係,老師不好意思拒絕其中一個,只好接納了我們,讓我們「團進團出」了,當然這是開玩笑的異想。

後來我們三人常常一起去跟老師meeting,當時老師是中研院近史所所長,所以老師跟我們約的時間往往是下午3點半到4點以後,地點常常在所長辦公室。偶爾有緊急公文要處理,老師才會暫停meeting去簽字,有一次記得是許雪姬老師因某事拿著公文來找老師,然後站著等老師看公文到最後簽字。老師跟我們meeting,一個一個討論我們的進度,所以花很多時間,而我們也可以學到更多,常常meeting完,都6、7點天黑了,有時師母會打電話來提醒老師回家吃飯。

我的碩論題目是「清末自開商埠之研究」,是我從近史所檔案館讀外交檔得到的靈感所選的題,期間我去北京中國第一歷史檔案館看檔案,那是1989年的9月到1990年的1月,正好是六四剛過,很懷念那時的北京城,物價便宜,人情味很濃郁,而且又有豐富的史料收穫。

在整個碩論撰寫期間,張老師是我主要的指導者跟討論對象,因為那是一個新題目,其他學長姐跟同學們包括我自己一開始都很陌生,可以說那篇碩論是在老師的指導下才逐漸成形,很

多想法若沒有老師指導，是沒有可能寫進去的，另外還有關於學術論文撰寫的格式，也是老師一點一點教我的，還有對於外文史料的注重等等，讓我知道近代史多語文資料的必要，可以說老師是我學術生涯最重要的啟蒙者。

在碩班期間我申請到2年的教育部「中國現代史獎學金」，後來才知道老師跟這個獎學金頗有淵源，那兩年的獎學金，讓我得以安定的生活，對於碩論的撰寫完成提供了很大的助益。

碩論口試時除了張老師，另外兩位口試委員是王爾敏老師跟李國祁老師，口試過程很順利，最後我通過了口試，口試成績是89.6，當下只覺得通過了很高興，沒有多想，後來所助教跟我說這個成績可能破了過去的所紀錄。後來我在拿修訂稿去給張老師看時，老師特別叮囑我，口試成績不代表什麼，他說兩位老師都很客氣，打的分數比較高，所以他打的分數讓總平均不要超過90，他特別要我千萬不要因此而驕傲，學術的路還很長，我還有很多須要學習的，這些囑咐我一直謹記在心，當作自己的警惕，這件事我之前從未跟其他人說過，今天是第一次發表，我覺得這是張老師跟我之間最重要的一段對話。

碩士畢業以後我在中研院近史所作了一年助理，後來考進政大歷史所博士班，好在老師當時也在政大兼課，於是又有機會修老師的課，在政大就讀期間，老師常常擔心我沒有收入，於是幫我找了一些撰稿的工作，比如「民國山東通志」、「中華民國紅十字會史」等，在參與紅十字會史修撰期間，我決定以中國紅十字會當作我博論的主題，由此我的碩博論，等於都得到老師的指導。

在博士班就讀時，常常去大陸蒐集檔案史料，我都是請老師幫我寫推薦函，老師的人脈幫助我很多，尤其是南京中國第二歷史檔案館、南京大學、貴州師範大學、貴州社科院等，都為我的博論史料，提供了重要的基礎。

雖然在我請老師指導我的博論時，可惜老師說他已經不收學生，所以我私下開玩笑說我是老師的「關門弟子」——關在門外的弟子，但是老師仍是我博論的口試委員之一。在博班期間，張老師的女兒結婚，於是我們一些學生去喜宴幫忙作招待，我大概是最後上桌吃飯的招待，這是我僅有幫老師作的一件小事，說來慚愧，隨手記錄下來。

在我博士畢業以後到我到中正大學工作之間，期間種種波折不須多言，我知道老師始終都在關心關照我，我最後可以去中正，我知道當時有一些長輩，起到關鍵臨門一腳的作用，事後想來，我始終覺得當時在師長之間，有一股幫助我的力量，想為我找到一條出路，我相信老師在其中一定有重要的影響，雖然我從來沒跟老師求證過。

關於我去中正的過程，可以說是驚濤駭浪，那年中正處理提聘很特別，除了本系三位教授外，另外聘了四位教授參與系教評會，根據後來幾位老師跟我說的，外聘的四位分別是：李國祁老師、張哲郎老師、徐泓老師、孫同勛老師，而且教評會是在臺北市召開。那年本系要徵聘中國史教師一名，臺灣史教師一名，在第一輪中國史教師評選後，我原本沒有選上，但是李國祁老師作為主席，他特別提出來，認為我的著作有臺灣史，而且發表在核

心期刊，所以把我的資料拿到臺灣史部份再評選一次，結果這第二次評選，我就被錄取。錄取了以後，本系2位資深同仁直接打電話給我，約我在臺大對面咖啡廳見面，當晚另一位資深同仁打電話給我，說了一些話，對話內容當然不方便公開，當時我只是為自己找到教職而高興。

不過沒想到事情還有波折，大概是臺灣史這個缺，有很多人覬覦，臺灣史學界可能有人向本系施壓，過了幾天，我竟接到系辦電話說還要進行第二次評選，我大為震驚，沒想到教評會通過結果居然還能翻案？但又過了幾天系辦又通知我說，錄取沒問題了。後來聽曾參與教評會的外聘老師說，原來他們幾位得知要重審，非常不滿意，好像是李國祁老師跟另一位老師打電話去本系抱怨，說如果我的聘任案重審的話，以後他們不再參與本系的事，所以是在長輩的力保之下，我才能進到中正歷史系工作，對此我一直感恩。幾年以後李國祁老師到本系參加研討會，我攙扶他在校內行走時，他告訴我，不論徵聘時發生什麼事情，以後我還是要為本系好好工作，不要去計較，這是李老師最後對我的叮嚀，我從來沒有忘記，後來張哲郎老師也當面跟我說過類似的話。

在被中正三級教評會通過錄取以後，同時間我也獲得成大歷史系通知，我通過了系教評會評選，接下來還要走院教評跟校教評，原本我在想等成大最後結果出來，再選擇要去中正還是成大，但是當時中正歷史系主任得知我成大通過系教評的事，於是叫助教打電話給我，要求我下週一立刻到中正大學辦理報到手續，否則要取消我的資格。我跟家父以及我的指導教授呂芳上老

師商量，特別是呂老師說「二鳥在林不如一鳥在手」類似的話，於是我決定寫信婉謝成大的好意，最後去中正報到。我想在同輩當中，應該是沒有申請工作像我一樣這麼曲折離奇的。當然後來我在中正，照兩位老師囑咐，從未跟同事提起這段奇特的經歷，就是盡好自己的本份就好。

我在2002年進入中正大學歷史系工作，當時才創校十幾年，還是一個新學校，本系對於新老師很寬容，開課與上課時間都可以自行安排，這對於我這個疏懶的個性很適合，於是我一直都把課排在下午，每週只須要上課9小時，所以我都排週一到週三下午上課，後來帶研究生可以抵免教學時數，就只上週一週二下午各三小時的課。

去中正以後滿三年我就提升等，不過由於系教評會不了解升等論文的規定，要求我更換代表作，結果後來被校教評認為更換後的代表作已經在提聘時使用，不合規定，我只好第二年再提升等，所以我是滿四年升等副教授，終於完成工作的穩定。

但人生有時禍福相倚，在我完成升等的同時，家母張林美津也在同年8月1日升等生效後的一個多月突然過世，那大概是我生命中第一個大的打擊，可以說也直接影響了我的研究規劃，因為以後我要跟家父張緒諤相依為命，幸運的是家父從那時開始陪伴照顧我十六年，直到2022年過世，家父享壽99歲。最後跟家父一起生活的十幾年，有許多美好回憶，我們一起出國旅遊，我協助家父寫書並在大陸出版，出版後成為暢銷書，之後我們父子接受中國時報記者訪問，後來連合照都獲得刊登。鼓勵並協助家

我跟張老師的緣分　　177

我跟父母親最後一張合照，2006年於東京淺草。

父親接受記者訪問。2010年1月18日刊登於中國時報。

父出書是我非常高興的事，可以跟家父最後一起生活十幾年，是我難得的福份，這是任何其他事情無法取代的，至今我對父母都有無限的感念和感恩。

我在中正大學期間除了認真教學外，比較特別的是我曾經參與當時臺灣高教一個全國大型計畫「五年五百億」的爭取，那時系主任找我跟我談，丟給我一頁半的說明，然後我就回去搜集資料，最後完成一萬多字的計畫。本校當時最初由各系所有意願的提出計畫，然後在校內公開會議中競爭，第一階段有25個計畫，我們這個計畫通過了，但被校長要求跟文學院整合，於是這個整合計畫也是由我來撰寫；第二階段有9個計畫競爭，我們又通過了，校長要求我們要整合其他社會科學領域的計畫，這個計畫仍是由我來撰寫；第三個階段剩下3個計畫，在經過評比後，我們這個計畫成功希望較大，但是校方不能把理工學院計畫直接刪除，於是要求我們整合理工的計畫，最終以學校名義向教育部提出申請，最後的整合仍是我來撰寫。此外這個三階段的校內會議，都是由我負責準備ppt並且上臺作簡報。

這個五年五百億計畫當時媒體報導很多，檯面下我操盤作了一些工作，結果是最後通過本校這個計畫，但是要求我們要以「臺灣人文研究中心」作為執行計劃的主體，也就是說理工的部分被拿掉了，經費是2年9千萬，這大概是我撰寫通過金額最多的一個計畫了。臺灣人文研究中心成立後，我是執行秘書，這個計畫後來因為種種原因只進行了一年，我覺得最大的收穫就是利用這個計畫經費買了很多書，除了分給其他文院友系同仁購書經

費外，我經手購書大約在2000萬以上，這可能是我一生當中最過癮的購書經驗了，同時也為本系本校購置了大量的文史書籍，我想這算是我在中正提供的一點貢獻吧。

除了五年五百億計畫以外，我還曾經參與嘉義縣志經濟志的撰寫，另外我自己也曾完成澎湖七美鄉志的案子，說起來以前跟張老師一起修志的經驗，對我後來仍然發揮了重要的作用。

另外一件有趣的事情是在馬政府時代，歷史課綱曾經引發爭議，當時我受邀成為歷史課綱委員，同時也參與審查歷史教科書，過程不贅述，但是最後我跟另一位同事竟被綠營立委攻擊抹紅，然後被刊登在自由時報的頭版，我的照片被用連線跟其他教授連結，該教授再與某政治團體連結，報導內以該教授是在中正歷史系博士畢業，乃暗示我與該教授有關係，這大概是我唯一一次照片跟名字登上報紙頭版，雖然是以這樣奇特的方式報導。

在中正大學歷史系工作至今22年，再過幾年就要退休，在教學上，前後也帶了一些研究生，不敢說我的研究生博碩士論文有多優秀，但至少都有原創性，沒有抄襲的問題，在上課教學方面曾經獲得教務處7、8次教學優良獎狀，不敢說自己教書有多好，只是認真盡責作好工作罷了。此外我一直擔任導師，跟前後6個導生班的同學相處得很融洽，不論是想深造或是有困難的學生儘量幫助他們，跟導生們的相處是我在中正大學生活中輕鬆愉快的部分。在自己的研究上，不覺得自己有多好，絕對趕不上幾位學長姐的成就，不過我在去中正前後五年間，曾經在《中研院近代史所集刊》、《臺灣史研究》各發表2篇論文，在大陸的《近

2014年5月29日張老師到中正演講，我跟張老師的合照。

代史研究》發表一篇論文，那是我創作最旺盛的一個時期，目前我還有一些想作的課題看看退休前能作多少？退休後應該還是會繼續作，直到體力不能負擔為止。

　　我們這群張老師的學生們，從1992年以來一直定期跟老師聚會，還記得最初3次的聚會，是游鑑明學姐叫我幫忙打電話聯繫大家，當時沒有網路也沒有社群軟體，只能一個一個打電話，徵詢大家是否能夠參加，有時候打不通，有時候要由分機轉接，

所以聯絡的事情花了一點功夫，印象最深刻是當時打給李惠惠，她正在臺視作主播，應該很忙，記得電話接通以後是她同事或助理接的，我說明來意，後來李惠惠回電，我再邀請她，她說很樂意參加，巧合的是1992年那次大合照，我剛好蹲在她旁邊。

很感慨的是黃琇媛跟萬麗鵑很早就走了，黃琇媛一直都很積極參加聚會，萬麗鵑是我博班同班同學，在學期間也找過我們同學們去她木柵家吃飯，沒想到她們很年輕就離開了我們。如今看著以前的老照片裡的大家，從年輕到中年，即將邁入老年，可以一直跟老師師母，還有同學們一起聚會是多麼珍貴的回憶，很謝謝大家。

從我進中正大學以後，直到今天，20多年來，我都非常懷念學生時代跟張老師討論論文學習的過程，並且希望能跟老師一樣，認真指導學生作研究，對我來說，那是學術上一切的開始，可以有一位知識淵博又態度和藹的老師來指導寫論文，是非常幸福的事。

回首來時路，我覺得成為張老師的學生，是無比幸運的事，我不但從老師那邊學習到學術研究的方法，更得到老師經常的照顧，我想在我人生當中，張老師是我最重要的老師，這輩子很榮幸能成為老師的學生，最後恭祝老師90歲生日快樂！身體健康！事事順心！

師生情懷的浮生日錄：
從助理到學者的成長與省思

廖咸惠[*]

　　2023年六月底到臺灣師範大學參加張師玉法的新書《浮生日錄》發表會，那日雖然大雨滂沱，但絲毫未減與會者的熱情，其中當然也包括了老師多年來指導的眾多學生們，可謂座無虛席。會中有機會再次靜靜坐在臺下聆聽老師演講，這讓畢業且入職已多年的我，彷彿瞬間回到學生時代，那個受到老師諄諄教誨的美好與成長歲月。這本厚實的新書頗有編年史的趣味，在年月日排序下的逐條敘述中，不僅娓娓道出了老師成長、學習、戀愛、立業、成家的生動過往，也勾勒出老師在教學、研究和各項學術服務上的熱心投入。而從老師詳細紀錄入職以來的薪水、稿費、版稅以及支助大陸家人細節，似乎也窺見臺灣這數十年來在經濟、消費水平上的變化，以及兩岸親人繁複糾結的互動關係。還有很

---

[*] 現任國立清華大學歷史研究所教授。

意外也很感動的是，在老師鉅細靡遺記錄和學生們書信往來的內容中，除了看到濃濃的師門情誼外，竟也瞥見了自己進入師門這些年來的一些成長影像。老師的書不只是一本他個人的「浮生日錄」，也是這數十年來臺灣社會、經濟和文化發展的縮影，更是在刻畫師生互動之餘，讓身為弟子的我們重新回味自身的成長歷程。

　　常常回想起碩士班時那段擔任老師助理的時光，那是一份非常單純、規律但卻有著優渥工讀金的工作。猶記得那是某日有學姐傳達了張老師想找研究助理的訊息，詢問是否有同學有意願。我因為從來沒有想過工讀這件事，所以剛開始並沒有特別留心。不過，後來聽說學長姐和同學們，或因已有工讀在身、或因時間上不能配合，這個助理的機會還在。於是我鼓起勇氣表達意願，在有幸成為老師的助理後，開啟了我的工讀和攻讀生涯，朝向我之前不曾規劃的學術人生邁進。起先，我主要是待在老師的研究室幫忙整理和謄錄文稿。老師那時擔任近史所所長之職，辦公和研究都在二樓的所長室，所以老師整潔明亮的一樓研究室就成為我個人獨享的工作天地。在書香環繞、寬敞的書桌上，一邊謹慎的抄錄著老師的著作文稿、探究其中展現的智慧，一邊思索著從學生到學者是一條多麼遙遠難及之路。之後，近史所成立電腦室，於是原來的謄錄工作便進化到在電腦室將文稿輸入成數位檔。電腦室中有好多像我一樣的助理，所以每當電腦使用上遇到問題，常能在他們的熱心幫忙下獲得解決。這讓我在助理工作之際，也學習到不少電腦知識和技能，甚是開心。在一天工作完畢

時，常會在回家前有機會和老師閒聊幾句，話題從工作、學業、家人，到交友無所不包。在這樣閒話家常的互動中，看到老師在課堂嚴肅之外溫和親切的一面。那段時光，在學習上有老師的指導，在家裡有父親滿滿的愛，又有助理工作帶來的工讀金收入與實務能力，真是快樂又滿足。

　　碩士畢業後帶著家人和老師、師母的祝福及期待，負笈異國。在異地求學的壓力與挫折之中，父親的家書和老師的來函，總是鼓舞著我再接再厲、樂觀奮鬥前行。出國留學那年正逢父親退休，為了減輕家中的經濟負擔，我在博士班期間持續工讀模式。有了在張老師身邊擔任助理數年的學習和經驗，這次我沒有任何猶豫，積極尋找研究或教學助理的機會。記憶中有一學期竟然同時兼了歷史、人類，和社會學三位教授的研究助理工作，真是忙翻天了，直到現在都很難想像自己那時是怎麼扛下的。想必是之前擔任老師助理期間所獲得的訓練，以及學習到為人處事應有的態度和原則，為我在留學期間的工讀奠下了紮實的基礎。還記得有一次我將某位教授交代的史料蒐集和分析結果完成後，這位教授說我做得很仔細，找到很多條之前研究者沒發現的史料，讓他十分驚喜與印象深刻。聽到這個稱讚時我嚇了一跳，因為我只是依照他的吩咐把應該做的事情完成，沒想到竟能獲得這樣的肯定。果然，凡事盡力做好自己的本分，不僅能無愧於心，還能有意外收穫。我後來發現，自己從這份研究助理的工作中，其實獲得了比工讀金更加美好的反饋，那就是在幫教授蒐集和閱讀史料的過程中，不僅為自己找到了有興趣的學期報告題目，而且最

咸惠：

　　謝謝妳這兩年多以來的幫助，剩秀園後，也住入如在家方便，課業也必在台灣重要耐心調適自己，記很快在學業上聯有所成。始是在父親及老師面前看來是不太的孩子，剩秀園就要孕育出成熟的智慧，在往一切困境，享受一切順境。隨行依依，敬祝

旅途順遂

呂芳上
71.8.5 上

出國前老師給我的叮嚀信

終形塑了博士論文的方向和架構。能夠順利取得碩、博士學位，除了師長們的學業教導外，也要歸功於他們提供的助理機會，讓我在獲得經濟資助之際，更能體驗到「做中學、學中做」的奧妙與寶貴。

　　畢業後很幸運的順利進入學界，而且一轉眼竟已超過二十年。儘管時間飛逝且身份轉換已多年，但學生時代的成長經歷，特別是從老師身上習得的處事待人與為學之道，依然深深刻在腦

海中。在待人應對方面，猶記當年擔任張老師助理時，某次在近史所使用影印機，被管理室的小姐不太客氣的對待，當下雖感委屈但也認份的接受這或許是小助理該受的待遇吧。然而，隨後與張老師及另一位研究學者進出近史所大樓時，老師竟然非常紳士的幫我開門、還讓我先行的舉動，讓我既震驚又倍感溫馨。原來待人接物的方式差別，不僅能帶給人截然不同的感受，更立即彰顯其人的涵養及氣度。這些成長過程中經歷的種種，時時提醒著我要以老師展現的這種處事待人之道為典範，在和無論是長輩或是學生後輩互動時，也抱持著一樣的態度和信念。至於老師在為學方面所樹立的楷模，則是我很想努力追隨但仍望塵莫及的部分。記得進入學界多年後，有次詢問老師為何能在兼顧那麼多事務的同時，還能有高效的研究產出，難道不會有被各種截止日追得喘不過氣的壓力嗎？老師的回答很簡單，即每件事都提前做好，無論是受邀演講或是論文發表，都預先準備好不要拖到最後一刻，這樣就不會有壓力啦。這個回答直接戳中我的弱點，沒錯我正是那種凡事總會拖到最後，以致時時被壓力追著跑的人。現在自己終於明白，原來生活中難於迄及而需不斷努力的，不是從學生邁向學者的身份轉變，而是如何從一個人變成更好的人。

向陽前行

吳淑鳳*

　　我是從《中國現代史》這本書知道張老師。由於高二、高三歷史老師未克盡職責，連帶對這科目生厭，一心想著聯考後立馬劃清界線，卻偏偏在志願表上塗錯空格，進了歷史系。就讀政大歷史系時，只知上課做筆記，課餘找老師推薦的書或文章閱讀，學習態度被動。當時中現由蔣永敬老師授課，常有學長開玩笑，蔣老師只上「二胡」——胡漢民、胡志明，但到我時只剩「一胡」胡漢民，對蔣老師闡述的黨權、軍權和政權變化是很懵懂的。直至大四寒假想考研究所，忘了誰給的書單，借了《中國現代史》埋頭苦讀。校方原本不提供大學部學生寒暑假住校，我大三或大四才改為騰出幾間房間，供符合申請資格的學生住校，所以我利用寒假在校讀書。印象還沒把此書讀完，便有開啟認知鑰匙之

---

* 現任國史館纂修。

感，對政治系臨時室友大讚這位作者思考理路和邏輯完全對我的胃。那時還不清楚老師的身分，才會如此大言不慚！

1988年進入政大歷史研究所碩士班，方知老師在所裡開課，心想原來我可以見到本尊，可所裡要求碩二才能選修「中國現代史史料分析」。我對老師的初認識，基本上來自同學許育銘，他先去師大旁聽，告知老師教學很嚴謹，對學生要求很高，不苟言笑、非常嚴肅，害我上課時總是戰戰兢兢。第一堂課老師強調研究資料無止盡，希望我們多去探索、發現新材料，一旦找到新資訊也要主動提供給他。1989年網際網路還沒誕生，老師一坐下就從公事包裡拿出一疊資料卡，一張一張翻著，仔細地介紹中現研究的相關資訊，聲調清冷、平靜，確實給人嚴肅之感。

承廖風德老師給予助理工作，1989年暑假在政大社會資料中心影印中央通訊社有關戰後學潮的剪報，此後對社資中心的典藏很感興趣，經常泡在那裡翻看各類材料。也因此，我找到二本工具書提供給老師參考，學期作業則是介紹社資中心庋藏1945至1949年發行的期刊及其重要內容。據說這些期刊是教育部託管，1990年代移至中正圖書館罕見書區。

老師聽取敝班同學報告作業題目時，或引導介紹的重點，或對題目給予意見，最後說了句依題目發生的先後做為報告順序。我正暗自竊喜二戰後的階段，鐵定是倒數報告。王凌霄的是抗戰時期，他攤手聳肩、一副不是學長不排前報告，是老師的規定。沒想到老師追加一句，王與我作業屬通論性，最先報告，語畢，過於震驚的王凌霄撥到桌上眼鏡，拾起時鏡片破裂不堪，我們笑

稱他真是「跌破眼鏡」哪！直到現在我都懷疑老師這二句話的停頓是故意的，沒想到效果奇佳。

王凌霄、陳進金和廖德修三位都是先當兵才就讀研究所，每當授課老師詢問報告順序，這時大學畢業即攻讀碩士的同學就會尊稱他們三位為學長，異口同聲說「學長先」，他們礙於年長不得不身先士卒報告。王凌霄本以為這回逃過了，沒想到還是最先報告。

課後，許育銘說老師對本班比較寬容，全班作業題目一次通過，老師在師大要求幾位學生重新提交。二年後我擔任老師的助理，提問過此事，老師並不認為對二校的學生有差別待遇，他覺得我們班的作業題目都具發展性，可以通過。

說起老師「不苟言笑」的刻板印象，實則不到學期末就破功。先是教師節前夕，同學合資買卡片，由班長管美蓉代表致贈。管特別示範卡片可以像門打開，秀出裡頭圖片，說「可愛吧」！老師笑了，並說「像你們一樣」。第二次，前一年平均成績排名第一的陳進金，改領獎學金，沒正職工作的同學領助學金，那天是該學期首次發放獎助學金，老師進教室時聽到我們還在喊進金請客。下課鐘響，老師竟說你們有人請客，怎麼不請我？我們集體呆住，沒想到玩笑得當真，臨時決定去憩賢樓三樓中餐廳。途中進金私下找幾位同學先借錢，他說上課前剛把獎學金存入郵局，口袋空空。幾位女生都說上課不會多帶，幸好許育銘和王凌霄表示沒問題。席間老師問為何請客，王凌霄小聲嘀咕「敝班實施溫和的共產主義」。尷尬的是，菜才上二、三道，隔桌來的竟是王

壽南所長宴請幾位老師，蔣永敬老師一看，吃味地說「你們請他怎麼不請我！」我們紛紛起身敬「酒」賠罪，蔣老師說顏色不對，只好喝掉果汁改換啤酒再前去請罪。餐後多人稱應由班費支付，但進金不肯，印象後來是潘光哲有足以請客理由，進金才同意二人合夥出資。

第三次，是期末最後一堂課，所裡在貓空樟湖小吃聚餐。助教李素瓊特別叮囑一定要邀請老師出席，且安排了車。這時我們已不像期初與老師頗有距離，使出看家本領力邀，老師笑著點頭但問可否帶一位朋友？當然不是問題，連忙說好，老師說自己晚點到，我們怕遭老師晃點，一再確認。當晚本班同學先到餐廳，隨後在路邊站成一排歡迎到場師長。這時老師來了，微笑地帶了一位漂亮女士，也不介紹。我們面面相覷，直覺是師母，但好年輕，心想叫錯怎麼辦，只敢諾諾地說歡迎。終於等到張力學長到達，忙問老師身旁是師母嗎？得到肯定答覆後，幾位帶頭向張師母致歉，並叮唸老師幹嘛說朋友，老師則怪我們太遲鈍，他帶的當然是師母！

自協助廖老師複印所需剪報資料起，我對戰後中國的演變上了心，對1946年召開的政治協商會議尤感興趣，可自認無法同時處理會中各項提案，直到發現1944年中共提出「聯合政府」要求，與政協會議中的擴大政府組織案是相關的，覺得可以成為碩士論文題目。我心目中指導教授首選，當然是老師，適因手上又有關於中現研究新材料，致電老師約定拜訪時間。此時距修課已有段時日，擔心老師不記得我，抵達近史所後先找張力學長進行

心理建設。學長知我拿材料為名，實則有意請老師簽名指導，直說我是帶著陰謀而來。見到老師，因太緊張有點結巴介紹自己，老師說他記得我提供過資料。在交出新資料後，轉到論文議題，詢問老師可否成立？老師認為可以，也同意指導。我開心拿出申請表單，這時心情輕鬆，便提到張力學長的陰謀說，老師說是「陽謀」才對，原來老師早就洞悉我的目的。老師覺得我初擬的題目不夠貼切，修改為〈中共的「聯合政府」要求與國民政府的對策（1944-1947）〉，他說題目寧可長也要題旨清楚。

　　寫好碩士論文一節，張力學長即將赴美，表示可幫我先看這節。經他指正，我知曉論文寫作須用字精確，不要在很短文句中重複字眼，以及邏輯需縝密。其後，論文初稿先經楊維真學長看過，教導行文注意事項。也因此，老師對我文字部分修改較少，多是提出意見，如對文字修改，僅一字之別，就能點出時代氛圍或國共衝突感，例如「變」化改「激」化，讓我印象深刻。我原計畫1991年夏申請論文口試，可年初右肩不適，初不知脫臼，只是猛貼藥布，直至疼痛不堪才就診。不料遭誤診加上護士注射不當，致右下臂變得紫黑且腫脹到連手指縫都看不見，手臂也難以抬高，休工一個多月。約2月中旬拜見老師，想調整論文撰寫進度，適逢老師3月將赴美，至6月中旬回臺，到那時已是政大申請論文口試的截止時間。老師告知可以寄件到美國，但寄送費時且難以討論（那時沒有網路和email），這樣對我口試不利。乍聽老師另有行程，我有些難過但也不想草率地完成碩論，當場決定延後畢業。我沒想到的是，老師竟向我道歉，說他個人因素影

響我畢業。我起身告辭，眼眶熱熱地，老師的慎重對待讓我想哭。不過，我有好報，碩四一口氣申請到教育部獎助中國現代史研究和扶輪社的獎學金。

我應是第一位與扶輪社社員沒有淵源的獲獎學生。碩三上我打電話詢問該獎應如何申請，對方告知要由社員推薦。本已作罷，但板橋社社長認為我能去電詢問，說明是個積極主動的人，願意成為我的推薦人，於是當年度板橋社獲獎二人，增加我這位狀況外的獲獎人。翌年，又獲板橋南社社長推薦，連續二年得到扶輪社獎助。碩四既有二份獎學金，便辭去打工，專心寫論文。

老師要求寫好一章即交稿，希望三週左右見面一次。由於碩士生時對老師非常敬畏，便約王凌霄一起晉見，也因此得與王寫作同步，成為策勵自己的目標。約好面談的早上，搭著當年的指6公車從政大翻過山頭到南港，一路緊張不已，直到面談結束走出老師的研究室，頓覺呼吸暢通，戲稱自己是「進門一條蟲，出門一條龍」，此時才有胃口吃下王凌霄幫忙買的早餐。老師對我論文提點三件事，是我終生受用的：一、行文不可夾議夾敘，這樣閱讀者容易混淆，不知哪部分來自史料，哪部分是我的見解，這不是好的論文。二、結論要全面觀察這段歷史演變和重要轉折，找出解釋，不是摘要先前論述。三、論文題目既是討論國共談判，結論就要找出雙方攻防的點和策略運用，並分析談判技巧和運作優劣。

1992年政大歷史所承辦「黃興與近代中國學術討論會」，是兩岸學術交流的先鋒。老師在會場請所助教找王凌霄，王不知會

場所在，剛好問我，便一同去見老師。老師告知有學者想了解王的碩士論文及研究資料，囑咐王主動聯繫。語畢，轉頭問我要不要去南港工作，他有一專書計畫。我沒聽懂，只說南港好遠。王和我走出會場，他說不錯喲，老師找我當助理，我才弄懂老師之意。在此之前，我遞件申請大學入學考試中心但未有下文，對畢業的下一步感到茫然，沒想到馬上有棲身之處，8月即找老師報到。印象過了二、三個月，大考中心打到近史所助理室找到我，我以有工作婉拒，對方表示助理是暫時工作，希望我先去面談再說。我堅稱這工作是很好的學習機會，不考慮更換。

　　老師希望這本新書，能傳遞新的研究成果，或提供堅實的數據做為論證。他早就規劃好全書章節，只要我查找相關學術討論會論文集，將論文的重要資訊或研究見解寫入卡片或打字建檔，屆時再依章節分類。我以dBase軟體設計所需欄位，告知老師它能自動分類，不用剪貼。我的工作內容就是讀論文，遇上符合老師專書章節的才註記相關資訊，一天至少讀15篇論文，如未有符合專書所需，是一天讀20篇。只要讀書就有薪水拿，天底下怎有這麼好的事！

　　老師的分類能力強、決斷明確快速。當時我二、三天向老師報告工作進度，並提問遇到的難題，例如某些章節沒資料、有些研究成果不知如何分類。老師都能馬上回答，如另外查找什麼材料或專書，或指示該成果可分到哪個章節或置入哪二個章節。他不是只給答案，還會告知分類理由，感覺我在學習如何拿好釣竿。能當老師的助理，是我的福份，這段時間是從老師身上學習

最多的時刻。

　　我向老師報告想參加公務員考試，老師起初並不贊成，但知我需有穩定工作照料父母，便未多言。在高考錄取後，因知文科研究生熟悉 dBase 軟體的不多，便在 12 月中旬離職前依章節 sort 改以 word 檔交給老師，並備份檔案移交下任助理。離職時，老師說我得力，超開心！我猜是在摘要欄寫出作者的見解，或能對應老師的規畫，註記某處有什麼新資料或統計資訊吧！老師這本著作便是《中華民國史稿》。有次在大陸地區開會，有人拿該書的盜印本給老師，從封面到版權頁都與聯經出版的一模一樣，只有外型較小。老師完全沒提什麼侵權，只說比聯經出的輕多了，較好攜帶。雖然老師在 2023 年出版《浮生日錄》裡記錄許多稿費、審查費等收入，但據我所知，老師不是很在意著作版稅。我在博班時問過老師《中國現代史》幾乎是各類考試的必用書，東華書局怎麼表示？老師回答不清楚增印多少，但東華老闆送過勞力士錶一隻，可戴上沒多久，錶蓋就掉了，修過不久又掉，他嫌麻煩便一直擱著。老師說如果我喜歡可以送我，修好就可使用。我說我的手腕不是戴得起勞力士錶的，力勸老師再修理，我可以幫忙送修，但老師還是嫌麻煩！老師的豪氣還不止於此，老師找我參與《民國山東通志》撰寫計畫，分配到〈救濟志〉。在查找相關資料和研究成果時，發現老師寫過〈民國初年的社會救濟，1912-1937：山東地區的個案研究〉，有關民國初年到抗戰前的山東救濟工作，我沒有可增補的餘地，請示老師可否聯合掛名，讓我直接使用該文再補充後半段？老師讓我直接使用，他不用掛

名。我說縱使老師同意,這也不符學術規範,是以有幸與老師聯合撰文。

1992年12月中旬進入國史館任職,從事口述歷史工作,不到幾個月便覺不踏實,開始準備博士班考試,也順利考上師大、政大歷史所。由於不願配合主任秘書要求先休學,館方隨即發出停過一陣子的前令,言明需在館任職滿三年,方得申請公假進修博、碩士課程。我只能請事假上課,翌年起才事、休假並用,但均超出事假時數,得補繳差額。博班再修老師課時,他接下東華書局出版專書的推薦任務,要我將碩論增加到18萬字,他要推薦出版。可我碩論加上徵引書目才15萬字,老師告知可找資料充當附錄。我回答罕見材料才好當附錄,但沒發現什麼珍貴材料。實際上是我自覺不足,不想壞了老師的招牌。此時雖然拂了老師的好意,但出自好心,日後這本碩論在救急時才能派上用場。

我用來報考博士班的論文題目,早在口試前即知以現職無法好好在大陸地區蒐集資料,勢必得改弦更張。因在職不只讀書時間有限,找資料也是。為尋找合適新題,如聽到學術討論會的主題與二戰後有關,即主動報名發表論文,藉此壓力一邊蒐集資料、一邊寫論文,同時思考可發展的題目。這個階段發表過抗戰勝利後逃匿港澳漢奸的引渡、以《觀察》雜誌論戰後知識分子對國共抉擇等,對知識分子於1949年前後的遭遇很感興趣,也向老師請教過。

博二上學期曾請老師指導我的博士論文,老師本已答應,可惜不是預謀,只好約下學期請老師簽名。在此期間,老師與呂實

強老師對打乒乓球,老師一記殺球,呂老師可能動作過大導致視網膜剝離,瞬間看不見!老師心生愧疚,立下決心如果呂老師不能再指導學生,他也不再擔任指導教授。是以下學期當我拿著申請表找老師,老師說如果我上個學期拿來,他就簽名,但現在已做出不再指導的決定,便無法簽字。於是我錯過再叮擾老師的緣分。

1999年我獲得「中華發展基金管理會」獎助前往大陸地區蒐集資料。那時行政機關的員工到大陸地區是要經上級機關核准的,因此我得先上簽,赴大陸時以中國近代史學會會員身分,獲核准後再經館方人事簽送總統府,得到秘書長黃昆輝核可。有了這紙公文,才能在2000年7月底正大光明地前往大陸地區。8月,我在上海圖書館巧遇老師和師母,向老師報告我把該圖書館的近代文獻閱覽室目錄區的卡片全翻過一遍,陸續調出所需期刊;也告知我住在普陀區,搭乘地鐵、公車往返上圖,還有在上圖附設餐廳如何花最少的錢就能吃得滿足。老師聽完我非常接地氣的生活,擔心我沒吃好,找我一起晚餐。可因無法及時聯繫同住的白媽媽,怕她擔心,便謝過老師的好意,但能在異鄉與老師不期而遇,真的好神奇!不過,2008年我在美國史丹佛大學胡佛研究院抄蔣中正日記時,又神奇地遇到老師。彼時我已弄清楚該校接駁車的班次、時間和方向,不再發生搭到反方向繞校園一圈的事。工作結束後,我帶著老師搭接駁車到Palo Alto火車站。這個車站如不經介紹,是不會讓人聯想到火車站,只有月臺和鐵軌,沒車站建物、也沒有工作人員,月臺上只有一立柱,上頭

2010年6月在北京中國社科院近代史研究所成立六十週年活動

標示抵達該站的班車時間。老師的公子張孝威事先說好搭哪一班車，我們在月臺等候，我多事看了到站的列車班表，提議老師搭張孝威說的前一班車。我以為是孝威沒想到我們能如此順暢抵達車站，時間估得寬鬆，才建議第二班車。結果是第一班車不停說好的車站，老師到下一站才能下車，他們父子倆互尋一個多小時才見面。翌日我得知此事，頻頻道歉，可老師直說是孝威住的地方太偏僻。

　　2004年我和幾位同事寫的「國家歷史資料庫計畫書」，12月獲得「數位典藏國家型科技計畫」給予補助，這當然要歸功於張炎憲館長的人脈和奔走。有幸實踐這項計畫，大大改變我的工作

內容，我的數理素質有了發揮空間，參與計畫過程和其他單位互動，我像是開了「法」眼，對公務上所需法規的理解、行政的流程豁然開朗，長進許多。也因此，資訊能力有了提升，2010年在大陸地區幫老師、師母解決筆電小問題，有點小驕傲呢。

我的研究領域自2010年秋有了很大轉變，起因是國防部軍事情報局主動聯繫國史館合作出版專書。軍事情報局原意是請我

2012年9月13日近代國家的型塑學術討論會

們利用該局徵集的專著,寫本《戴笠簡傳》,做為紀念該局創建以來貢獻最多的局長。身為代表的我表示如果只利用二手專著或該局同仁的回憶錄,較難取信於人,也無法有新的論述和詮釋,更無法為該局找到歷史定位,是以詢問有無保留檔案。之後我們再次前往,看到該局整編的《戴公遺墨》,是以戴笠手書和原件上有戴笠指示等檔案彙編而成,認為合作案可成立,提出想法,於是有了雙方合作的「薪傳專案」。專案結果,出版六本史料彙編,《戴公遺墨》在國史館改名為《戴笠史料》,以及合作案中有關抗戰時期該局檔案的數位圖檔,這些數位圖檔於2012年4月1日起提供閱覽,是年底合作專著出版,書名為《不可忽視的戰場——抗戰時期的軍統局》。事實上,研究情報工作難度很大,資料保留不全或過於片段、檔案的時間和提到的人名都需要經過考證,情報的報告虛實難辨,得像拼圖一樣爬梳很多材料,才能找到小小的碎片。我基於對該局公布檔案的謝意,多寫了幾篇文章,每篇論文要花掉二至三年的公餘時間,但結論往往只有少數屬新詮釋,多數是修正前人所言,對情報工作的具體運作或對關鍵問題的描繪,還是模糊的。

2015年老師與張憲文教授合編的「中華民國專題史」系列叢書出版,誠如〈總序〉提及此套書歷時五年完成,包含18個專題,計800萬字,作者群來自兩岸四地的學者,是首創之舉。撰稿期間作者之一王正華學姐驟逝,其負責的主題需有人接替。恰好其時我已卸下行政主管,不用擔心遭刻意抹紅,傷及任職機關,便接手部分稿件撰寫。然此刻才接撰稿任務,對我並不容易,因自

2014年12月國史館舉辦中美共同防禦條約簽訂六十週年學術討論會

2011年初呂芳上老師擔任國史館館長起,有關民國史資料或研究的出版業務和學術活動大幅增長,至2015年間我和幾位研究民國史的同事都是超時工作。我預感這會是國史館有關民國史研究出版工作的強弩之末,與同事言呂館長規劃的,我們一起努力試著完成。是以公餘時間實屬不多,還要趕出這項專題稿件確感吃力,幸剪裁、修改部分的碩論後,即達交稿總量三分之一強,才能追上進度。承印此套書的南京大學出版社編輯群非常用心,除精心校對外,還將新收文稿和已刊行的文章進行比對,如遇重複即提請作者改寫或採用另外的材料。我想除了符合學術倫理,

也有意提升這套書的學術價值。由於我的碩士論文僅發表一小部分，沒接到編輯群來信，輕鬆不少。這算是當年對老師推薦出版時存有善念，獲得的回報吧！

新書發表會在南京舉辦，會後臺灣有媒體拿著南京大學出版社的宣傳詞「中華民國結束於1949年」做文章。張憲文教授立即出面澄清，幸二老早有規劃和防範，媒體的質疑未能生事。二位老師在推動計畫期間，一想到日後可能的問題，就馬上討論，提出解決方案，如對兩岸學界不同的用詞和事件名稱等做出規範，也很早意識到歷史解釋需要做到「存異求同」。老師還讓部分專題史的時間斷限，跨過1949年到臺灣後的發展。我聽師母提過老師和張憲文教授在定稿階段，每晚「煲」電話長談，對稿件問題交換意見、修訂文稿。老師們的用心和付出，只有參與者才能深刻體會。

這套書完成後，除新書發表會外，還辦了一場檢討會，張憲文教授得知我用臺灣科技大學兼任副教授之銜參與此事，立刻動手調整桌牌序位。他固然有尊重職銜序位之意，實則也保護我，我特別感謝他的用心。慶幸在成長的路上，一直都有師長照顧。

對於研究，我最大問題在於太想推廣國史館典藏的檔案，找到題材就寫，卻沒有整體想法，以致陸續有文章發表，但總是零散的，缺乏組成專書的架構，當然也因自己缺乏動力集結成書。沒有具體研究成果答謝師恩，是我的遺憾，不過，也許退休後可做到。可老師對我說過「演好角色」，我是身體力行的。

師生寄語——
許多歷史，有時就這樣飄走了

吳翎君*

　　1996年我到花蓮師範學院任教後，開始習慣給老師寫信，大致是在教師節、聖誕節和農曆新年前寫信或寄新歲賀卡，老師也會回信或寄張賀卡給我。所以，我手上保留了不少老師的信件和卡片。這些翰墨珍跡安穩地置放在防潮箱中，伴隨著我多年，如同一道厚實的城牆，在我懷憂喪志遭遇挫敗時，展讀老師的書信，總是帶給我堅定的信心裝備。後來老師很快就跟上科技時代的腳步開始使用email。但是很可惜的是在花師和東華大學時期的電郵，在2017年我轉到師大任教後，所有電郵已被封住，並沒有保留下來。這些年的師生寄語，或可為理解我們這一世代人的師生情誼；我刪除一些瑣事，保留向老師報告學術的冥想所思，以及節錄老師的片語。老師曾在一次電郵中提到「許多歷史，

---

* 現任國立臺灣師範大學歷史系教授。

> 翎君：
>
> 頃來很少書評，感觸少些。人生不如意之
> 事十常八九，必事不克本業，仍有撥雲見天之日。今
> 天所提六議處理進不了微才的儀見比較圖，其中一項是
> 國際關係，近來所可了解今淵徵才，好可以加申請。
> 有機會做就做，辭走一步就走一步，不必想太多，好太難
> 很寬。書評寫得不錯，可以看出在挫折中仍很敬業。
> 念人不多，讓一直這樣。
>
> 耑祝
>
> 愉快
>
> 張玉法上
> 85. 8. 30.

1996年8月30日張玉法老師覆信

有時就這樣飄走了」。在寫這篇文章時，我整理了這些年師生往來的通信，主要是我寫給老師的信件，以師生寄語來呈現在歧路荊棘的學術之路，老師如同一盞前引的明燈引領弟子們匍匐前行。

2001年我出版《美孚石油公司在中國》前，大膽向老師索序，老師慨然賜序，並寫下師生淵源如下：

> 翎君女士在政大讀博士班期間，有意以〈美國與中國政治（1917-1928）——以南北分裂政局為中心的探討〉寫博士

論文，央我指導，我曾以不治外交史為詞婉拒，嗣翎君表明會對外交史料的搜集與分析倍加努力，惟對南北分裂的政局釐不清楚，我才勉強答應。翎君於一九九五年畢業以後在中央研究院近代史研究所做了一年博士後研究，其博士論文就是在做博士後研究的過程中整理出版的。之後，他去國立花蓮師範學院任教。臨行前我問他日後做那方面的研究，他說他想探討美孚石油公司在中國的業務和相關問題，我說在花東資料不易得，他說他會努力，言下非常堅毅。

在序言中可知，老師最初認為他不治外交史，不方便收我為徒，經我央求後才勉為其難地答應。1995年，我取得博士學位後，曾在中央研究院近代史研究所做了一年博士後研究。當時人文學科還不流行博士後研究的設置，如果印象沒錯的話，我應該是中研院近史所早期的博士後研究。因緣際會所致，我終未能留在中央研究院，而是回到長我育我的花蓮故鄉，在當時學術資源極其荒蕪的花蓮師範學院重新打起精神，在東部貧瘠的學術土壤上荷鋤耕種。

其實，早在讀臺大歷史所時，便是玉法師的學生了。1970年代初到1990年代初，老師曾在國立臺灣師範大學、國立政治大學、和國立臺灣大學等校的歷史研究所開「中國現代史專題研究」、「中國現代史料分析」、「中國現代化研究」等課程，因而指導了不少年輕學子，可謂桃李滿天下。我有幸在臺大歷史所修習

老師第一次在臺大開授的「中國現代化研究」，後來又去師大歷史所旁聽「中國現代史專題研究」，因此碩士生時已上過老師兩門課程了。當時臺大研究生有一學術刊物《史原》，早先稿源來自任課教授推薦，而且據說一堂課祇推薦一或二名的期末報告。我的學期報告做的是與政治現代化相反的〈康有為與復辟運動〉，期末獲得老師的推薦刊於《史原》第15期（1986年4月）。這篇學期報告，是我發表的第一篇學術論文。雖不成熟，但記錄了自己學術馬拉松的起點——由玉法師所鳴槍而開跑。碩士畢業後，我先到聯合報系創辦的臺灣第一本通俗歷史期刊《歷史月刊》工作，經三年多的磨鍊後，決心歸隊學術研究，再和玉法師接續師生緣份。於是就有本文一開始提到的央求老師擔任博士論文指導教授的內情。

在撰寫博士論文期間的1993年夏天，為蒐集研究研究資料之故，需赴位於南京的中國第二歷史檔案館查閱檔案，當時兩岸才開放民間交流不久，老師擔心我一人獨行的安危，乃親自和南京大學著名的茅家琦教授和復旦大學的汪熙教授聯繫。茅先生是研究太平天國的大學者，汪熙先生則是卓越的中美關係史專家，而當時我不過是一名默默小卒的博士生，竟受到兩位中國大師級學者的照料，茅老師找了他的學生陳謙平，而汪老師則找了弟子金光耀予我查訪資料、買書和生活上的協助。順利取得博士學位後，又因老師主編東大圖書公司的《中國現代史叢書》，使我的博士論文有幸於叢書出版（1996年），並且拿到一筆豐厚的稿酬。

初到花師任教時，老師正編纂山東同鄉會的叢書，囑我撰述

同為山東人的花蓮師範學院校長鮑家聰之事蹟。我從未見過鮑校長，而他早在數年前退休，又不幸在兩岸開放探親不久返山東老家探親期間病逝。我訪問了學校的主任秘書以及數名曾和鮑校長共事的師長，也蒐集了校史方面的資料，交稿後老師來信說「文筆活潑，也很感人，鮑校長如地下有知，當對他在花師的付出感到欣慰」。在花師任教期間，老師和師母曾一同參訪花師校園，見面時祇是一派雲淡風輕，但我心底明白老師的用意，是因我未能順利謀得臺北職務，希望我仍對研究工作持之以恆，信中寄語「早日升等，更可海闊天空」。2001年我以《美孚石油公司在中國》升等正教授，去信向老師報告並賀新年，老師回函「前面還有很長的路要走喲」（2002年2月17日卡片）。這張卡片文句加了一個「喲」，顯示老師一方面希望我繼續努力，但也不想用嚴厲的師尊口吻，特意加了這樣的語助詞。

由於在花蓮師範學院擔任歷史教材教法課程，在教育部推動九年一貫課程之際，我還寫了本《歷史教學理論與實務》（2003）。這本小書是執行科技部教育學門計劃的心得，出版後老師並不以為我不務正業，來信說：「歷史教育的本身是很重要的議題，特別是在當代的臺灣」，老師有感而發的提到：

> 前些年臺大歷史系開了一個「史學與世變」的研討會，只要發生一次世變，史學就有一番更新，這是史學的不幸。近代以來，特別在民主的時代，史學由一元進入多元，不僅一國有一國之歷史，一黨有一黨之歷史，甚至一人亦有

一人之歷史。書中提到的辜顯榮是一個例子，以前不能討論的，現在不僅可以討論而且可以翻轉過來，這是史學研究的易處，也是史學研究的難處。（2004年1月12日）

東華和花師於2008年合併，我順利轉到東華歷史系，而年已近半百，在花師兼系主任、所長，到東華兼人文社會科學院副院長等行政職務，每年仍維持在教師節和歲末向老師寫信報告近況。但是很可惜的是2017年我轉到師大任教，所有在花師和東華時期的電郵已被截斷和封鎖，無法取得。這期間和老師之間最重要的事情，應屬老師和南京大學張憲文先生聯手策劃了由海峽兩岸四地的歷史學者，共同合作編著一套民國史叢書。2010年8月23日至24日老師率領臺灣一批中生代學者參加了在南京國際會議中心召開的第一次籌備會議，預計2013年底全部交稿。這套叢書無疑見證了兩岸學術交流的自由高峰期。因為這套叢書衹寫到1949年，張玉法老師對書名「中華民國專題史」後面絕對不可加上時間斷限相當敏感，避免讓人誤會民國衹到1949年。兩位張先生對兩岸不同的史觀相互尊重，而當時中國大陸的學術審查也相對寬鬆。由於這套書的編撰在臺灣需有一位得力的助手協助，便找了大考中心的管美蓉擔任秘書工作。也因為如此，管美蓉雖非老師指導的弟子，而我和吳淑鳳同是老師指導的研究生，我們三人本是姐妹淘，後來我和老師寫信聯絡就說「三姐妹」要和老師、師母餐敘。2012年我在聯經出版《美國大企業與近代中國的國際化》一書，這本書是我個人從政治外交史轉向跨國企業

2008年11月「三姐妹」在老師家合影，左起管美蓉、吳翎君、吳淑鳳

2015年4月，張玉法老師與南京大學張憲文教授合作編寫兩岸四地《中華民國專題史》，於南京合影。前排左起：張玉法、張憲文、卓遵宏（國史館）。後排左起：蔣竹山、李君山、陳進金、余敏玲、陳英杰、吳翎君、吳淑鳳、劉文賓、林桶法、潘光哲、管美蓉、楊維真

史研究的關鍵之作,這一學術轉向應也在信函中向老師吐露了,祇是老師的回電已消失在茫茫雲端中,實在可惜!

2017年9月,到師大報到後有了新的電子信箱,我帶著興奮的心情給老師寫信提到:「老師,我好像天天都有一些新題目的研究想法,又迫不及待地想讀各種書,可能是以前起步太遲了,現在腦子像過動兒,拚命寫!⋯」老師覆信道:「做研究如創作,只要全心投入,做夢也會構思。」年底聖誕節前給老師寫信,這封信是這樣的:

> 又到聖誕節前夕,令人充滿感恩與期待的日子。謹祝老師和師母聖誕節快樂。
> 師大學生程度略好,但做中國近現代史的研究興趣不大,我希望在退休前能在教學和研究上交出點成績單,努力追隨老師的步伐。目前正在寫下本書,儘可能排除不必要的外務,除了父母和學生,幾乎躲在家中讀書和寫書,希望明年底能交稿。
> 附上一篇文章,剛剛發表在《新史學》的文章,談跨國史研究的趨勢討論,也是鼓勵年輕學者從事十九世紀後半的中國與世界的關係。敬請老師指正。(2017年12月24日)

老師通常用iPad覆信,發信時間一般是傍晚到晚上十時或十一時左右。這封信可能是歲末老師感懷世界局勢動盪,對我的研究愈來愈朝向跨國/全球史的間接鼓舞:

翎君，新年快樂！在做專門研究之暇，寫一些宏觀性的文章，後者的影響力可能更大。1980－1990年代之交，在史學思想上，是全球化與本土化的轉捩年代。我覺得地球很小，能融合為地球村最理想。想不到西方個人主義發展到極點，每一個人、每一小撮人都想自己當家作主，回教與基督教的鬥爭自十字軍東征以來，愈來愈兇，禍及無辜。不為己憂，為世世代代憂。幾十年前，我看到活活潑潑的小學生，覺得他們希望無窮，現在完全沒有這個幻想，不管科技如何進步。今天有中學同學來家打牌，還準備了聖誕老公公的衣服，相信會年輕七十歲。（2017年12月24日）

2018年3月家父病逝，大慟無言。直到五月才向老師報告失去父親的哀傷。老師的覆信如下：「做子女的，養老送終為人生大事。蔣老師去世前的兩個禮拜回我的電郵：「這是人生必走的路。」「學歷史的看得最清楚，望能早日走出來。我參加了近代史學會為蔣老辦的讀書會，兼有追思的性質，政大歷史系十九日舉辦追思會，屆時我在大陸開會，無法參加，日後也許會寫一篇懷念性的文章。」（2018年5月3日）

2018年12月25日，聖誕節前向老師寫信，報告正在寫書的研究進度，因書稿的時間跨度很大，比較焦慮。老師覆信：「謝謝來信。想已走過這段調適親情的歲月，恢復正常的研究工作。中華通史第四卷已出版，這一兩年正在寫第五卷明清，希望明

年此日能出版第五卷,開始過退休後的休閒日子」(2018年5月3日)。拙著《美國人未竟的中國夢》於年底終於送交聯經審查,農曆新年將屆,我向老師報告日後將開展的研究方向,老師覆信說我有「讀書人的本色,每次來郵,總會告知一些研究成果,甚以為慰。」老師提到他的「中華通史第五卷趕寫中,三月九日的聚會,可能帶一套第四卷樣本。」(2019年2月4日)結果這次好不容易舉辦的師門聚餐,我卻因重感冒引發呼吸道發炎,無法參加聚會。逾半年後,拙著《美國人未竟的中國夢》已通過聯經外審,我去信老師,本來想約吳淑鳳和管美蓉來看老師,但我們三姐妹時間無法配合,以致無法三人同行和老師餐敘。信中我提到打算去北京蒐集資料,並赴北京大學交流,「因兩岸目前情勢較緊張,所以此行祇能低調再低調。」(2019年7月12日)老師覆信:「能找到志趣,為志趣鍥而不捨,是人生最幸運的事。」「近兩三年兩岸風聲日緊,雙方都以國安問題緊縮人民的自由,民國史的研究、出版甚至有關書籍的進口,近來已成大陸的禁忌。妳研究中美關係,去北大講演應無問題。大家都忙,偶爾寫信談研究與生活即好,不一定要餐敘的。」(2019年7月12日)

從北大回臺之後,馬上向老師報告訪問心得,「北大的校園令人充滿思古之幽情,想想自己這樣平凡之人竟有機會在北大短訪,時時感恩。北大學生資質頗佳,令人愉快!」在北大仍反覆再校訂即將出版的專書,「愈來愈享受單純做研究的生活,永遠像學生一樣。向老師看齊。」(2019年9月30日)老師的覆信提到:「高興妳有機會穿梭兩岸,做學術交流的工作。無論教學或

研究，都不要脫離主流。幾十年前，我在一篇時論性的文章中說：身雖在寶島，萬勿做島民。被一位本土派的學者罵。寰顧今日之寶島，島民何其多！」（2019年9月30日）

2019年11月16日原本已和老師師母說好三姐妹前往拜訪，但我自北京回臺後再度呼吸道感染，怕飛沫傳染大家，又無法前去。老師覆信提到：「北京的天氣，與臺灣最不同的是變化大而乾燥。記得九〇年代初去北京近史所看書，第二天要去北大座談，頭天晚上突然喉嚨啞得發不出聲音，也未感冒。好在我們每次去大陸，都帶一點妳師母做的檸檬醋，當晚喝了一點，第二天一早又喝了一點，居然恢復到百分之九十以上了。」（2019年11月17日）這信也看出老師在生活上受到師母無微不至的照料。一直到2020年1月4日中午，三姐妹始和老師約在南港「粵亮」餐敘，這次師母有事未能參加。

2020年至2021年間老師正在全力完成中華通史，新冠疫情中，我們也不敢讓老師師母外出餐敘。老師有信道：「目下，最好在各自的工作崗位上努力。等等我的書出齊，還盡書債，再與大家餐聚。」（2020年6月1日）教師節前夕，我向老師報告在師大指導研究生的狀況，當時是到師大的第三年了，收了快八位碩博士班學生，指導學生花了不少時間，也分去了自己的研究工作。給老師的信提到：「不知老師以前是怎樣辦到的！不過，我自己非常珍惜與學生共同討論學問，教學相長，對自己也是一種督促。年底以前我正努力趕寫一篇學術論文。」（2020年9月28日）老師在次日的覆信提到說他帶研究生，「有類放牛吃草，但

有成就的還真不少，甚以為慰。最後一卷書稿，即將完成，出版完成應在明年春，屆時再請大家歡聚。小聚可免。」（2020年9月29日）聖誕節向老師問候信件如下：「2020年即將結束，今年是極其特別的疫情時代，令人愈加珍惜人生中的緣份，老師是我人生的導師和貴人。謝謝老師對我始終的關心和鼓勵。」（2020年12月31日）老師覆信：「疫情改變了生活中的大部分，只有做研究的人能靜下心來。中華通史末卷原望新年除夕全部交稿，看來要延到舊年除夕，現仍在趕工中。祝一切平安！」（2021年1月2日）大年初一向老師拜年寫道：「謹祝新春大吉大利，身體健康，神融筆暢。」（2021年2月12日）。老師覆信：「新年如意！昨來林口走走，林口的房子比人多，公司的貨色也比臺北差。怪不得大家都向臺北擠。書稿已完成，正在排版校對中，希望暑假前可以完工。」（2021年2月13日）2021年6月老師的信中提到中華通史「書稿已全部交清，校對也已完工，上、中、下三冊約三千頁。何時出版，聽書局安排。疫情帶來不便，也可在家多做點事」。（2021年6月5日）

　　2021年9月中秋節前我去信老師：「今年因疫情，時間過得特別快，因居家不出，也無四時變化的感覺。今晚看到明月一輪，想起中秋節到了。一年了，都還未能和老師師母聚會。希望疫情早日結束，可以慶祝老師專書完稿，大功告成。」（2021年9月20日）當年10月26日，中央研究院通知我獲該年度中研院人文及社會科學學術性專書獎。我馬上向老師報告這件幸運光榮的時刻。但中研院有說「將於頒獎典禮當日公布得獎名單，敬請配

合勿提早於網路媒體自行公告得獎事宜。」當時祇向老師報告內心的感動，之前張瑞德學長以《無聲的要角：蔣介石的侍從室與戰時中國》也獲得此一獎項。我在給老師的信中提到必須低調，這封信稍長，錄之如下：

> 這些年的努力終於獲得肯定，中研院的獎對我意義尤大，想到老師對我始終像明燈一樣，心底很激動。怕自己抑不住感情，不敢打電話向老師通報這個好消息。《美國人未竟的中國夢》和《美國大企業與近代中國的國際化》這二本書是母子書（都在聯經出版），一晃也就十幾年過去了。我很感恩生命中有很多貴人。《美國人未竟的中國夢》有二個英文書評，但在臺灣沒有書評，目前無法出簡體版（因中美關係太有政治敏感）。
> 希望 11 或 12 月，能拜訪老師和師母。疫情已緩和了，老師和師母應也出來活動了嗎？距離退休還有六年，我正在努力帶領研究生們傳承近現代史研究，目前有三個博士生和六個碩士生。退休之前，希望至少能做到老師的十分之一。不會再碰行政工作。（2021 年 10 月 26 日）

老師當日的回信：「恭喜傑作獲獎，採取低調尤令人心慰。做研究是自己的事，能獲得別人的贊賞是一種鼓勵。望以此更能吸引更多學生研究近現代史。我自疫情流行後，未打疫苗，因此妳師母不讓我出門，也不歡迎朋友來家。希望天下早日太平，讓

大家恢復正常生活。再次為妳的著作獲獎祝賀。」（2021年10月26日）

2022年2月17日，我給老師的信中提到，因游鑑明學姐告知老師正在蒐集和學生們的信件於是將老師給我的卡片和信件都掃成PDF。另外，2001年老師幫我《美孚石油公司在中國》一書的序原稿和《走向世界》書中拙文的眉批和審查意見，我都保留完好。回顧這些信件感觸尤深，2003年老師有封信提到我和唐啟華在外交史領域比較有潛力。2004年的信件說做為新女性要兼顧教學和家庭之不容易。同時我也向老師報告3月22日將赴史丹佛大學查訪資料三個月。信中寫道：「這些年來，老師孜孜不倦做研究的積極精神驅動我前進的動力，不論大小事情，都可感受到老師總是馬不停蹄地做有意義的事情。」（2022年2月17日）

2022年2月底，我又在花蓮的防潮箱中找到幾封更早期的老師信函，這批信件大致是：1998年，我申請近史所事有變化，老師來信「事有不足，讓之有餘」。送我一尾魚。之前我在花蓮看到一顆玉石白菜送給老師，老師說要做為書房上的妝點。在這封信中，我首度向老師吐露我正從事一項艱鉅的任務——專注寫一本中國近代史的教科書（從鴉片戰爭到1911年），這書將由聯經出版。而接此任務後，就很焦慮不安，一直不敢向老師報告。因為已默默寫了三年多，覺得有點信心了，才敢向老師說明。這次給老師的信稍長：

聯經這書預計明年一月就得交出，答應後的前半年都在

失眠狀態（一方面教學負擔過重，晚上一工作就無法停下來）。我打算利用這半年的休假躲起來好好寫作。至少九月再開學前可以放心些。

想到老師寫中國現代史時，應比我現在年輕許多，到現在還受年青學子歡迎。我會好好寫這本書，祇是聯經希望不能有注腳，又要通俗化。架構是10章，20萬字。我很感恩也很珍惜有機會寫這本鴉片戰爭到清結束的書，卯足精力，全力以赴。如果順利，我至少將有三本書在聯經出版的。這些年點點滴滴的研究積累，都是老師對我的身教。do by example. 謝謝老師！（2022年2月27日）

老師回信道：「謝謝費心。我近來整理私人文件，發現早年傳來的文件已褪色到看不清楚了，記得是用藥水泡一下傳真紙，光滑如照片紙。我問了陶英惠先生，他說：第一代傳真紙用藥水泡，第二代傳真紙不用藥水泡，皆是捲筒紙，第三代傳真紙才用普通紙，不褪色。這也是歷史，我是過來人，竟不記得了，陶先生早年因常與傳記文學社傳資料，故記憶的較清楚。許多歷史，有時就這樣飄走了。」（2022年2月27日）。

2022年4月我休學術假，當時美國疫情稍緩，決定到史丹佛大學胡佛研究中心看檔案。抵達一個月後向老師報平安，信件如下：「我已到史丹佛大學一個多月了，生活和讀書都非常順利，感覺自己是做了很多年的博士後研究。雖然在檔案館盡目望去，我絕對是室內最年長的一位，但在此可以專心研究，非常感恩。

六月初回到臺北。但七月下旬應會到歐洲開會。老師近日好像有一公開活動，關於蔣永敬師傳記的演講。可惜不能前去聆聽。」（2022年4月25日）老師回信道：「自有疫情以來，覺得這世界靜止很多，但追夢的人還是keep going。很高興妳有機遨遊世界，各國疫情嚴重，還是要小心。桶法為蔣老師寫了一本傳記，開新書發表會，我原答應去作個開場白，近週疫情嚴重，我未打疫苗，臨時請假，把講稿寄去，請芳上幫我念一念。愧對老友，實不得已。旅遊在外，一切要特別注意。」（2022年4月27日）

在史丹佛待了三個月，返臺居家隔離兩週，隔離期間向老師報告已返臺，並附上我為學生們寫的〈史丹佛大學校園沈思〉一文。老師回信：「很高興平安返國，並有機會去各地交流。我沒有要出版書信集，只是閒來無事，將舊日朋友的來信重閱一遍，並按年月日排一排，以便查考。妳們的時代都用電子信箱，很少手寫的信了。手書已變成古董，歷史之不饒人者如是。現在各國為了經濟，都對疫情採開放政策，自己還是要小心一點。」（2022年6月10日）2022年9月教師節向老師寫信祝賀老師的中華通史第五卷已出版了。又向老師報告今年度的工作進度：「上半年去了史丹佛大學三個月，回來休息一個月後，又隻身到萊比錫大學和巴黎開會，旅費都來自歐洲方面的邀請，學習加旅遊。這些年我愛上壯遊世界，拿著大背包查資料、開會和旅行，但這次終於覺得有點疲累。不過，想到老師和師母疫情之前還是四處旅行探訪，身體的功底很強。」同時，向老師報告自己正努力趕寫聯經的教科書。「天天給自己打氣。幾前日也讀老師的大著，揣摩如

何寫出可讀的學術教科書。」（2022年9月28日）

2023年4月29日，法友會的學生們即將和老師師母在大三元聚餐，老師慣例希望聚餐時要學生們報告近況，因公眾場合不方便向老師報告拙著聯經晚清史已殺青（草稿），所以先向老師寫信說明近況。老師鼓勵道：「歷史要不斷重寫」。我的信件如下：

> 本週六就要和老師、師母見面了，很是期待！之前和老師報告過，這三年來我正寫聯經的「中國近代史」（只寫晚清）。……寫這書壓力甚大，三年胖了不少（一笑），希望改日再和老師私下見面聊！現書稿大致已成，還未交出，仍再修正中。先附上拙著後記，後記不能多寫。提到老師中年就寫了中國現代史，我實是難以企及，也謝謝老師。我心中也想到劉廣京先生曾答應聯經寫晚清史，最後未能完成，很是可惜。因為週六的場合，不方便多談自己寫了這本書。先和老師報告如上。（2023年4月23日）

老師的覆信如下：「高興告知完成晚清史書稿，歷史要不斷重寫，教科書尤應推陳出新，後繼有人，正合心願。稿中有一詞「陳易過高」當為「陳意過高」，不知是否？望早日讀到新著。」（2023年4月24日）

2023年6月30日，在疫情緩和之下，老師的《浮生日錄》新書發表會在師大舉行，由民國文化學社社長呂芳上老師主持。張玉法老師同時精神矍鑠地發表演講，題目是〈民國歷史人物研究

的現況與問題〉，現場來了數百位老師的學生和讀者們，非常成功。直到當年8月，我因將到紐約洛克菲勒檔案館查資料，又向老師報告遠行，才對老師的新書發表會有所回饋：

> 老師新書發表會時，我指導的學生來了五位，本來想去找老師拍照，但看到貴賓室已有不少佳賓，怕打擾師長們的談話，所以學生們祇能靜靜欣賞老師當日的演講丰采。聯經的教科書定稿直到七月底才交出，整個情緒和心力都在書稿中，截稿的壓力真大，現在總算告一段落。又要朝新的目標前行了。
>
> 向老師報告的是，過幾天我又要赴美國查檔案了，此行是獲得洛克菲勒基金會的贊助，為下一本書而努力，書名「跨國共同體的追尋——太平洋學會與中美關係」。中美關係的研究已是我一生的志業了，題目具有現實關懷的和平諒解，自己估算退休以後的五年內才可能完成，現距屆齡退休祇有四年多，大概要花十年的時間來寫，給自己定下新的功課目標。本來七月要去拜訪老師和師母，但管美蓉的母親病逝（已生病多年），祇好再延期。開學後再和老師聯繫。夏日炎炎，老師和師母要多注意！（2023年8月9日）

老師的覆信有對我和游鑑明學姐的贊語，也提到有年輕人在公園訪問他和師母「人生會不會很無聊」，老師說：「現在通訊管

道多，不一定要見面的，只管大步走，走到所有能走到的地方」。這封信如下：

> 謝謝來信。民國學社為開新書發表會，勞師動眾，深感不安。同學間多能不忘研究初衷，能在一片土，深耕細作者，以妳和鑑明最出色的，早已在國際上發光發熱，非常高興。做研究，沒有退休問題，也不會無聊。昨天與妳師母逛大安公園，來了兩位年輕人要訪問：人生會不會無聊？無聊怎麼辦？我說：有兩種情形會無聊，一為無事可做，二為對做的事情沒有興趣。要想消除無聊，找一件有意義的事做下去。他們對答案很滿意。現在通訊管道多，不一定要見面的，只管大步走，走到所有能走到的地方。（2023年8月9日）

2023年9月23日教師節前，我向老師寫信如下：

> 自紐約查檔回臺後，馬上開學，一直未向老師報平安。下週就是教師節和中秋節了，都是令人特別感謝老師的日子。向老師報告的是，10月5日我馬上又要飛法國馬賽大學開會。這次是受對方邀請一週，他們正在做一個近代留美學人的資料庫和團隊，希望我去幫忙出點構想，同時有一工作坊。這次去紐約和法國都沒有拿臺灣政府的經費，覺得安慰，而且要做出好的成績（都是效法老師的精神），所

以特別投入。這學期我將有第一個博士生畢業，62歲終於有第一位博士生畢業！是女弟子。（2023年9月23日）

2023年歲末感恩中，向老師報告以下近況三事，信中用條例式的記法。刪除問候語的內容如下：

一、聯經的中國近代史，預計明年二月上市，現在做最後的校對。真令人忐忑不安。不過，我已盡力完成這項使命。
二、今年年底有四個學生要畢業（一位博士和三位碩士），這是我第一位指導的博士，頗用功的。令人欣慰。
三、上月獲德國魯爾波鴻大學東亞研究學院邀請擔任客座教授，暑假時去訪問三星期左右，協助他們訓練博士班學生。
今年因為聯經書稿（不知不覺是寫了快四年）加上指導學生的論文，特別辛苦，但也特別感恩都能順遂完成。寒流來襲，請老師和師母多多留意健康（2023年12月17日）

老師的覆信如下：「謝謝告知著述，教書，講演的近況，鑑明有時也會告知她的一些學術活動，甚感安慰。我覺得有機會向前走，就不要停下來，但也要注意精力和體力。」（2023年12月18日）

2024年2月7日，向老師報告聯經教科書《跨國交織下的帝國命運──近代史》已出版上市，同時向老師報告在鑑明學姐號

召下弟子們將於今年6月15日,舉辦一場閉門的小研討會,信件如下:

> 農曆新年將屆,先向老師和師母拜早安,龍年健康　平安喜樂
> 6月15日弟子們的小會議,鑑明學姐應已和老師報告了。議程我已初排,待期程近了,再傳給老師。老師得先空下這一天(上午九時到下午六時會議。接著是和往常一樣晚宴),希望不會讓老師太疲累。
> 另和老師報告的是拙著《跨國交織下的帝國命運——近代史》已出版了。聯經團隊很認真編排這一套中國史。這一套書(九本),目前先出了三本。這五年的確很疲憊,但安慰的是這畢竟是自己教學生涯的重要成果。
> 希望春天以後和淑鳳、管妹可以和老師約見面。(說了好久,自己都很不好意思。管妹剛從大考中心圍場出來),而我已回到花蓮準備過年了。(2024年2月7日)

2024年2月10日,老師來信敲定了可以和三姐妹會面的時間了。於是在3月17日中午,經過大疫之後,「三姐妹」終於和老師師母見面了。兩位長者像武林小說中的人物腳步輕盈地出現在南港展覽館,老師興緻高昂地說道去年和師母出遊西安的壯舉,師母並細數了遊歷中國大江南北和世界各地的故事。老師點批:「歷史學家的旅行不同於一般人」。我也回應了自己遊走世界

各地查探歷史古墓之幽思，想日後寫成散文記事。

　　張玉法老師始終熱愛工作和生活，對學者而言，在研究、教學、學術行政和指導學生等四大項目，能同時全面開展而拿到大滿貫者應是少之又少！想起老師說的「做研究如創作，只要全心投入，做夢也會構思」、「前面還有很長的路要走喲！」如果從1985年在臺大受教於老師，迄今已近四十年了，這些年的師生寄語，彷彿自己永遠是一名博士後的學生，定期向老師報告研究近況，謹以此文衷心感謝老師的栽培，並祝賀老師九十大壽。

我的學術研究與教學旅程

倪心正*

　　回想我在臺灣師範大學歷史研究所碩士班的日子，可以說是我人生中最寶貴的時光。那是一段充滿挑戰與成長的旅程，也是我學術生涯的起點。1990年我從輔仁大學歷史系畢業後，考上臺灣師範大學歷史研究碩士班，當時有許多位中央研究院近代史研究所的研究員在歷史研究所兼課，所以我也有幸選修這些史學界大師級教授們的課，當然其中對我一生影響最大的就是我的碩士論文指導教授張玉法老師。

　　記得有一年參加老師的壽宴時，有幾位學長、姊表示，當年在研究所受教於老師時，雖然已經累積了大學四年的功力，但第一篇寫的報告都被老師大幅度的修正，害他們差點喪失自信心；根據聚餐時的慣例，屆次越低的越晚報告近況，輪到我（倒數第

---

* 現任高雄市立瑞祥高中歷史科教師。

三）發言時，我一開頭就表示我的個人經驗完全不同。我在碩士班二年級修老師的「中國現代史研究」時，原本課堂報告想以龔自珍的經世思想為研究主題，結果老師看完我的題目後，就直接建議我改研究《甲寅》雜誌中章士釗的政治思想，因而開啟了我對新聞媒體研究現代史的興趣。在閱讀《甲寅》雜誌中章士釗的文章後，我參考政治學理論完成報告，在上學期期末交出報告後，就懷著一顆忐忑不安的心等待下學期開學。

下學期開學後第一次上老師的課，記得老師當天抱著一大疊的課堂報告走進教室後，就一個一個將學生們叫到他前面，單獨給予建議；輪到我的時候，心情緊張到不行，我記得老師手裡拿著我的報告，先低頭再度翻閱了一下，然後抬起頭來就我說：「你這篇報告是你自己寫的還是抄的？」當時真的心臟快要被嚇到跳出來了，但這確實是我自己寫的，而且完全沒有參考任何一篇文章，於是我肯定地回答是我自己寫的，沒想到老師居然說：「如果這是你自己寫的話，那這一篇報告寫得很不錯。」能被一代史學宗師讚美，當時應該是我這輩子覺得最光榮最開心的時刻，記得我笑著從老師手中接過報告後，笑著走回座位，我相我應該笑了一整天，而當時心中就做出決定：一定要請老師擔任我的論文指導教授。

原本我想可以繼續研究《甲寅》雜誌中其他的議題作為我的碩士論文題目，於是大膽地將這個不成熟的想法去找老師討論，老師一聽馬上建議我改研究上海《申報》，在多次和老師溝通討論後，決定以〈政治控制與新聞媒體的關係－以上海《申報》社

論為例（1931~1949年）〉。也因為老師的指導，碩二下學期時順利申請到「中國現代史研究獎學金」，讓我在碩三那年可以無後顧之憂，除了在立法院公報室打工外，我幾乎每天白天都在中央圖書館閱讀《申報》，晚上就在家看書和撰寫論文。最後我順利在老師的指導下，於碩三那一年完成論文，成為同班同學第一個通過碩士論文口試的學生。

老師為人非常大方，碩二下學期發完作業後，老師跟大家說他覺得現代史其實還有很多題目可以研究，當時博士班的張建俅學長就馬上提出是否可以請老師提供一些研究題目給大家，當時很多同學正為了要提出碩士論文的題目而苦惱，老師也很豪邁地的在下一次上課時，提供了好幾個研究題目給大家，有些同學最後就是用當時老師提供的寫成碩士論文。

碩二下學期上課期間，聽說老師將應南京大學邀請在暑假期間前往演講，當時雖然已經解嚴了，但是男生還沒有服完兵役是不能出國的，而且也不可能有護照。但是，因為我在碩一寒假期間，曾經被選為天主教中學生青年會IYCS（International Young Catholic Students）的臺灣代表，前往印尼萬隆參加東亞會議，所以我知道只要有國外機構的邀請函，是可以用專案申請的方式出國的，於是我鼓起勇氣請老師跟南京大學說要順便邀請幾位學生，因為同班同學蔡杏芬、韓靜蘭，都是老師指導的學生，她們出國當然不用像我這麼麻煩，不過前往大陸地區收集碩士論文資料，以當時的政治氛圍，還是依規定正式一點比較好，在老師的熱心協助之下，最後終於順利成行。

倪心正、蔡杏芬、韓靜蘭跟老師去大陸，在山東青島蔣介石行館前合影

　　於是1992年，我們在老師和師母的帶領下，先前往南京大學，而老師在演講之後，就啟程前往山東探親，我們三人則和張瑞德、洪德先兩位學長繼續留在南京，在南京第二歷史檔案館收集自己論文的相關資料。那時大陸還在改革開放初期，臺胞證是十分有用的證件，排隊買票住宿都有些優待，後來我也很勇敢的一個人搭火車去上海，去上海圖書館找《申報》的相關資料，後來又一個人去了青島、北京、承德等城市，最後在香港和蔡杏芬、韓靜蘭兩人會合後，再一起回到臺灣。回來臺灣後，我們三個人在大陸買的書籍，由於都是以郵寄的方式寄回臺灣，當時被海關查扣，也是由老師出面溝通才得以領回。

由於我是碩三當年最早畢業的，也代表我準備博士班考試的時間只剩下不到一個月，在準備不足的狀況下，未能考取博士班。之後馬上入伍，在高雄左營海軍陸戰隊擔任少尉心輔官張老師，退伍後在臺北天主教私立靜修女子中學教書兩年，原本計畫等工作穩定後再報考博士班。沒想到1997年8月，因為想轉至公立學校，來到高雄市立瑞祥高中任教後，就開始跟臺北的交友圈也慢慢地疏遠，不像對北部學術研究環境那麼熟習，教學和備課加上我的房貸壓力，結婚後有了小孩，家庭的經濟壓力更大，我只能選擇以教學為主，暫時打消了繼續攻讀博士班的計畫。高雄的歷史科研習活動不像臺北這麼多，當時在臺北常參加在高中歷史學科中心的研習，也因此認識在學科中心專任助理的黃德宗學長，當時學科中心是臺北中正高中丁亞雯校長主持，後來丁校長擔任中山女高的校長後，學科中心也轉移至中山女高。在一次學科中心來高雄辦理研習活動的機緣下，當時學科中心的專任助理是研究所的同學李彥龍，他得知我在高雄任教後，就邀請我加入學科中心種子教師的行列，也開始有較多的機會回北部。

　　2003年結婚時，因為父母親都住在新北，所以婚宴還是辦在臺北市，雖然一直疏於跟老師聯絡問安，還是試著打電話給老師，報告自己即將結婚的消息，邀請老師參加我的婚禮，沒想到老師不但表示會出席我的婚禮，而且也答應在我的婚禮致詞，先嚴聽到後非常開心，因為先嚴當年在上海考取復旦大學，但因為中日全面戰爭爆發，所以轉考黃埔軍校第十六期，先嚴生性好學，為國服務期間仍孜孜不倦閱讀歷史書籍，撰有《中國兵役制

聆聽老師在我的婚禮致詞

度史》，退休後在中央警察大學役政系兼課，先嚴對老師私淑已久，終於在我的婚禮上見到老師。老師在婚禮上致詞後，還問我先嚴的經歷，因為老師說先嚴當時請到的客人中，很多是老師在做口述歷史時認識的老將軍。

2013年7月由大學入學考試中心主辦的指定科目考試，我因為高中歷史學科中心的推薦，擔任歷史科的入闈教師，在大考中心的地下室，被「關」了長達13天之久，發現這真的是一件苦悶的差使，這麼多天的時間完全不能跟外界聯絡，而且地下室不見陽光，完全依賴手錶上的時間作息，當年雖然資訊科技不像現在這麼發達，但我已經常使用FB等軟體，剛開始完全不習慣，不

過到最後也能甘之如飴。記得收到大考中心邀請入闈公文後，學校同事向我表示祝賀之意，說學校原本只有一位老師曾經入闈，而我是第二位獲得入闈殊榮的老師，可見在老師們的心中，能入闈就是一件代表被肯定的事情。

2014年發生臺灣高中課程綱要微調爭議，8月份教育部召開「高級中等以下學校課程審議會」第3次大會，決議成立高中歷史課綱專家諮詢小組，檢討微調課綱，我因為高中歷史學科中心推薦成為諮詢小組成員之一，消息公開之後，當時瑞祥高中林香吟校長一度擔心會引發有人到校門口抗議，還好並未發生，當時每次開諮詢會議時，發言都特別謹慎小心，因為所有諮詢委員的發言，都會做成紀錄上網公告，記得第一次開會時，三峽國家教育研究院還有警察站崗，怕有人來抗議。最後在2016年5月教育部宣布正式廢止103年通過的高中社會及國文課微調課綱，事件暫告一段落。

緊接著2016年國家教育研究院成立了十二年國民基本教育社會領域課程綱要研修小組（第二屆），我再度因為高中歷史學科中心推薦成為研修小組委員之一，大約不到一年的時間幾乎每個星期都到國教院開會討論108課綱，2017年7月開始召開各縣市公聽會，2018年10月正式公告後，課綱研修工作也就正式畫上句點。雖然各方的批評至今不斷，但能參與這一次課綱的研修工作，可以說是我教學生涯中值得紀錄的大事。我只能說我沒有任何政治立場而以史實為依據，以及我多年的教學經驗，提出我的意見，例如：關於臺灣主權歸屬問題，我就建議應該從馬關條

約開始討論，而不該是傳統以開羅宣言為基礎，獲得所有研修委員一致的贊同。另外在課綱委員任期結束後，又接收邀約一度擔任課審會的委員，不過當時正值疫情期間，而且大多數的課綱已經審查完畢，大多數的審查會都是以線上會議方式進行，唯一參與到的只有本土語課綱的審查而已。

因為參與十二年國民基本教育社會領域歷史科課程綱要的研修，加上之前也曾經和某出版社合作寫過試題，所以接受出版社的邀請撰寫課本，當時我同意撰寫第三冊世界史全冊課本，以及第二冊東亞史的第一和第二章，後來因為出版社決定退出歷史科教科書市場，所以我只完成東亞史的第一、二章的部分，世界史的部分還沒來得及動筆。當時出版社找的總主編是賴澤涵教授，第一冊的主編是黃富三教授，而第二冊的主編是專攻東亞史的陳鴻瑜教授。陳鴻瑜教授看完我寫的初稿後，就讚美我的文筆非常好，然後問我是哪一位老師指導的學生，當我回答出我的論文指導教授是張玉法老師後，感覺陳鴻瑜教授好像覺得理所當然。而最後完稿後，陳鴻瑜教授對我說：「對你寫的課本我只有一個問題，就是你把高中課本內容寫得這麼好，要我們大學教授以後怎麼教學生？」這應該是我繼研究所被老師讚美我的報告寫得不錯後，第二次人生的高峰。不過可惜這本課本並未出版，而我寫的課文也只能一直靜靜地躺在我的電腦裡。

就在十二年國民基本教育社會領域歷史科課程綱要完成的同時，中山女高也選擇不再繼續擔任高中歷史學科中心，新的歷史學科中心改由嘉義女中接手負責，大部分的共同打拼多年的伙伴

都選擇辭去擔任新學科中心的種子教師一職,我因為覺得自己參與了課綱的研修,這時候離開學科中心,失去跟更多現場高中歷史教師闡述108課綱的機會,不是負責任的做法,所以選擇繼續留在新學科中心擔任研究教師一職,負責辦理南區高中歷史教師研習活動。2019年108課綱正式上路,當時我自願擔任108課綱實施後第一屆的導師,因此無暇顧及學科中心工作,才正式辭去學科中心研究教師一職,專心於學校教學與課程設計。

　　108課綱有一個非常不同於以往的課程設計,就是社會科的「探究與實作」,大多數的學校都採取各科自行設計課程進行教學,但我們學校是由歷史、地理、公民3科老師協同教學,我提出「咖啡」和「新住民與國際移工」分上下學期,各以一個題目為主軸貫穿三科,引導學生自己去發現問題然後蒐集資料,除了這些探究的功夫外,更重要的是建立社會科「實作」的能力,我們要求的成果報告,不是一份堆砌資料或閱讀心得的小論文,而是要求學生設計出一間可以確實開業的咖啡館,或是拍攝出一段紀錄片,這在全國算是非常少數的合科教學案例。另外在多元選修的課程中,我開設「國際視野」課程,由於這些課程都沒有編審好的教科書,所以全部都要自行設計,我除了設計從認識邦交國開始,進而探討包括戰爭、環境、經濟等各種難民議題,以及全球化的各項問題,每個學期我都想辦法至少研發一個新的課程。因為學校又被選為人權教育重點學校,而發展人權課程就成為我的主力之一,幾乎每個學期都被指定擔任人權課程的被觀課教師。我結合歷史知識,以不同的教學方式進行課程,最近正在

設計美國南北戰爭前，在南方農場被壓迫的黑人奴隸，如何透過「地下鐵道」的幫助奔向自由的桌遊課程。

　　2022年因為本校是111學年度高中優質化輔助方案暨前導學校，必須參加課程與教學創新方案甄選，才能獲得下一年度的經費補助，學校行政單位請我參加教案甄選，雖然已經教了27年的書，但我一直很反對寫教案，所以之前還真的沒寫過什麼教案，於是我將自己在「國際視野」課程設計的一個課程記錄下來，然後寫成教案參加甄選，題目是「哀鴻遍野─以鑽石排列法識讀國際難民事件」，沒想到生平第一次寫教案參賽就獲得優選的肯定。後來又承蒙輔仁大學張弘毅學長邀請我參加「大眾史學協會」，又找我合寫一篇論文，題目是：〈108課綱社會領域教學現場中的新住民議題探究與實作：以高雄市立瑞祥高中為例〉，參加由高雄市歷史博物館主辦的：開港160週年「打狗回望 高雄啟航」歷史與海洋文化國際研討會的論文甄選，沒想到又幸運獲選，於是有了我這輩子第一次的論文發表機會！不過教書這麼多年，從撰寫教科書（可惜沒出版）、編教師手冊、編備課用書、編考卷，很多都是不記名的，去年參加教案比賽得獎，不過和寫論文比較起來，完全是不一樣的挑戰，因為論文的內容其實就是我自己上課的內容，所以在進行上個學年下學期的課程時，特別將相關的資料收集保存下來，做為撰寫論文的資料，到了2023年暑假正式開始進行寫作。不過自從碩士論文完成後，就不曾寫過正式的論文，一開始真的不知道該如何下筆（打字），還好開始後手感慢慢找回，很快地完成論文，順利在截稿時間前繳出論

我的首次論文發表會

文。而最後的大事就是論文發表了,在主辦單位用心規劃下,我終於順利的完成我生平第一次的論文發表,也謝謝與談人王御風教授對我這篇論文的讚賞與指教!

2022年3月我和我導師班的全班學生(當時高308班),因為新冠疫情成為全高雄市第一個(全國第二個)全班被關進防疫旅館隔離的班級,由於在防疫旅館隔離那10天實在是太無聊了,只好一邊看電視一邊原地跑步,每天早晚至少跑1小時,也不覺得累,害我誤以為自己的體力不錯,於是在關出來後,4月就開始了我的跑步生涯。每天早上都6：30左右到學校開始練習跑步5公里,有空的時候還會進行重訓,練習了一年左右,在2023年4月底,第一次參加馬拉松的比賽挑戰13公里,不但順利完賽,

而且速度還在前25%，因此決定半年後參加半程馬拉松21公里比賽，沒想到在比賽前三個星期居然得了登革熱，雖然在賽前痊癒了，但感覺體力卻大幅滑落，在罹患登革熱之前，我已經可以每天用6分速跑10公里左右，這半年來總計挑戰了10場半程馬拉松的比賽，除了一次成績較好跑到7分速之外，其他都比第一場13公里的速度要慢，我也只能告訴自己：參加馬拉松比賽就像做學術研究，要慢慢累積功力，才能得到好成績。最近又開始計畫參加鐵人三項的比賽，每天除了練習跑步和重訓外，還會輪流去練習踩飛輪和游泳，希望能在明年挑戰我的初全馬和初半鐵。

　　回顧求學的那段時光，我感到無比的榮幸能夠在老師的指導下學習和成長。老師不僅是我學術路途上的導師，也是我人生中的重要啟蒙者。我將永遠珍視在臺灣師範大學歷史研究所的那段日子，並將那裡的學習經驗視為我人生中的寶貴財富。這段經歷讓我深深地認識到，學術研究不僅僅是對知識的追求，更是一種對真理的探索。而我在從事高中歷史教學的過程中，能有這些小小的成就，都是因為當時在就讀研究所時期，老師給予我的啟發。最後再跟大家分享一件事情，應該是老師其他的學生比較少有的經驗，因為我是老師學生中屆次較低的，大多數學長姊都是教授級的學者，所以可能比較少遇到這樣的情況，就是每次跟其他人提到我是老師指導的學生時，聽到的人都會驚呼說：哇！你的老師是史學界的大師耶！因為很多人大學時修中國現代史都是用老師寫的書當課本，讓我每次都「生以師貴」，覺得十分驕傲。

與恩師相遇二三事

韓靜蘭*

　　我在1990年9月考上國立臺灣師範大學歷史研究所，碩一選修「中國現代史研究」，授課教授竟然是著名史學家張玉法先生，令我非常驚訝與期待。第一次上課老師給我的印象是「望之儼然，即之也溫」，對於大學就拜讀過老師大作《中國現代史》的我們來說，聽老師在課堂上親自解釋，這本大學教科書是因為鬧過查禁風波而爆紅，引得我們哄堂大笑，老師的幽默風趣可見一斑。

　　一開始上課，老師就羅列20多個題目，要我們各自挑選有興趣的題目作為學期報告。我因為對政治史比較有興趣，所以選擇「抗戰時期中央政府與四川的關係」一題作為學期報告。在經過一學年的課程後，升碩二時，我就以此題目發展為我的碩士論

＊ 曾任中央研究院近代史研究所研究助理、自由時報文字記者。

文。

　　由於我的碩士論文題目是由「中國現代史研究」課堂上發展而來，因此張玉法老師就成為我論文指導教授的不二人選。但老師嚴謹的治學態度與望之嚴肅的神情，還是讓我在拜師時感到惶恐緊張。我與所內學長、同學特別前往中央研究院近代史研究所拜會老師，請求老師答應當我的指導教授，在回答完老師對我的若干提問後，非常幸運得到老師的首肯，開啟了我的研究之路。

　　因為1987年臺灣開放赴大陸探親，隔年更開放文化交流，使得兩岸的學術界逐漸開啟往來。為求史料更嚴謹、多元，我與同學蔡杏芬、倪心正都被老師要求去大陸找資料。面對老師的要求，我和杏芬都面有難色，擔心兩個弱女子要怎麼前往陌生的大陸找資料。最後老師建議我們結伴同行，於是我們一起走訪山東濟南、青島檔案館及四川成都檔案館。

　　出發前老師特別為我們聯絡四川大學與山東大學歷史系的教授，協助我們申請這兩個學校的外籍學者宿舍，以解決我們在當地的住宿問題，並引導我們前往檔案館蒐集資料。

　　1992年7月19日，由老師領隊、師母同行，我們一群研究生，還包括碩、博士班學長姐，浩浩蕩蕩踏上大陸學術之旅，首站就是南京第二歷史檔案館。停留一週後，大家各自奔赴自己的目的地。我和杏芬結伴相繼到濟南、青島及成都的檔案館，蒐集碩士論文所需的資料。在大陸停留將近一個月，除了檔案館開放時間積極翻閱卷宗、影印資料外，休館期間也趁機走訪當地名勝。對於初次接觸的大陸官方檔案，我抱著新奇、渴望的態度，

不斷汲取吸收，試著以更多元的角度來還原那段時期的史實。此次經歷主要是看到更多當時留存的官方紀錄，彌補在臺灣研究大陸地區史料的缺憾。我的心情也從大陸行前的緊張、無奈，轉變為踏實、充足。而南京二檔與四川檔案館蒐集的資料，對我撰寫的論文幫助頗多，我也因此大開眼界，並藉此認識一些大陸民眾，親身體驗大陸當時的社會民情，揭開大陸封閉多年的神秘面紗。

隨著碩三開始動手整理資料、寫論文，老師發現我的內容聚焦在政治與軍事方面，沒有觸及社會經濟和文化層面，因此建議我將原來的題目縮小為「抗戰前後中央政府與四川的軍政關係（1935～1949）」。老師對論文初稿看得非常仔細，往往用紅筆在旁細細批閱，對進度的掌握與錯誤的指導，十分有耐心，從來不會發脾氣，每每看到我們為寫論文忙得焦頭爛額，還會舉學姐出國深造的例子，鼓勵我們以後出國唸博士，回來會有好歸宿。彼時教育部為鼓勵國內研究生研究中國現代史，特別設立中國現代史獎學金，在經過碩二蒐集資料、確立研究題目與大綱後，我在碩三撰寫申請報告，幸運獲得教育部的中現獎學金，這完全歸功於老師這一年來對我嚴謹的要求與指導，心中的感激與喜悅難以言喻！

碩二時，我還意外成為老師的私人助理，原來擔任老師助理的師大學姐葉金惠因為結婚、出國，於是找我接棒。我每週利用一日到近史所擔任老師的私人助理，主要工作是到近史所圖書館，借閱《大公報》蒐集資料作摘要，工作很輕鬆，我也因此看

了不少《大公報》，十分幸運。

　　1993年6月研究所畢業後，經由師大學姐黃銘明介紹，進入中研院近史所擔任張老師的研究助理。老師很體貼助理，我只需要負責找資料、看書作摘要，匯整給老師，偶爾影印資料就好，而一般助理最主要的工作—文書處理，老師反而另外私下付費請人打字，令我十分汗顏。相較於其他研究員聘請助理的方式，老師真的把我當「助理」，而不是「小妹」，可見老師公私領域劃分極為清楚，我為自己慶幸，也對老師非常佩服！很感謝老師在大作「辛亥革命史論」自序中提到我，微不足道的小助理實在很心虛。

　　老師的研究室有二張書桌，一大一小，儘管書都堆得像山一樣高，但老師永遠都可以一坐下來就心無旁鶩埋首寫作，猶如老僧入定，要翻找書籍時也是立刻就找到。聽老師說家裡還有一張桌子，情況也差不多，等於是有三本書的寫作在同時進行，而老師在其中切換自如，對剛寫完碩士論文疲憊不堪的我來說，真是瞠目結舌，無怪乎老師著作等身！貼身當老師的助理二年多，老實說對老師仍抱有敬畏的心情，反而是年長後，由學長姐發起，常常與老師聚餐後，覺得與老師的距離拉近了許多，特別喜歡師母每次聚會都叫得出我們的名字，實在倍感親切！

　　由於我畢業於輔仁大學歷史系，在取得師大的史學碩士學位後，當時的母校系主任邵台新老師為提攜學弟妹，邀請我回輔大任課，於是我在輔大應用心理系兼課（1993.9～1994.1），擔任每週2小時的「中國歷史導論」。我原本以為外系學生對歷史課

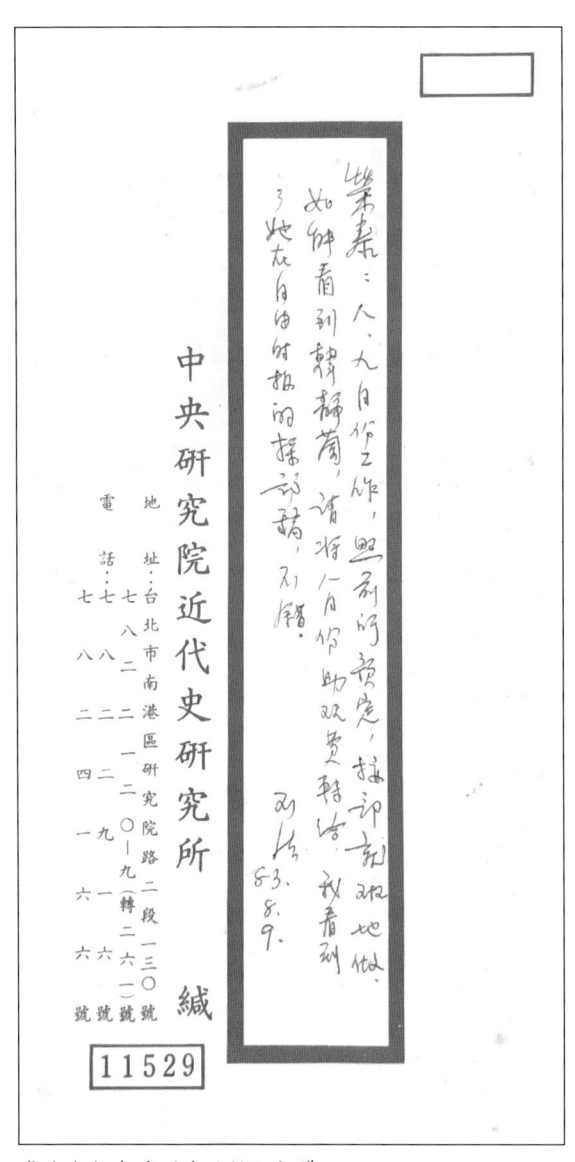

感謝老師有看到我的採訪報導

的接受程度有限，沒想到學生們在課堂上的反應令人欣慰，在經過一學期的教學後，我順利取得講師證書。

在中研院工作將近一年後，我考上《自由時報》文字記者，揮別了學術界。1994年8月向報社報到後在政治組實習，不久就遇到國民大會開議，由國大代表行使監察院長與大法官同意權。報社組成採訪小組，我被指派為小組成員，所以每日都上陽明山國民大會採訪報導最新情況。首次上陣就報導監察院長被提名人施啟揚通過國代的審查，之後又陸續報導立法委員所舉辦的公聽會，逐漸適應報社的環境與採訪、寫稿的流程。有次趁休假回近史所探望老師，雖然無緣碰到老師，卻得到老師給的勉勵：「我看到了她在自由時報的採訪稿，不錯。」知道老師有看我的報導，頓時心中感到莫大的欣慰！

在記者的崗位上，除了報導事實，也為民眾發聲。我後來分發到市政組，主跑警政衛生、環保新聞路線，一年後再轉到交通路線。一開始跑環保新聞就遇到颱風天大雨沖刷，造成南港山豬窟垃圾掩埋場污水外溢事件，我負責去採訪抗議事件，竟然巧遇近史所的張啟雄副研究員，沒想到轉換跑道後，又有機緣來中研院採訪。這次事件讓我看到臺北市環保局對於山豬窟垃圾掩埋場的維護工程不夠專業與用心，連中研院院長李遠哲都當場指責市政府，表示不能諒解。我除了寫一篇新聞報導，還附了一篇特稿說明中研院身為山豬窟的近鄰，無奈又無力，我還為張啟雄副研究員寫一篇專訪，闡明學者關懷環保的努力！

除了一般例行性採訪，偶爾我也負責半版的專題報導。像我

寫過醫療專題,特別走訪榮民總醫院開風氣之先的「安寧病房」,透過感性的筆觸,宣揚醫院很溫馨、特別的一處病房,從護理人員與病患的服裝到病房的內裝色調,一改傳統冷冰冰的白色,在治療過程中也加入更多人性化的考量,以提供癌症病人最後一哩路的尊嚴。我也報導過大腸癌專題,30年前曾經位居國人癌症發生率的第十名,以衛教的角度教導民眾如何預防這種文明病。沒想到大腸癌後來連續15年躍升為癌症發生率第一名的癌王,直到2023年才降為第二名。

後來改跑交通路線,正逢陳水扁當選臺北市長(1994年12月),兌現交通改革支票,因此我也親臨第一線,經歷一些歷史場景,如臺北市第一、二條捷運木柵線與淡水線通車。如今臺北捷運為人津津樂道的整潔,不得不提當時的捷運公司董事長陳朝威的堅持。又如市府交通局大力推動的棋盤式公車專用道,為使公車更快速便捷、載運量提升,此政策即使遭遇強大反彈,當時的交通局長賀陳旦仍然義無反顧地推動成功。因為捷運與公車的整合,使得臺北市的交通壅塞獲得改善,某種程度也兌現了陳水扁的競選政見。

交通政策與民眾生活息息相關,身處第一線觀察、記錄政策的推動與成敗,並站在民眾的角度批判政策,是記者行使第四權的使命,也是這份工作的魅力所在。因此自行駕車塞在車陣中,無論是假日的陽明山,還是下班尖峰時段的市區中,都是我工作的一部分。我也經歷過計程車大規模包圍臺北市政府抗議,場面很震撼,還跟著市議員搭直升機鳥瞰市區交通,非常壯觀,這些

隨臺北市議會交通委員會視察捷運工程

行程雖然辛苦卻也見識不少。

　　在忙碌工作之餘，1996年2月幸得輔大黃銘亮學長介紹，在空中大學擔任「臺灣開發史」兼任講師（1996.2～1996.7），每週日上午負責面授教學。雖然學生年齡跨度很大，卻充滿熱情，對我來說可以兼顧記者工作與歷史教學，無疑是最佳的平衡了！

　　回首以往，有幸拜在師門下，得到老師的悉心指導，利用研究所三年時間，寫出一本論文，雖不說嘔心瀝血，但也掏空腦袋盡力為之，所以看到老師做學問、研究的態度與精神，如此一絲不苟、堅持文人的氣節就心生敬佩。尤其老師在八十高齡之際仍戮力寫作一部足以代表臺灣史學界的《中華通史》，就覺得老師

邀請張老師、師母與黃福慶老師參加我的婚禮

認真的精神為我們樹立了一個最佳的典範！近年來每次與老師餐敘時，總被老師要求「報告」這一年來的工作、生活感想，讓我們大家互相了解老師與學長姐的動態，也藉此鞭策自己，希望不負時光，在自己的崗位上扮演好稱職的角色。而這樣的緣份源起於老師，及大家對相聚的重視，因此每次的聚餐都令人期待，每次的回憶都彌足珍貴。

打開箱底的回憶

蔡杏芬＊

　　自從答應要寫這篇文章之後，就十分焦慮，生怕任務無法完成。去年夏天趁著回花蓮婆家時努力翻箱倒櫃，想找我的碩士論文初稿，想著上面應該有指導教授批改的手跡。結果論文初稿不見蹤影，卻在收納箱裡看到了一本筆記本，是三十年前一趟旅程的手記，詳細記錄了每天的行程，貼上所有的花費收據。那趟旅行的照片及旅行之後相關的信件也保存完好。回想起來，從前的我是善於保存資料的，論文初稿應該也還藏在某處，不可能丟掉呀。無論如何，就從那趟旅行開始寫起！

　　翻開張玉法老師的新書《浮生日錄》，老師是這麼寫的：「（1992年）七月十九日，與中文去大陸，八月六日回。」「七月二十二日，上午齊魯文經協會文教科技訪問團訪問山東大學，由

＊ 曾任新北市立泰山高中歷史科教師。

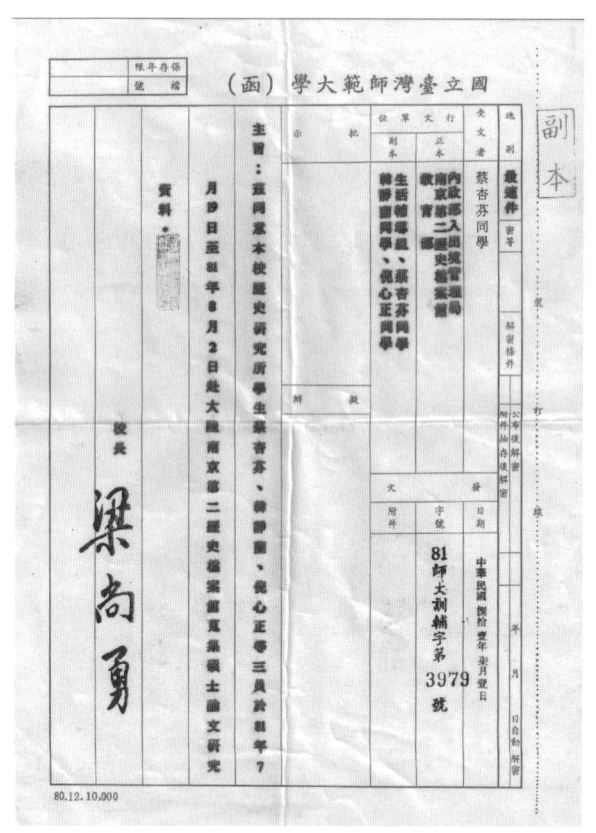

臺師大同意我等三人赴大陸
的公文

副校長喬幼梅等接待。」「七月，偕中文與大哥、二哥會於濟南，並隨齊魯文經協會至山東各地訪問。」

1992年初，我就讀於國立臺灣師範大學歷史研究所碩士班二年級，已獲張玉法老師同意指導碩士論文寫作，主題為抗戰之前的小學教育——以山東青島地區為中心的區域研究，同班同學韓靜蘭及倪心正也是張老師指導。有一天，老師告訴我們三人，中國現代史的許多資料保存在中國大陸，我們必須到大陸去

蒐集。師命難違,我們開始了一連串的行前準備,委託旅行社辦理機票證件之外,還有一些公文往來,例如向師大申請同意函。當年學生赴大陸旅行需要校方同意嗎?還是這份公文另有其他用處?現在的我百思不得其解。

行程是這樣的:7月19日,老師、師母、已在中央研究院近代史研究所任職的張瑞德學長和本所博士班洪德先學長以及我們三人,一起由桃園機場搭機,經香港抵達南京。到達南京機場之後,團體中有幾人的行李延遲,包括老師的,還記得第二天早上師母笑著說老師買了新襯衫,穿起來更帥了,眾人皆表贊同。7月20日老師在南京大學演講,講題是「科學的史學方法」,當天老師和師母就離開南京。7月24日倪心正前往上海,靜蘭和我繼續留在南京,7月30日搭火車前往濟南,8月6日由濟南搭火車至青島,8月9日再搭飛機至成都,8月19日由成都搭飛機至香港,8月21日回臺北。安排濟南和青島是為了查找我的碩士論文資料,到成都則是查靜蘭需要的資料,靜蘭的論文主題是抗戰前後中央政府與四川的軍政關係。只要檔案館或圖書館有開放,我們就把握時間查資料,假日才安排旅遊。

南京之後的行程,兩個女孩一路忐忑不安。當時通訊不便,打長途電話必須到電信局,還打過電報;長程火車票及國內線機票也必須託人買。從南京到濟南的硬臥夜車尤其是特殊的經驗。為了看起來比較不像外地人,我們在當地商店買衣服穿,打算必要時謊稱是「福建來的」。不論在什麼場合,我們一貫謹言慎行,避免引人注目,也不發表意見。害怕歸害怕,在老師的安排之下,

我們每到新的地點都有人接送照顧，甚至設宴款待，其中有些是當地對臺辦事處的官員，有些則是當地大學的師長和研究生。

我們在好幾個單位查過資料，包括中國第二歷史檔案館、南京圖書館、山東省圖書館、山東大學圖書館、山東省志辦公室、青島市圖書館、青島政協文史室、四川大學歷史系、四川省檔案館等。找到資料後，有些複印有些抄寫，南京的第二歷史檔案館的管理最嚴格，還規定要購買專用的摘抄用紙。可惜這些千辛萬苦取回的資料經過幾次搬家後都不在了。

那個夏天經常停電，而且很多地方並沒有空調設備，記得南京還有氣溫過高停止上班的規定。我們在青島市圖書館曾遇到影印機故障，必須找其他地方複印的狀況，雖然青島市圖已是較為現代化的圖書館。在濟南我們住在山東大學留學生樓，在成都住在四川大學學生交流中心，只有在青島時住在老師幫忙預訂的飯店。飲食一般就在學校食堂，價格低廉，堪稱滿意。在成都時我記了「食堂菜很辣」，川菜當然是辣的，食堂的菜色很少，對不能吃辣的我而言真是一大困擾！四川省檔案館有個特別的服務，中午可以付費在招待所客房休息，一人一天人民幣3元，筆記本裡我貼了兩人兩天12元的收據。

我的筆記詳載物價，三十年後的今天覺得難以置信。有一晚在南京，四人晚餐人民幣32元，當時換算臺幣大概200元左右，但我在日記上寫「很貴」，應是相較於南京的其他餐食較為昂貴吧。我們在南京住的鍾山賓館（省政府招待所），雙人房一晚人民幣64元；青島的黃海飯店雙人房一晚美金38元。青島的嶗山

一日遊一人人民幣15元，在成都青城山搭索道纜車，單程8元。南京到濟南的硬臥火車票一張55元，外加預訂費10元。國內線航班不便宜，從青島到成都一張票要700元外匯券。外匯券是中國改革開放初期由中國銀行發行的替代外幣的憑證，與人民幣等值。這是那個時代的特殊制度，1995年就停止使用了，現在有收藏價值呢！可惜一張也沒有留下來，應該是離開中國前都換回美金了。

有些事情沒有記在筆記中，但印象深刻。記得在濟南某個飯局的餐桌上曾出現一道炸蠶蛹，當時想必不敢動口又怕失禮，已經忘記有沒有吃。靜蘭和我在青島參觀著名的洋樓「花石樓」時竟巧遇倪心正，看到他獨自包車遊玩，覺得羨慕又佩服，我倆結伴同行仍戰戰兢兢，他一人獨行隨性自在，當時兩人感慨男女有別，今日回想實是個性差異使然。四川大學的一位老教授在住所請我們喝茶，他的子女正好回家，老教授低聲說：「他們都是工人。」至今難忘他語氣中的落寞與無奈。四川省檔案館中有一位年長的職員說他是泉州安溪人，對我們能說閩南語感到不可思議，我試著用閩南語和他溝通卻不太成功，不知是不是兩岸的閩南語已有差異，或是老先生幼時離鄉，家鄉方言已不熟悉。成都本是各地移民匯集之處，搭乘公車可以聽到各種全然陌生的南腔北調。四川省檔案館還有一位年輕的張先生，和他的妻子在生活上幫了我們不少忙，記得他們曾拿出一疊畫像磚拓片給我們看，是想賣給我們吧，怎知我們是窮學生，也不敢亂買東西。中國大陸改革開放初期，像他們這樣努力兼差增加收入的人應該頗多。

遇圖書館檔案館閉館，我們會去逛書店買書，在南京買得比較多，接著到郵局打包寄回臺灣，後來這批書有一些波折。老師在《浮生日錄》中寫了：「（1992年）九月廿五日，自吉林寄出中國大陸出版品十九包，包括蔡杏芬者十三本，韓靜蘭者十一本，倪心正者三十本，至十月一日至臺灣，為新聞局查扣，經交涉，至十月二十日領回。」新聞局查扣對岸出版品，還勞煩老師為我們交涉，這也是那個年代才有的現象吧。

記得離開成都海關時，因為當時使用布面軟殼行李箱，關員覺得我的行李有書籍，問是什麼書，讓我著實緊張了一下，主要是擔心複印的檔案會不會被查扣，還好有驚無險。其實這些書籍文件都不是機密也完全沒有敏感的內容。回臺之後，與大陸認識的師友續有通信，互寄照片書籍等，郵件往來常費時很久，甚至無故遺失。一年後，我寄碩士論文寄給一位山東大學歷史系的助教，他回信說沒有收到。

時隔三十年，重新翻閱自己的碩士論文，覺得至少是資料扎實、立論有據，真慶幸有這一趟史料蒐集之旅啊。1997年5月老師接受游鑑明學姐訪談（見附錄二）曾說：「當大陸開放後，我鼓勵學生赴大陸搜集資料，甚至告訴他們不到大陸搜集資料，就不指導他們，有幾位同學可能因家庭經濟關係，也可能是安全的顧慮，頗有難色。我之所以有這項要求，是因為有不少現代史資料典藏在大陸的各圖書館或檔案館，不前往搜集資料，等同掩耳盜鈴的做研究。」信哉斯言！然而，當時兩岸剛開始交流，我們年紀輕又缺乏社會經驗，若非老師的照顧和細心妥善的安排，這

1992年教師節聚餐後合照

趟旅行絕無可能。當時覺得壓力很大又不能不做，今天唯有深深佩服老師的遠見和堅持。

也是那一年（1992年），老師當選中央研究院院士，投票時間應在我們大陸之行以前，如今對此事已毫無印象。倒是在舊相簿中找到了幾張1992年教師節師大歷史所學生祝賀老師當選院士，與老師聚餐的照片，其中這張是老師、師母、靜蘭和我的合照。老師和師母現在看起來與三十年前差別不大呢！然而歲月如梭，如今我已是老師照片中的年紀了。

1993年6月順利通過了碩士論文口試。在論文定稿之後的序言中我感謝了很多人，卻遺漏了一起闖蕩大江南北，幫忙抄寫檔案，同甘苦共患難的好友韓靜蘭，真是重大疏失。交出碩士論

文，我的學術研究生涯也至此結束。同年8月我回到原來任教的臺北縣立泰山國民中學復職，第二年轉到臺灣省立泰山高級中學任教，直至2022年7月退休，退休時學校已歷經兩次改制，更名為新北市立泰山高級中學。沒有繼續從事學術研究主要還是因為我的個性不耐寂寞，喜歡與青少年互動遠超過翻查史料及寫作吧。但是就讀研究所期間習得的能力，對我往後的教學生涯幫助匪淺。備課和教課都必須蒐集資料、辨明真偽，也常常要分析因果、理清脈絡，差別只在內容要更有趣、表達要更淺顯易懂，研究的本質並無差異。

日後在師生聚餐時，常聽年長的學長姐訴說當年老師如何嚴格，將整篇文章改得面目全非。雖然我的論文初稿不見了，拿不出證據，但學長姐所言和我自己的記憶不符啊！記憶中，老師的鼓勵遠多於指責，那時多麼慶幸我的指導老師親切慈祥又有耐心。

畢業之後那幾年，我每年過年之前都會寫賀卡給老師，老師也一一回覆。1998年4月，大兒子出生，那年暑假我向服務學校申請育嬰留職停薪，陪伴夫婿赴美進修，兩年後小兒子出生，又繼續申請留職停薪，直到2003年先生取得博士學位、小兒子滿三歲才回臺復職。這段期間與老師的賀卡往來特別有意義。當時向老師報告大兒子出生，剛好老師也有了外孫，老師在賀卡上說：「做外公比做爸爸好多了，有弄孫之樂，無養子之苦。」2000年懷老二時，老師又說：「帶孩子很苦，弄孫則樂趣無窮。」

退休前幾年，因應十二年國教新課綱，各高中開始設計校定必修的課程，我任教的學校安排了一門專題閱讀課程，讓不同領

老師回覆的賀年卡

域的老師分別開班授課，學生則透過選課系統選課，社會領域由我和一位地理老師負責。我們的課程主題是「書寫我的家族故事」，先讓學生閱讀多篇訪談的文章，期末則要交出自己對家中長輩的訪談報告並在課堂上分享。退休之後，我仍回學校繼續負

責這個課程。為了挑選適合的教材，除了各種訪談作品，我也讀了一些傳記與回憶錄，同時嘗試與家中長輩閒聊之後留下片斷記錄。但是由於缺乏紙上資料，深感自己對上一代的人生認識不足，想要留下完整資訊給下一代更是力有未逮。2023年4月「法友會」師生在大三元餐廳聚餐，老師宣布《浮生日錄》即將出版，當時心想，這應該是老師的回憶錄，滿懷期待。沒想到這是一本很特別的「書信紀錄」。讀《浮生日錄》，發現老師在有限的篇幅中隱藏了大量資訊，每一段敘述都有很大的想像及探索的空間，於是更加期待「下回分解」。欣逢恩師九十大壽，謹以此文祝福老師壽比南山，並盼望能早日拜讀老師的回憶錄！

師恩綿長

張馥 *

一、家庭背景

　　國共內戰的風雨飄搖，使得一些看到情況不對的人們，紛紛先到臺灣避風頭，母親就是其中之一，憑著她在南京練出的流利日文，在1947年底獨身一人渡海到嘉義的她，很快的學會了閩南話，在人生地不熟的臺灣，站穩了腳步。而父親則早就歷經滄桑，從中學階段因九一八事變離開了家鄉，跟著爺爺的東北軍入關，就讀於臨時成立的東北中學，在國難中決心從軍報國，成為黃埔十五期中的一份子。再一路經過抗日、勝利、國共內戰，跟著孫立人將軍一路遷徙到臺灣，駐紮臺南。原來毫無關係的兩人，在友人的牽線下，相知、相識，但在當時的時代氛圍下，軍

＊ 現任靜修女中歷史科教師。

官結婚需要經過重重審核，而母親則因熟稔日語，一度被視為特殊份子被卡關，幾經解釋、覆核，才終讓兩人結成伴侶，此時已是1961年了。

父親身在軍旅，在家中的時間不多，加上前面有一個哥哥在極幼時因病去世，所以當我出生時，父母的年紀已長，對我更是呵護至極。此時，家中已遷至桃園太武新村定居，這是當時為金門參與八二三戰役的軍官所建的高級眷舍，每戶獨門獨戶，且有一個非常大的院子，可以種植花木，更可以讓父母在此安居養老。但，我的出生，讓父親決意從軍旅轉職到警界，除了可以繼續就業，以維持家計外，也為我之後的教育之路著想，舉家遷往新北中和。

什麼叫遷學區，嗯，從小越區就讀的我最明瞭，因為小學唸國語實小、國中唸金華女中，都是父母千挑萬選的學校。只可惜國三的我迷於金庸，加上一直排斥英文這科，導致高中聯考失利，橫在我面前等待選擇的一個是私立高中，一個是馬偕護校，因為國中班導的一句話「你還是唸高中吧，因為我怕你會把剪刀忘在病人的肚子裡！」，當時的我選擇了崇光女中，乖乖唸英文之外的其他科。

一直以來，文、史成績都是我的強項，我想是父母放任我在書海遨遊的結果。從小，只要他們有任何需要連袂出席而不能帶小孩的聚會，重慶南路的東方出版社永遠是他們放置小孩的首選。那個沒有兒童福利法和擔心綁架的年代，我在東方出版社裡倘佯了無數歲月；加上父母對各式零用錢都嚴加控管，只有書費

要多少有多少的放任下，從《吳姐姐講歷史故事》、原文版的《三國演義》、《說唐》、《今古奇觀》到國三看完全套金庸小說，這一切，讓我在大學選填志願時，除了第一志願是中原資管外，二話不說的在輔大、東海兩校，中文及歷史兩系中混填，靠著歷史成績，我進了東海歷史系。也在東海學習著離家、成長，並思考著未來，發現研究所似乎是文史系將來求職的必備要件，終於，大四的我，乖乖的開始唸英文，也在應屆當年，以第二名考上了國立臺灣師範大學歷史研究所，開啟了與老師的師生之緣。

二、幸遇良師：

當年師大歷史所正好有玉法老師、李國祁師、林滿紅師等名師授課，也讓我們這些學子們在拜師及選擇題目時絞盡腦汁，思考當如何找出研究方向。由於父親顛沛流離的前半生，讓生於臺灣、長於臺灣的我對於中國現代史深感興趣，所以除了在研一修習老師開設的中國現代史課程外，也在研二時硬著頭皮請求老師指導論文，主題當然與父親的母校有關，想由一所特殊時空存在的學校——東北中學，探討其源起、發展及與時代的關連。在撰寫論文的過程中，老師除了協助我前往南京的中國第二歷史檔案館查找資料，並幫我開啟在木柵的教育部檔案室中蒐尋資料的機會。這其中還因為家庭因素及在行政院教育改革審議委員會任職無法專注於論文寫作，因此申請延畢一年，老師也都沒有不悅，反而一直鼓勵我一定要完成論文，做為對家人及自己的交待。

三、教學生涯

　　接續的人生平淡但不時有著喜悅與挑戰，一方面依舊在照顧著已失智的母親與日漸衰邁的父親，並與另一半踏上紅毯的一端，還有幸邀請到老師致辭，給予祝福；另一方面則陸續在中興高中、靜修女中任教，擔任歷史教師一職，從事著智識傳承的工作。因為是在私校任職，所以無論在哪一所學校工作時間都比公校長，日常生活除備課及教學外，多半就是回家照顧家人起居，相對而言，向老師請益及問安的機會就少了，但逢年過節或每年聚餐時，還是會以一瓶高粱向老師獻上無限的祝福，尤其因為先生酒量不錯，所以還算可以向老師挑戰，陪著小酌幾杯。隨著父母相繼辭世，小孩出生，生活重心又再次轉向，除了持續陪著學生一步步地成長茁壯外，就是做個「孝女」培育下一代。

四、相夫教女：

　　孩子的成長也代表者身為父母的我們年齒日增，幸運如我，並沒有成為「夾心餅乾」（上有老、下有小），而是可以專心在下班之餘全力照料。也因小時候被保護得太周全，導致我體能活動方面一直很弱，像游泳這項技能，由於家人禁止我下水，直到三十餘歲時才學會。所以女兒小時候我反而比較看重體能這一塊，更幸運的是她第二次讀的幼稚園大班，教會了孩子腳踏車、呼拉圈及跳繩（她早讀一年，故要唸兩次大班），寒暑假時我也

一直很忙地到處接送,讓她學習各項才藝,從朱宗慶到雲門,從珠算到國小各社團,就是為了讓她除了功課外,能發掘自己的興趣,在之後課業繁忙之時,能有個抒緩的空間。目前才國七的她,喜愛國標舞,參與了學校的管樂團(薩克斯風),雖在課業上的排名不是名列前茅,但我相信她能找到屬於自己的一片天空。

五、社會觀察:

　　回顧這近三十年的歲月,我將全副心力放入了與學生的相處,以及應該如何教學讓孩子們能更了解歷史這門實際上很重要的科目上。雖然是每屆孩子畢業後,都懷念起高中歷史課(在高中上課則覺得碎念和小考很煩),但也知道現今趨勢下的文科,的確越來越不受重視。看到這陣子輝達執行長黃仁勳不斷暢談人工智慧(AI)新時代將會帶來的產業衝擊,再回首各高中的「人社班」逐漸吹起熄燈號,靜修高中雖因女學生居多,班級調整的幅度不大,但「重理工、輕人文」的觀念的確深植人心。但我常向孩子們提及,AI在某些層面確實能協助我們處理很多事情,但是在下指令及判斷方面,還是要我們擁有本身的基礎知識才能正確地讓人工智慧成為我們得力的助手。且ChatGPT擅長的是「化繁為簡」和「換句話說」,提供概括性的統整,而史學研究則需要細讀、精讀史料,才能挖掘藏在魔鬼中的細節,並找出其他證據支持自己的論述。這個史學研究的核心能力,現在的AI尚無法取代,這也是我們要堅持下去的主要動力。

六、師恩綿長

　　畢業，並不是與老師的分別，因為老師會一直關心著學生，也不斷地讓我們這些學弟妹能藉由一次又一次的聚會，認識前期的學長姐，並了解學術新方向和他們的發展。到今日，也看著學長姐們漸漸從工作領域退休，開始含飴弄孫的生活，更看到老師一直筆耕不倦，不久前仍從事著《中華通史》的寫作。也因為老師的身教，我們這些小輩就更不敢懈怠，每每告誡自己要努力用心地生活於職場，期待退休後更能快樂健康地為自己而活。

憶往與展望

周佳豪＊

　　我是1992年考進師大史研所。碩一時，選修了張玉法老師的中國現代史專題課程。老師上課時中規中矩，為我們提示每個時段的重點，並在其中穿插自己的研究心得。在講課過程中，老師每每會用詼諧地口吻提醒我們研究過程中"眉角"。我也在這過程中親身體會了史學方法的實際運作。印象最深刻的案例是宋教仁被刺案。教科書裡均將此案解釋成袁世凱的買凶殺人。但老師提示我們，他是讀到八〇年代末公布的檔案後才做了結論，而老師之前出版的論著中，都沒對此案的首謀者下定論。我當時在課堂上著實還真的吃了一驚：我讀書真的很粗心，竟沒有注意到老師的微言大義。

　　事實上，上老師這門課最大的收穫是課程最末的學期報告討

＊ 現任台北市立復興高中歷史科教師。

論時間。老師跳脫授課大綱，打破時間框架，為研究生的我們，對中國現代史做整體性的疏通，觸及現代史的方方面面，讓我們眼界大開。我和同班同學都感嘆過，可惜這樣的場合只出現在期末兩週，時間太短。印象最深刻的是同學的自由中國案的期末報告討論。同學想把雷震論證成支持臺灣獨立運動的外省人先驅，老師直指問題核心，用點到為止的方式，提醒我同學他的假設有誤。

承蒙老師的不棄，接受我投入師門，以天津商會研究（1903-1916）做為我的碩士論文題目。我挑選這個題目的原因是剛巧那年大陸出版《天津商會檔案匯編》，我跟隨當時流行的社會史研究取向，選擇了天津商人群體為研究對象，我特別想了解從清末新政開始，天津地區的大商人群體（資產階級）跟袁世凱為首的「北洋官家」的互動情形。老師對我的選題充分尊重，老師後來告訴我，他對我找材料和閱讀能力有信心，才放手讓我自己發揮。只可惜後來我的表現荒腔走板，因為我選的題目超出我能力範圍，我又沒即時向老師反映我遇到的問題，才導致了後來的結果，在此向老師致上歉意。

在研究所讀書的歲月是快樂的。在所裡，我有幸結識學思敏捷的學長姊們，他們拓展了我的知識視野。在這期間，我還有幸跟隨劉元孝老師學習日語。劉老師不僅教導我日語，還不時為我們講述老一輩臺灣人的生命經驗，讓我有機會一窺日本時代臺灣人的所思所想。

研究所畢業後，我以少尉排長的身份服役於陸軍士官學校，

擔任學生連排長。當時的陸軍士官學校招收對象是全臺當年的國中畢業生，三年中施以完整的高中教育。學生在畢業之後，會成為國軍士官基層幹部。在擔任隊職官的一年半裡，我有機會參與部隊的實際運作，也有幸帶到許多漢人和原住民小朋友。漢人學生中，有不少父執輩即國軍的士官幹部，他們期待子弟能克紹箕裘，繼續為國家服務。除漢人外，學生有半數來自全省的原住民。他們讓我有機會學習到與原住民相處的方式，大大地豐富了我的生命經驗。

退伍後，我進入方濟中學任教三年。之後，我考入復興高中，任教至今二十三年。從我開始教學，其間經歷三個課綱，我都有機會實際地教上幾輪依據課綱編寫的教科書。在教學現場，我秉持著做中學的態度，一步步地把曾經的知識空白處，如臺灣史，一一填補起來。

文章的第二個部分，我想談談游鑑明學姊垂詢過的108課綱相關問題，這個學年，我第二次教108課綱。這個課綱的臺灣史部份，與過去的臺灣史內容有著明顯的不同。首先，課本對原住民有著不同的描述。它用原住民族取代原住民，揭示著課綱編寫者用我們是個多民族國家取代了中華民族的國族想像。這與筆者的生活經驗有所出入。在部隊時，原住民小朋友往往以"你們漢人"來指稱我們這些以漢人為主的隊職官。事實上，教學現場，向學生解釋"原住民族"與"原住民"的不同，並不是件容易的事，學生往往有聽沒有懂。其次，課本編寫用專題取代時序進行寫作，導致部份內容一再重複，教育當局往往以學生在國中已學

過來解釋這項轉變。專題教學似乎較適合知識基礎鞏固的歷史系高年級學生，且受到專精化的影響，部份知識對我們認識臺灣史的總體面貌並沒有太大助益，反而呈現出知識碎片化的現象，學生也多以背誦了事。

再其次，108課綱對於戰後秩序的重建納入了「臺灣地位未定論」新論述，與傳統教科書中教的開羅宣言的說法並陳。上學期任教期間，偶聞學生提出「中華民國已經獨立的說法」，足見，學校圍牆外的輿論空間，已然形成定勢。事實上，我們科熟稔臺灣史的資深老師曾對我說，第一冊臺灣史的設計妥妥反映著「臺派」的想法和企圖。

剛過的這個學期，我上的是第二冊東亞史。對於我們較早從學校畢業的高中老師們，這是一個全新的挑戰。挑戰在於，課本的編寫，除前文提及的，用專題取代時序外，加入了日本、朝鮮、越南的部分。其中最值得玩味的是中國的定位。中國在新課綱中，已被定位為"他者"，即外國史的一部分。若干年前，我在方濟任教期間，曾與老師閒聊我的觀察。當時是杜正勝院士主導歷史科教改的初始階段。我跟張玉法老師報告：「感覺起來，未來我們可能要用『東洋史』的角度來教中國史了」。我剛說完，老師便不改幽默地回話道：「什麼東洋史，是外國史好嗎？」，如今回想起來，竟被老師一語中的。老師料事如神，可見一斑。

事實上，我並不反對上東亞史的內容，只是課程架構中，我們要如何組織「東亞史」，恐怕需要細細思量。在第一輪上東亞史課程之前，我一度以為，我們終於可以上點非漢族的歷史了。

在研究所讀書期間,感謝同學的啟發,我接觸到游牧民族的歷史,開拓了我的視野。可是,當我拿到新課本時,發現我的猜測是錯誤的。新課綱把中國與日本、韓國、越南並列。這樣的安排是以臺灣為中心,把上述國家列為他者,然後用社會科學的學科分類,將歷史橫切為政治、經濟、社會等面向。同時,課程安排也頗不合理。比如,要在兩節的內容裡,把制度史拆成塞入課本中的一節來上。這些內容,在研究所裡,往往是一整年的專題課程,而且通常是兩門截然不同的類別。至於日、韓、越三個國家的歷史則壓縮至一節的內容講完。這對我們高中老師來說太刺激了。更不用說我們在大學歷史系階段,並未受過相應的訓練。

　　就備課用書來說,臺灣歷史相關書籍的出版,並沒有相應地跟上新課綱的變化。臺灣關於東亞史的書籍出版,多半集中在日本史,至於韓國史或越南史相關的書籍,儘管有,卻相對地少了很多。就個人粗淺的觀察,本地歷史書籍的出版,在廣場出版、八旗文化、臺灣商務、乃至聯經出版社的努力下,近年來翻譯了不少日本學者撰寫的中國史普及性讀物。事實上,我也常常買來閱讀。我注意到,在108課綱推廣期間,參與老師偶爾會援引這些新的出版品來質疑之前課綱充斥著大中國主義,他們建議與會者多參考日本學者的成果以打破舊見,用嶄新的視角的來看待中國史。可是,若干年前,一位日本老師曾經提醒我,戰後日本學者亞洲史關注的重點,已不再是中國,而是伊斯蘭世界。這裡附帶一句,臺灣高中的世界史教學,一度煥發著可喜的變化。不但能看到西方史學潮流的變化,甚至還出現引介非西方世界(如伊

斯蘭世界或東南亞）的相關書籍。那幾年逛書店常常驚喜不斷，只可惜這股力道似已不再。

在教學現場，我發現學生從國中習得的先備知識並不足以支撐他們理解高中課程的內容。除此以外，現在國中學生的中文理解能力，也在下降中。這導致他們在閱讀文白夾雜的高中課文時，往往摸不著頭緒。我任職於臺北市後段學校，我校的孩子們便出現了學習困難。他們跟我反映，史料題看不懂。史料題的題型是上一階段教改主持人張元教授所倡導的，學生必須具備一定的文言文閱讀能力，方能解題。可現下的臺灣教育並不再注重中文的閱讀能力了。所以學生的挫折感是可以預見的。

更有意思的是，現在的課本編寫是越到高中，越為簡化。美其名為更為專精了。專精的意思是前面提及的，現行課本充斥著專史的知識。我們曾經跟參與課綱制定的同行反映，得到的回應多半是他們國中學過了。如果我們在歷史系階段要學會通史，高中則應該弄清楚各朝代大致脈絡的簡明通史，至於國中則應掌握基礎的人、事、時、地、物。也就是歷史照理是閱讀越細，這是以歷史脈絡清楚為基礎的。現行課本的編寫，內容或許是深化了，可是卻把歷史脈絡模糊掉了。何以見得？可以觀察國高中課本知識點數量的變化。國中課本的知識點多於高中內容。論者會說避免重複。可是，學習的過程總不缺乏記誦的過程。過去的高中課本雖然過於繁瑣，但基本的歷史脈絡一目了然。且由於是近於通史的書寫，內容不僅有脈絡，還不乏編寫者對歷史的識見與貫通。這對教學者的我們而言，不啻為是一種歷史知識的整理。

經閱讀國中和高中課本後，我發現，國中課本寫得比高中還要好。而且很有意思的是，國中課本更能體現東亞史設計的本意。以宋遼金元的近世史為例，新的國中課本將敘事重點，由傳統的漢族中心，轉變成北族中心，乃至東亞史視野的遼代，還遍及鄰近的高麗、女真與西夏。如果課綱編寫者有意打破固有的漢族觀點，這並不是壞事，證諸新的高中課本，也確實有十三世紀以前人群移動與交流（參考南一版）的綱目，但敘事的重點往往著墨於北族的特徵，與漢族的矛盾。中國是多民族國家，衝突與矛盾或許本是歷史的實相，但同情的理解，或許較適合於教育場域。

　　前不久，經公民科同事告知，118課綱的諮詢工作已然展開，其內容與108課綱會有巨大的差異，或與賴總統近日揭櫫的洗滌心靈的施政目標相呼應。我希望在職場生涯的最後幾年，能夠善盡自己的職責。文末，謹祝福老師、師母身體康泰，謝謝老師！

編後小記

蔡杏芬

　　集眾人之力,《走上歷史之路》終於要出版了。這本書的21位作者,都曾在撰寫學位論文時得到張玉法老師的指導。今年恩師九十大壽,學生們回顧自己如何在老師的帶領與個人的努力之下,走上歷史之路,也將這本記錄師生情誼與人生歷程的文集獻給老師作為生日賀禮。書名「走上歷史之路」是恩師的神來之筆,確實十分貼切。

　　本書的編輯小組成員如下:張瑞德、謝國興、劉祥光、游鑑明、李達嘉、鍾淑敏、吳翎君、吳淑鳳、蔡杏芬。2023年5月開始策畫,從決定文章主題、擬定邀稿通知、確認寫作意願,到收件之後讀稿提出修改建議,都是團隊分工合作完成的。我是小組中年紀最輕、輩份最低的成員,主要的工作就是收取稿件及居中聯繫,並且蒐集整理相關照片。

　　圖文並呈的〈緣起〉想要說的正是這本書誕生的原委。舊照片徵集頗有波折,幸賴游鑑明學姐保存史料有方,提供了2002年及2004年的紙本照片;朱瑞月學姐在我的請託之下,由舊手機找出了許多電子照片原始檔;吳翎君學姐習慣將數位照片以日期命名後存檔,總是能快速找出有用的檔案;2015年恩師八十

大壽，相關活動由李達嘉學長攝影，他當時不辭辛勞利用電郵分批將所有的照片寄給所有的與會同學，因此保存最為完整。最後，所有合照人員的姓名是識人最多、記性亦佳的游鑑明學姐協助標示的。

　　文章順序按照老師開始指導各作者學位論文的時間先後排列，然而眾人皆感記憶模糊，精確排列實有困難，希望讀者也和我們一樣不要深究。我承擔收稿之責，要求作者準時交稿壓力不小，但是能在第一時間欣賞佳文則其樂無窮。

　　附錄一是老師2005年撰寫的自述，附錄二是1996年游鑑明學姐訪談老師的記錄。讀者透過這兩篇文章，一方面可以進一步瞭解老師如何「走上歷史之路」，同時兩文均提及老師的教學經歷，也可以與同學們的描述對照閱讀。

　　附錄三及附錄四表列張玉法老師所指導（包括共同指導）的所有學位論文相關資料，最早是朱瑞月學姐由國家圖書館的「臺灣博碩士論文知識加值系統」下載製表。然而該系統的資料未盡正確完善，後續經過努力查核、更正及補充，仍恐有所疏漏。據此二表，老師指導的碩博士論文共有76篇，研究生為69人。第一篇老師指導的論文是王榮川學長的碩士論文，於1975年完成，最後一篇則是王玉學姐的博士論文，於2003年完成。

附錄一
走上研究中國現代史之路

張玉法

——此稿為在某大學的講演稿,寫於2000年前後。
2005.4.25.重整

　　一個人這一輩子做什麼,與他的家庭背景和經驗有很大關係。我祖籍山東省嶧縣澗頭集,世代務農,父親是小地主。1936年我出生時,家鄉無學校,僅有私塾。1937年日本全面侵略中國,1938-1945年佔據我的家鄉,並在1942年於我家鄉開辦小學,使我有機會入學讀書。1945年日本戰敗投降,共產黨佔據我的家鄉,父親受到鬥爭。次年國民黨的勢力進入我的家鄉,我續讀小學四年級。兩年以後,以共產黨的勢力膨漲迅速,國民黨自山東撤退,嶧縣縣中隨之南遷,我考入嶧縣縣中,隨之南遷。學校在江蘇的徐州、瓜洲、以及湖南的郴縣、廣東的廣州都曾稍作停留,山東省各地有八個聯合中學約八千人集於廣州,至1949年七月轉往澎湖。

　　當時台灣戒嚴,不許大陸各省的敗兵、學生來台灣,澎湖防衛司令官李振清為山東人,在河南安陽為共軍戰敗,李振清率殘

部退守澎湖。聞有山東流亡學生八千餘人滯留廣州，乃報請東南行政長官陳誠核准，將之接運至澎湖。安置的辦法是：高中學生一面受軍訓，一面讀書，至高中畢業，能考上大學者離開軍營去讀書，不能考上大學者繼續留營當兵。學校被接運至澎湖後，女生及老師借用馬公小學恢復上課，男生一律編成軍隊，後經山東籍的立法委員、國大代表等交涉，又將初中的男生送去馬公小學。學校在澎湖四年，於1953年遷彰化員林，改為省立。

我在讀中學的時候，國文、史地老師很強，引起了我對這幾門學科的興趣，高中畢業後曾考上東海大學中文系，因為沒有錢，沒去讀，最後選擇了師大史地系。我在讀中學的時候，曾向報刊投稿，也編過幾年校刊，後來在大學畢業後，曾考入政大新聞研究所就讀，這與我早年的經歷有些關係。

我在讀大學的時候，除上課外，做過兩類專題研究。花時間最多的是對中國歷代戰爭史的研究。那時國防研究院的鄭長海先生要編中國歷代戰爭史，找人幫忙。鄭長海的姪子李雲嶽與我同班，知我喜歡做研究，就找到了我，我沒有見過鄭先生，鄭先生將撰寫計畫和撰寫大綱託李雲嶽拿給我，我寫好後把稿子拿給李雲嶽，每千字可賺二十元稿費。如果每月寫一萬字，即可賺二百元的稿費，相當於每週教四小時家教的報酬。我寫過的題目有光武中興戰史、唐開國戰史和鄭成功反攻復國戰史，總計有二十多萬字。二十五史中的漢書、新舊唐書及資治通鑑等書就是在那時研讀的。我在大學時期所做的另一專題研究，是寫「唐藩鎮論」，是大四時寫的，約三萬字。那時想在師大畢業後報考台大歷史研

究所，該所規定報考時要交論文一篇。考試時口試委員姚從吾先生問我：「你的論文是如何寫成的？」我說我看過陳寅恪先生的專書和論文，又找了一些資料寫成的。姚先生把眼一瞪說：陳寅恪先生沒有找到的資料被你找到了？我說：「不，不！是陳寅恪先生沒有用的資料我用了一些。」

台大歷史研究所沒考上，我去基隆中學教書一年，又服兵役一年，還是想考研究所。當時只台大有歷史研究所，我不敢去考了。恰巧政大開辦新聞研究所，因為對新聞有些潛在的興趣，就去報考。新聞研究所要考新聞學、編輯學、採訪學之類的學科，我買了一些書來看。那時台視剛開播二、三年，我還沒有看過。記得有一個題目：「電視新聞的特徵如何？試分析之。」我就對電視新聞作了一番懸想，答得還不錯。在讀新聞研究所時，受前此學歷史的影響，很想研究近代新聞史。歷史系的一位歷史老師警告我，千萬別研究近代史，動輒得咎。我就逃向古代，選了一個研究的題目：「先秦時代的傳播活動及其對文化與政治的影響」。新聞系的一位老師警告我：拿古代史的題目來寫新聞研究所的論文，所裡恐怕不接受。最後所裡還是接受了。為了寫這篇論文，讀了許多先秦諸子之書，雖然很辛苦，收穫良多。

畢業之後，想去報社找事，但需國民黨員才能入報社，我不夠格；想留在新聞系，繼續研究傳播史，沒有機會；想回師大歷史系教書，也沒有機會。師大朱雲影老師說：你可以去中央研究院近代史研究所找郭廷以所長，他不講人事關係，完全就事論事。我說我的論文是古代史，怎可申請去近史所？朱老師說：不

妨試試看。我修過郭先生的中國近代史，他並不認識我。我寫了一封毛遂自薦的信，說某月某日某時要帶論文去他家請教。郭先生沒有回信，屆時我到郭先生家門口按門鈴，郭先生來開門，把論文收下了，沒讓我進門，只說：「我看看論文再說。」很幸運，過了一個星期，郭先生找人通知我去面談，當天就決定，收我做臨時人員，那是1964年七月的事。

臨時人員做的事：一、標點檔案，二、口述歷史紀錄，三、管理剪報室，四、到史料典藏機構調查史料。其中對我最有益的是到中國國民黨黨史會草屯資料庫調查史料半年，得以閱讀國民黨的檔案。大概在做臨時人員一年多的時候，郭廷以先生有一天走到我的工作室來，說：「白天的時間都做雜事了，晚上和假期可以做點研究。現在一般同仁都研究十九世紀，你們新來的（時尚有陶英惠、亓冰峰），研究二十世紀好了！」這句話對我此後三、四十年的研究工作影響很大。我原來很怕研究現代史，經郭先生鼓勵，便不得不把現代史的研究做下去。現代史值得研究的題目很多，我要選擇什麼題目呢？第一個想到的就是政黨史，最大的原因，是抗戰勝利前後我在家鄉讀小學時，就看到大人們神神秘秘，說誰是國民黨、誰是共產黨。不久共產黨就佔據了我的家鄉，並鼓勵佃農鬥爭地主，瓜分其田地，父親即是被鬥爭的地主之一。又不久，國民黨將共產黨趕走；又不久，共產黨又來，國民黨南撤。我所考上的縣立中學，隨國民黨南撤，最後來到台灣。在我幼小的經驗中，沒有比「黨」這東西更可怕的，因此我也怕入任何黨。那時覺得，「黨」是影響二十世紀中國最重要的

東西，所以就開始研究它。時國民黨敗退台灣，共產黨聲言要「解放台灣」，老蔣總統聲言要「反攻大陸」，研究國民黨、共產黨動輒得咎。吳相湘翻印舊書，舊書中誤記老蔣總統曾加入共產黨，吳被開除黨籍；沈雲龍寫了《中國共產黨之來源》，被警備總部跟蹤監視、並問話；王健民寫了《中國共產黨史稿》，被列入黑名單，不准出國。在這種情形下，我只好研究清末民初的政黨。先研究立憲派，寫了《清季的立憲團體》，於1971年出版。近史所研究立憲派的還有張朋園先生，我們的研究，認為清季的立憲派，對促使清廷改革很有貢獻。研究革命史的人，一向否定立憲派，我們肯定立憲派，引起他們的不滿；有人說，我們是「立憲派」，專替立憲派說話。海外甚至有人寫文章，說立憲派是革命派的死敵，肯定立憲派就是污衊革命派，好在沒有禁書、抓人。之後我又寫第二本書《清季的革命團體》，沒有引起很大的麻煩，但近史所長王聿均先生還是壓了一段時間才出版，因為書中說孫中山網羅群眾起兵，群眾中有綠林人物。

在我第二本書完成前後，國內學術界正大力介紹現代化理論。當時美國領導近代中國史研究的是費正清，費評論三個機構研究中國歷史的特點：哈佛大學有理論有材料，近史所有材料無理論，西雅圖華盛頓大學無理論無材料。近史所同仁為了改變研究方法，計畫以現代化理論研究1860年代以後中國的歷史變遷。先從各省區做起，再研究全國性的問題。我先後選擇了山東省和工業化兩個專題，完成了《中國現代化的區域研究——山東省》和《近代中國工業發展史》二書。計畫做了六年半，大家都覺得

很累，我也在那幾年得了老花眼，頭髮又白又少。計畫停止後我又回頭研究政黨史，出版了《民國初年的政黨》一書。

除了在中央研究院做有關近現史的專題研究外，從1971年以後我也在師大、政大、台大、甚至在東海、成功、中山大學開課。我個人喜歡研究，不喜歡教書，也不會教書，之所以去大學開課，一方面是受朋友之託，主要也是想提倡中國現代史研究。在1960-1970年代，研究中國現代史禁忌多，題目也很偏狹，學術水準趕不上美、英、甚至日本。身在中國近現代史學界，中國近現代史的研究竟趕不上外國，心中不能無愧，只好冒著危險，到處呼籲提倡。我先後開課二十餘年，寫了兩本通論性的書，一本為《中國現代史》，一本為《現代中國政治史論》，銷路不錯，相信會發生一些影響。

近十多年，由於政治禁忌逐漸減少，史料逐漸開放，投入中國現代史研究的人愈來愈多，年輕一代有成就的學者也愈來愈多，心中非常安慰。於是從去年開始不再教書，仍專心留在近史所做研究工作。近年為聯經公司寫了《中華民國史稿》，為國史館主編了《中華民國社會志》，為三民書局主編了《中國現代史叢書》，為南天書局校閱了《劍橋民國史》譯稿，為山東文獻社約集學者修了《民國山東通志》，加上自己的研究工作，忙得不可開交，不再在大學開課。

附錄二
為有源頭活水來：
訪張玉法院士的研究與教學歷程

訪問：游鑑明（中央研究院近代史研究所助研究員）

紀錄：廖懿姿（中央研究院近代史研究所計畫助理）

時間：民國八十六年五月六日

進入師大　初嘗研究

　　自中國大陸遷徙來臺後，我是在彰化員林實驗中學接受中學教育，由於學校遠在中部，對臺北的大學不甚了解，在高中畢業決定大學科系志願時，我因從小聽說有學問的人多半「上知天文，下知地理」，於是決定報考師大史地系，並以第一志願考進。進了史地系，發現課程過於龐雜，除了要讀歷史、地理之外，還要修教育學分及通識課程；幸好史地系分為歷史組和地理組，而我對歷史較有興趣，便選了歷史組，以後即和歷史研究結下不了之緣。

師大史地系的風氣較為保守，絕大多數的老師也都很嚴肅。郭廷以先生便是相當有威嚴的老師，每次上課，學生都擠坐在後頭，前三排沒有學生敢坐。儘管郭老師非常嚴肅，我的研究多半來自他的教導，我對他的特殊作風也由衷地佩服。我記得有次考試，他出了四道考題，我答了一個半就下課了，只好交卷，心想這一科一定不及格。結果成績出來，竟然得了八十六分，我主動去找郭老師，問他是否打錯分數，他居然告訴我：「我是依程度打分數，只要有見解，就算答一題也可以拿滿分。」另外有位僑生，四個題目全答滿，卻不及格，他揚言要告郭老師，郭老師毫不在意，並說：「你寫的東西我沒見過。」他說：「我是引用XXX教授的書。」郭老師回說：「你抄他的，那你考他的試好了，他會給你一百分。」那個時候我覺得郭老師蠻有意思的，雖然嚴肅，但有他的性格。

　　除了郭老師之外，另有幾位老師令我印象深刻，例如教西洋史的王德昭老師和張貴永老師，張老師的課相當引人。李樹桐、朱雲影和曾祥和老師也都是我敬佩的老師，早年我對唐史有興趣便得自李老師的影響，這三位老師的特色是平易近人，十分關心學生的學習生活。

　　上課之餘，我嘗試做研究。這時期的兩項研究激發我對歷史研究的興趣，一個是編寫戰史，大二時有位同學的舅舅鄭先生（好像是在國防研究院教書）要找助理編歷代中國戰史，這位同學知道我很喜歡讀書、查資料，便找上我，所以我的第一個研究工作是研究中國戰史。這份工作也算是打工，當時撰稿每千字是

二十元,依照我撰寫的進度,一個月約可賺二〇〇-三〇〇元,相當家教的待遇,因此,對我的生活不無補貼。我一共寫了三段戰史:唐代的開國戰史(大約七、八萬字)、東漢復國戰史(也有幾萬字)和鄭成功的反攻復國戰史。為了撰寫各朝戰史,我開始讀二十五史,慢慢地對研究產生興趣。

第二個研究工作是為考臺大歷史研究所而準備的研究論文,本來大學畢業是不用繳交論文,因為臺大要求考生能提出研究成果,我就寫了三萬多字的〈唐代藩鎮論〉,並且編了十萬多字的藩鎮年表。由於大學時代所接觸到的或整理出的資料都跟軍事史有關,因此,這段時期所寫的研究論文也不出這個範圍。

臺大落榜後,我先到基隆中學實習,一年後服預官役。因為始終心繫研究,退伍後又繼續報考研究所,這次我選擇政大新聞研究所。我對新聞有興趣是和中學時期一位國文老師的薰陶有關,在李超老師指導下,我經常被學校指派參加校際作文比賽,並參加《實中月刊》(員林實中的校刊)和《服務日報》的編寫工作,其中《服務日報》讓我有機會學當記者。當時高中生利用暑假組織服務隊到軍中服務、慰勞軍隊,而當記者的是負責寫出他們的服務事蹟和一些提高士氣的文章;由於這份報紙是為服務隊而編,他們每天一早便帶著《服務日報》去軍中,為了配合他們,我們每天得開夜車把文章趕寫出來,並以單頁油印方式出版。

基於國文老師的栽培以及幾年辦校刊、編報紙的經驗,自己覺得既然對新聞有興趣,研究歷史之路又走不成,不如考新聞研究所。但是,進入新聞研究所之後,發現新聞研究偏重技術指導,

無論新聞寫作、社論寫作、新聞採訪或新聞編輯等課程，都只是在訓練當一個記者或編輯。也許是在師大已做了幾年歷史研究，總覺得新聞不能達到我做研究的目的，於是在寫碩士論文時，仍選了新聞史，原本打算研究近代新聞史，但因當時思想控制得嚴厲，我的指導老師趙鐵寒先生勸我不要研究近代史，在無可奈何下，以傳播學的觀念來整理古代傳播史，於是寫了〈先秦時代的傳播活動及對文化與政治的影響〉一文。這個題目一度引起一位老師的質疑，認為與新聞研究無關，我解釋我是利用大眾傳播的觀念來檢討古代傳播制度及其影響，他才接受。

研究史實　不斷求新

政大畢業後，我有意繼續傳播史的研究，希望能夠留在政大，不管是擔任助教或講師都可以繼續做這個題目，但是沒有機會。一時我面臨到何去何從的問題，這時，郭廷以老師正任近史所所長，經朱雲影老師的指點，我大膽的寫信給郭廷以老師，我知道郭老師一定不記得我，因此我在信中介紹了自己，說我喜歡做研究，並不限定是古代史或現代史，希望某月某日能夠拜訪他；他並沒有回信。當天，我還是帶著論文去見他，郭老師當時住在師大宿舍，我按電鈴，老師穿過庭院出來開門，我就說我是誰、我帶著論文來，他把我的論文接過去後，隨口說道：「看看論文再說，你回去吧！」隨後就關上門。一個禮拜後，他找人通知我到近史所上班；我去面談時，巧遇陶英惠先生也來面談，陶

英惠是因為看了趙烈文的日記,發現郭老師的《近代史事日誌》、《太平天國史事誌》,有幾個地方記錯了,於是寫文章糾正,郭先生看到了,覺得這個年輕人不錯,便請他到近史所工作,由這些事可以看出郭老師的風範。

那時我們臨時人員的薪水是來自美國福特基金會,正職人員的薪俸是一二〇〇元,我們是一六〇〇元,雖然沒有配給和福利,這樣的薪水是不錯的。我的工作相當瑣碎,包括:跟著沈雲龍先生做口述歷史訪問、到南投草屯黨史會調查近代史資料(後來出版了十大本的資料目錄)和做剪報的工作(將報紙上有史料價值的資料找出來請工友剪貼)。工作了幾個月之後,有一次郭老師到研究室來,對我們說:「你們不要老是做這些事,應該找時間做研究。」我心想工作這麼沉重,怎麼抽空做研究?便向老師直說,他卻要我們利用下班後的時間做研究;當時的社會較單純,外務也少,所以晚上除了部分同仁回家去之外,多半人都留下來做研究,每天晚上辦公室燈火通明。

郭先生要我們研究二十世紀的歷史,於是我和陶英惠先生選擇了這段歷史,而我對政治史有興趣,決定從事政黨史的研究。因為我曾到黨史會調查資料,閱讀過國民黨的革命歷史,也閱讀過立憲派的歷史,想一究兩黨的歷史。不過,考慮到研究國民黨史較冒險,我就先研究立憲派的歷史。所裡同仁張朋園先生也研究立憲派,他研究的重點是立憲派的人物,我便著重立憲團體的研究。經過四年的研究,寫成《清季的立憲團體》一書,並經審查通過獲得出版。但這同時,我因得到出國進修的機會,因此,

我告訴郭先生，讓我的書暫緩出版，我希望到國外補充新資料，然後再出版。

我是在福特基金會的贊助下出國進修，當時，同仁出國大半經由這個管道，但得先經過所裏投票通過。透過郭先生的推薦，我前往美國哥倫比亞大學進修。這時，美國研究中國近代史的學者十分熱衷辛亥革命的研究，中共革命的成功使得他們對中共成功的原因深感興趣，不少人乃以中國近代第一次革命為研究基點，一時我對自己的研究更具信心，覺得自己的研究好像跟世界的研究潮流結合在一起。

由於在哥大要寫論文，我到美國各大圖書館收集資料。當時我閱讀到無政府主義和社會主義的資料，覺得很新鮮，因為這些在國內是看不到的。無政府主義是破壞力很強的思想，認為無論政府、權威、軍隊或警察都是壞的，並強調國家和警察是迫害人民的工具；社會主義談平等，讓人感覺什麼都不平等，導致我的思想一時陷入混亂。我是非常保守的人，從小生長於戰亂之中，又接受正規教育，一向認為不管專制與否，只要天下太平就好。受新資料影響，我寫了〈西方社會主義對辛亥革命的影響〉的論文，討論了無政府主義、社會主義和馬克思主義在辛亥革命的角色。

參與計畫　領域廣開

在哥大進修一年九個月後，因進修期限已屆，便整裝回國。

回國後的第一件事是，先出版立憲團體這本書，接著展開清季革命團體的研究。由於在國外收集到不少重要的資料，包括美國收藏的辛亥革命時期資料以及中國大陸的資料；再加上出國前從黨史會收集來的資料，使我有信心進行這項研究。

當此之際，西方現代化理論傳入國內，社會科學家大談現代化，同時也對史學研究提出批評，認為前此的史學只有資料、沒有理論，應該採用社會學理論來研究近代史。為此，同仁針對可否借用現代化觀點來看中國近代歷史的問題，進行討論。幾經商討，決定聯合向國科會申請「中國近代化的區域研究」計畫，從民國六十二年研究計畫展開後，我一方面從事這項專題研究，一方面撰寫革命團體這本書。

專題計畫原定名為「中國近代化的區域研究」；這是因主持人李國祁先生當時在師大開的課是「中國近代史」；當第二期計畫由我主持後，因我在師大開「中國現代史專題研究」，就改名為「中國現代化的區域研究」。我們選擇區域研究是有原因的，由於過去的研究多著重全國性，資料難以掌握；現代化歷史講變遷，需要點點滴滴的探討，必須做更微觀的研究，所以決定分區研究。當時沿江沿海的省份都有同仁做，只剩山東，加上我是山東人，我便選了山東。

研究期間，有兩個有利條件有助於我們的研究：第一就是社會科學大量介紹現代化的理論，使我們可以掌握到理論的要義。第二當時出版社大量翻印地方志，成文出版社印的是二十世紀的方志，對我們的研究最有助益。但不是每個省的研究都得到地

方志的幫助，因為有些志是在民國時期以前撰修的，而且大部分地區沒有修志。我個人很幸運的是，在韓復榘任山東省主席時，曾通令各縣修縣志，雖然沒有修成省志，但山東的一〇八縣中有六十幾個縣修有縣志，從晚清修到民國二十三、四年，正巧是我研究的範圍，因此，在山東區域現代化中，我引用不少方志的資料，這本專書也成為最厚的一本。但在大陸開放後，發現仍有許多資料沒有掌握。

第一個區域現代化是從一八六〇年寫到一九一六年，也就是洋務運動到袁世凱時代結束，那個計畫做了三年半；民國六十六年開始第二期計畫，是從一九一六到一九三七年，有同仁認為內陸變遷少，而寫到一九四九年。第二期計畫進行了一年，發生了波折，原因是前三年半的成果，經送往國外審核，發現我們做得太精細，外國學者不易切入瞭解，而中國歷史原本就不容易了解，因此審查人認為這樣的論著很難在世界史學界造成大震憾，他們建議我們做全國性的，於是第二期的區域現代化研究就暫時停頓。當時我已完成山東政治現代化的研究，約有二十萬字之多。根據國外學者的建議，國科會希望我們進行全國性的研究，我們只好重新組織計畫，這次改以專題研究，包括教育現代化、農業現代化，交通現代化、工業化和政治參與等，因為有人說現代化就是工業化，所以我選了工業化做研究，這個計畫做了兩年完成。

總計三期計畫共花費六年半，第一期計畫成果不錯，出版了五種專書，包括山東、江蘇、閩浙臺、湖北和湖南。第二期計畫

因為只做了一年,沒有出版專書,但不少同仁以單篇論文發表。第三期計畫,也以單篇論文發表的居多。我個人則將工業化改名為《近代中國工業發展史》,由桂冠圖書公司出版,這本書不由近史所出版是因為多數文章都曾在所裏發表過,不便用所裡經費出版。三期計畫結束後,另有七位同仁從事「內陸現代化」的研究,到現在也告一段落。在「中國區域現代化研究」計畫推動下,除了邊疆幾個省區之外,每個地方都有人做了研究。

對我而言,這三期計畫是非常好的訓練,因為以前著重政治史研究,但歷史是非常複雜的,充滿各種不同面相,透過這項計畫,對各方面必須廣泛研究。例如探討西方對中國的影響,凡涉及到西方的文化、思想或外交必須有初步的探討;研究傳統的影響,就要對中國傳統歷史文化等背景有所瞭解。換句話說,由於中國的現代化包羅萬象,研究者對不同範圍進行研究時,需要一點一滴的做,當我處理經濟現代化的問題時,發現有很多專有名詞看不懂,很多觀念搞不通,得查各種工具書和專書來瞭解,而這也等於是一種訓練。這六年半的「訓練」,使我變得很大膽,任何文章我都敢寫,包括政治史、軍事史、社會史、經濟史和思想史。

編寫史書 任重道遠

從事專書和研究計畫的撰寫工作之外,我還進行編書的工作大致可分成兩部分:一部分是協助教育部、國史館、國民黨黨史

會、紅十字會等機構編書，例如：國民黨黨史會的《中華民國政治發展史》、《社會發展史》、《經濟發展史》、《文化發展史》，教育部的《中華民國建國史》，國史館的《中華民國史（社會志）》，這些書僅國史館的社會志尚未出版，其他書均已陸續出版。至於為紅十字會編的《中華民國紅十字會史》，是目前在進行的新計畫，有六位同仁和史學界的朋友參加。

另一部分是替書店編書，第一套書是《中國現代史論集》（十冊），當時臺大研究生王克文和朱雲漢兩人認為坊間缺乏中國現代史的教材，希望我能編這一類書，幾經周折，終於由聯經出版。第二套是由一群人合譯《劍橋中國史（晚清篇）》。另外，是和張瑞德先生合編《中國現代自傳叢書》。最近正替三民書局編《中國現代史叢書》，已出版十二本。同時，參與兩套書的編輯工作，一套是《山東人在臺灣》叢書，由我擔任總編，實際上，我主要時間花在學術篇的撰寫，其他則請專家編寫，這一套書預計出版十幾本；另一套是和山東方志有關，中國大陸目前正著手一九四九年各省方志的修撰工作，但是以一九四九年以後為主，這之前的方志始終未完整的撰修，因此我請于宗先先生幫忙，找到一位山東籍企業家幫助，開始修民國山東通志，現在已進行到第二年，我們希望以五年時間完成這項工作，約計寫二〇〇萬字。

除此之外，我也撰寫專文，多半配合編書或學術會議而寫。由於受區域研究影響，有不少專文以山東省的研究為主，執行第一期計畫時，寫到民國五年，第二期則專力政治發展的研究，寫到戰前。計畫結束後，我繼續研究抗戰期間和戰後的山東，並以

論文發表,例如討論抗戰期間及戰後國共在山東地區的鬥爭。能這麼延伸下去研究,是和中國大陸開放不少山東省的資料有關。

為了激起更多人對近代史的興趣,我也撰寫通俗性歷史,最近三年正在進行的是和劉廣京、陳永發先生合寫的《近兩百年中國史》,談到這本書也有一段淵源。

我任所長那一天,吳大猷院長在交接典禮上,說道:「你們做的研究都太專了,根本沒人看,你們應該寫通俗性的歷史,以饗讀者。」過了一段時期,在預算協調會中,吳院長又舊事重提,而且拿著黃仁宇先生的書給我看,表示寫這類專書即可;我告訴吳院長「物理研究所或化學研究所為什麼不寫通俗性的論著,而要做專題研究。那些研究我們也同樣看不懂。」吳院長便答道:「歷史跟那個不一樣,那是科學,你們要教育國民。」我也反駁道:「研究院的任務是做高級研究,我不能要求近史所同仁寫這類文章,除非他們個人有興趣寫。至於我個人固然有興趣寫,但目前很忙,沒有時間寫。」為此和吳院長辯論幾次,始終未能讓他如願。

好多年後,吳院長又在民生論壇表示,他曾建議近史所所長,要該所寫通俗性的現代史,但未被接受,他打算找院士來寫。這時我和吳院長都已卸任,但他顯然對這件事仍鍥而不捨,不但在報紙上公開表明,並積極找院士來寫。後來找到劉廣京先生,劉先生認為他個人專長僅在晚清,其他部分需與人合寫,於是找了陳永發先生和我,我想我曾欠吳院長這筆債,應該幫他完成這個心願,便答應下來。為了幫我們完成這本書,吳院長在中美會籌措到十萬美金。不過,吳院長的想法和我們還是有距離,他認

為這本書不要超過二十萬字，最多三十萬字，否則沒人看。但兩百年的歷史如何能以二、三十萬字完成，我們無法同意，便決定全書力求簡明，但重要的問題必須寫入。吳院長又反對加註解和參考資料，而我認為這會變成抄襲，因此，決定採學術形式書寫。

這本書目前已大致完成，我和陳先生均寫50萬字，再經增修，預定在暑假之際在聯經出版。這本書約分三冊，即晚清篇、民國篇和中共篇，書名原定名為《近一百五十年中國史》由於劉先生認為近代史應追溯到乾隆時期，所以打算改為《近兩百年中國史》。

南往北返　使命所驅

五十九年我從美國回來，不久升為副研究員，第二年李國祁先生邀請我到師大歷史研究所開「中國現代史研究」，修這門課的學生原本五至八人，隨著招生人數的增加，漸有十多位學生來修課。開始教授這門課的最大困難就是，學生找不到適當的參考書，當時編《中國現代史論集》便是基於這個理由。至於我先後撰寫的《中國現代史》和《中國現代政治史論》也是教書的副產品，教了五年書後，當時李國祁先生應東華書局之請，主編一套歷史叢書，李先生希望我撰寫中國現代史，這時我除了在師大講授中國現代史之外，也受繆全吉先生請託，在政戰學校政治研究所開「國民革命史」，所以將兩所學校的講義合併成《中國現代史》這本書。

書一出版就發生問題,當時風風雨雨地傳說要查禁,還要抓人,有人指稱我寫袁世凱寫得跟蔣介石差不多,似有所影射,我告訴對方:「如果有人願意認為他是袁世凱,他就是袁世凱。」不久,警備總部果真來了信,說有人檢舉我的書,指出我的書有幾項缺點:第一是用西元紀年,而不用中華民國紀年;第二是直稱孫中山不稱國父;第三是稱蔣中正而不稱蔣公。另外,還挑了些錯字。我也回了一份答辯書,先是向對方道謝,幫我校對錯字。其次,針對他所提出的三個問題,一一答辯,我指出,目前的報紙雜誌使用西元紀年的很多,官方偶而也採西元,何以我的書不能採用西元紀年?臺北市有中山堂、中山南、北路,卻不見國父堂、國父路,更何況「中山」是世界性的尊稱,因此我稱孫中山並無不敬。至於稱中正而不稱蔣公,乃是根據史學方法上「臨名不諱」的原則,而且百年後,人們也弄不清誰是「蔣公」。

為此,治安單位邀請有關機關代表開會,據說,宋楚瑜先生曾表示這是學術界的事,不需多管。但他們仍派學者來跟我溝通,了解我使用西元紀年是學術界的慣例,並不含有否定「中華民國」的意思;也了解我使用「孫中山」、「蔣中正」等名稱沒有惡意。不久,這個案子終於結案。而附帶的插曲是,大家傳說這本書將查禁,一時蜂湧著去買,而這本書也就一版再版,我還因此拿了不少版稅。

事實上,我這本書是用較多元的角度來討論中國現代史,與過去僅偏重國民革命史的寫法略為不同;同時,我只討論問題,也無意對任何人作人身攻擊。我對學生講課,也是採用同樣方

式，我認為有新的研究結果便應傳授給學生，不認為學術和教育應分開。早年，我的課曾有人監聽，但因為聽不出甚麼問題，監聽的人聽了一、兩堂課便不來了。不過，當我上師大暑期部進修班的課時，有幾位老師曾提出懷疑，惟恐我的講授方式，會影響他們的思想，甚至影響他們對學生的教導，我直言不諱地告訴這幾位老師，我的課堂是自由討論，若有所顧忌，可以不要來上課。

由於我始終抱持著一種看法，講中國現代史不應只講國民黨史，應該開闊學生的思想，讓學生對中國現代史有更多的認識。因此，有一段時期，我帶著這份使命感遠至東海、成大、中山等校講課，雖然披星戴月地南來北返，但我總認為很值得。在此前後，政大、臺大也也邀我去開課，我也不拒絕。

除了講課之外，我也指導研究生做研究，初時學生很少，後來愈來愈多。當大陸開放後，我鼓勵學生赴大陸搜集資料，甚至告訴他們不到大陸搜集資料，就不指導他們，有幾位同學可能因家庭經濟關係、也可能是安全的顧慮，頗有難色。我之所以有這項要求，是因為有不少現代史資料典藏在大陸的各圖書館或檔案館，不前往搜集資料，等同掩耳盜鈴地做研究。其實，我也以相同的態度鼓勵同仁至大陸搜集資料，譬如朱浤源先生的《從變亂到軍省：廣西的初期現代化，一八六〇──一九三七》專書在所內獲准出版，當時中國大陸初開放，我勸他到廣西去蒐集資料，朱先生到了廣西，結果帶回三大箱資料，他的專書經兩年修改才出版。

我的教學活動一直到八十四年停下，一方面是我的興趣主要

是在研究；另一方面是，我深感有不少學生輩已學有所成，應該讓他們出頭。這些看法，在我給師大、政大的請辭函中曾有清楚的說明。

由於在師大教課的時間最長、感觸也較深，我認為師大的學風一直很正規，但過於保守，造成有些學生的研究不夠開闊。為改變學風，應由師生共同開拓研究風氣。另外，應充實圖書設備，現代史的資料相當廣泛，若不刻意收集，會跟不上潮流。近幾年政大不斷從大陸搜集資料，並成立現代史資料室，這對學生的研究有很大的幫助。回顧這一路走來的歷程，最要感謝的是師大的教育，因為我的研究是從師大史地系開始。同時也特別感謝史地系老師的啟蒙，讓我的研究奠定基礎。

本文原刊載：《師大校友》期288（1997年6月），頁24-37。

附錄三
張玉法院士歷年指導碩士論文

年份	研究生	論文名稱	校院與系所名稱	共同指導教授
1975	王榮川	太平天國初期的群眾運動（一八四三～一八五三）	政治作戰學校政治研究所	
1976	陳南星	辛亥革命時期的群眾運動（一九〇五～一九一二）	政治作戰學校政治研究所	孫正豐
1976	王瑋琦	中華革命黨之研究	政治作戰學校政治研究所	謝延庚
1977	李慶西	段祺瑞與民初政局（民國五年至民國九年）	臺灣師範大學歷史研究所	
1977	劉汝錫	憲政編查館研究	臺灣師範大學歷史研究所	
1977	謝早金	新生活運動之研究一九三四～一九三七	政治作戰學校政治研究所	李雲漢
1979	王肇宏	訓政前期的地方自治一九二八～一九三七	政治作戰學校政治研究所	
1980	張瑞德	平漢鐵路與華北的經濟發展（一九〇五～一九三七）	臺灣師範大學歷史研究所	

年份	研究生	論文名稱	校院與系所名稱	共同指導教授
1980	林貞惠	馮玉祥與北伐前後的中國政局（十三年～十七年）	政治大學歷史研究所	
1980	王惠姬	清末民初的女子留學教育	政治大學歷史研究所	
1982	陳能治	戰前十年中國的大學教育（一九二七～一九三七）	臺灣師範大學歷史研究所	
1982	王玉	文學研究會與新文學運動	政治大學歷史研究所	
1983	崔夏英	訓政時期河南省政之研究（一九二八～一九三七）	政治作戰學校政治研究所	楊蔚
1983	謝國興	黃郛與華北危局（一九三三～一九三五）	臺灣師範大學歷史研究所	
1984	洪德先	辛亥革命時期的無政府主義運動	臺灣師範大學歷史研究所	
1984	盧國慶	抗戰初期的黨派合作	政治作戰學院政治研究所	谷瑞照
1985	胡興梅	建國大綱與我國政治發展（民國十三年至三十七年）	政治作戰學院政治研究所	
1985	李筱峰	台灣光復初期的民意代表（一九四六～一九五一）	臺灣師範大學歷史研究所	
1985	劉祥光	西潮下的儒學：熊十力與新儒學（一九二二～一九四九）	政治大學歷史研究所	

附錄三　張玉法院士歷年指導碩士論文

年份	研究生	論文名稱	校院與系所名稱	共同指導教授
1986	唐明輝	五四時期知識青年對中國國民黨認同之研究（一九一九～一九二四）	政治作戰學院政治研究所	
1986	黃中興	楊度與民初政治（一九一一～一九一六）	臺灣師範大學歷史研究所	
1986	李惠惠	新潮雜誌與五四新文化運動（一九一八～一九二二）	臺灣師範大學歷史研究所	
1986	陳秀卿	華北農村信用合作運動（一九一九～一九三七）	臺灣師範大學歷史研究所	
1986	陳仲瑜	民國初年農業改良思想（一九一二～一九三七）	臺灣師範大學歷史研究所	
1986	謝蕙風	民國初年新聞自由的研究（一九一二～一九二八）	臺灣師範大學歷史研究所	
1986	張三郎	五四時期的女權運動（一九一五～一九二三）	臺灣師範大學歷史研究所	
1986	俞忠烈	民國初年的無政府主義運動：劉師復與「民聲」	政治大學歷史研究所	
1987	劉興華	中國早期的馬克思主義（一八九九～一九二三）	政治大學歷史研究所	
1987	施志汶	抗戰前十年中國民營航運業（1928-1937）	臺灣師範大學歷史研究所	
1987	游鑑明	日據時期台灣的女子教育	臺灣師範大學歷史研究所	

年份	研究生	論文名稱	校院與系所名稱	共同指導教授
1987	朴貞薰	張國燾與中國共產黨	臺灣師範大學歷史研究所	
1987	王華昌	晚清小説與晚清政治運動（一八九五～一九一一）	政治大學歷史研究所	
1987	萬麗鵑	辛亥革命時期的社會主義思潮（一八九五～一九一三）	政治大學歷史研究所	
1988	高小蓬	民國初年的婦女運動（一九一一～一九一三）	政治作戰學院政治研究所	
1988	黃綉媛	民初的廢督裁兵運動（一九一六～一九二五）	臺灣師範大學歷史研究所	
1988	陳雲卿	中國青年黨的創建與初期發展（一九二三～一九二九）	臺灣師範大學歷史研究所	沈雲龍
1988	林宸生	抗戰時期中共的文藝政策	政治大學歷史研究所	王聿均
1989	陳昭順	五四時期的反儒思潮	政治大學歷史研究所	林能士
1989	鍾淑敏	日據初期臺灣總督府統治權的確立：1895年～1906年	臺灣大學歷史學研究所	曹永和
1989	柳麗敏	從佛到儒——梁漱溟的思想與轉變	政治大學歷史研究所	

年份	研究生	論文名稱	校院與系所名稱	共同指導教授
1990	廖咸惠	抗戰時期的話劇活動	臺灣師範大學歷史研究所	
1990	姜文求	關稅特別會議之研究	臺灣師範大學歷史研究所	
1990	朱瑞月	申報反映下的上海社會變遷（1895-1927）	臺灣師範大學歷史研究所	
1990	林秋敏	近代中國的不纏足運動（1895-1937）	政治大學歷史研究所	
1991	張建俅	清末自開商埠之研究（1898～1911）	臺灣師範大學歷史研究所	
1991	黃銘明	北伐前後上海的工人運動（1925-1928）	臺灣師範大學歷史研究所	
1991	張曉芳	中國民主同盟之研究（民國二十八～三十八年）	臺灣師範大學歷史研究所	
1992	黃德宗	蔣廷黻及其政治思想的演變1895-1935	臺灣師範大學歷史研究所	
1992	朱高影	三民主義青年團之研究（1938-1947）——國府爭取青年運動領導權之努力及其挫敗——	臺灣師範大學歷史研究所	
1992	藍博堂	臺灣鄉土文學論戰及其餘波1971-1987	臺灣師範大學歷史研究所 政治大學歷史研究所	尉天驄

年份	研究生	論文名稱	校院與系所名稱	共同指導教授
1992	王凌霄	中國國民黨新聞政策之研究（1928-1945）	政治大學歷史研究所	
1992	吳淑鳳	中共的「聯合政府」要求與國民政府的對策（1944-1947）	政治大學歷史研究所	
1993	韓靜蘭	抗戰前後中央政府與四川的軍政關係（1935-1949）	臺灣師範大學歷史研究所	
1993	蔡杏芬	抗戰前十年中國的小學教育：魯青地區個案研究（1928-1937）	臺灣師範大學歷史研究所	
1993	倪心正	政治控制與新聞媒體之關係──上海《申報》社論研究（1931-1949）	臺灣師範大學歷史研究所	
1993	吳宗禮	隴海鐵路的興築及其營運（1903-1945）	政治大學歷史學系	
1994	唐志宏	五四時期的文化論戰：以「反文化調和論」為中心的探討	政治大學歷史學系	
1994	呂玲玲	國民政府工業政策之探討（1928-1937）	政治大學歷史學系	
1996	趙淑萍	民國初年的女學生（1912-1928）	臺灣師範大學歷史學系	

年份	研究生	論文名稱	校院與系所名稱	共同指導教授
1996	張馥	九一八事變後的東北流亡學生（1931-46）——以東北大學、東北中學、東北中山中學為探討重心	臺灣師範大學歷史學系	
1996	周佳豪	天津商會研究（1903-1916）	臺灣師範大學歷史學系	
1996	彭明華	民初四川省防治土匪之研究（1912-1928）	臺灣師範大學歷史學系	
1996	李慧珠	馬列主義在中國（1927～1945）——以毛澤東為中心的研究	臺灣師範大學歷史學系	

附錄四
張玉法院士歷年指導博士論文

年份	研究生	論文名稱	校院與系所名稱	共同指導教授
1986	張瑞德	中國近代鐵路事業管理的政治層面分析（1876-1936）	臺灣師範大學歷史研究所	
1987	陳儀深	《獨立評論》的民主思想	政治大學政治研究所	易君博
1988	金貞和	近代中韓反傳統思想之比較研究（一八九四～一九二四）	臺灣師範大學歷史研究所	
1990	謝國興	中國現代化的區域研究：安徽省（1860-1937）	臺灣師範大學歷史研究所	
1994	黃綉媛	中日初中歷史教育的比較研究——民族主義與世界主義的糾葛（一九七八～一九九二）	臺灣師範大學歷史研究所	
1994	李達嘉	商人與政治——以上海為中心的探討（1895-1914）	臺灣大學歷史學研究所	李守孔

年份	研究生	論文名稱	校院與系所名稱	共同指導教授
1995	吳翎君	美國與中國政治（1917-1928）——以南北分裂政局為中心的探討	政治大學歷史學系	魏良才
1995	李俊熙	日本對山東的殖民經營1914-1922	政治大學歷史學系	
1995	游鑑明	日據時期臺灣的職業婦女	臺灣師範大學歷史研究所	
1996	胡興梅	中華民國在台灣地區的政治發展（民國三十八年至八十二年）	臺灣師範大學三民主義研究所	
1997	洪德先	民國初期的無政府主義運動（一九一二～一九三一）	臺灣師範大學歷史學系	
1999	陳清敏	抗戰時期的災荒與救濟——國民政府統治地區之研究（1937-1945）	政治大學歷史學系	
2003	王玉	抗戰前上海地區的抗日救國運動：以救國會為中心的探討（1935-1937）	政治大學歷史學系	蔣永敬

走上歷史之路

主　　編：蔡杏芬

出　　版：蔚藍文化出版股份有限公司
地　　址：110 臺北市信義區基隆路一段 176 號 5 樓之 1
電　　話：02-22431897
臉　　書：https://www.facebook.com/AZUREPUBLISH/
讀者服務信箱：azurebks@gmail.com
社　　長：林宜澐
編輯總監：鄭雪如
責任編輯：林韋聿
企劃經理：沈嘉悅
封面設計：陳璿安
內文排版：藍天圖物宣字社

總 經 銷：大和書報圖書股份有限公司
地　　址：24890 新北市新莊區五工五路 2 號
電　　話：02-8990-2588

法律顧問：眾律國際法律事務所 著作權律師：范國華律師
電　　話：02-2759-5585　　網站：www.zoomlaw.net

印　　刷：世和印製企業有限公司
定　　價：新台幣340元
初版一刷：2025 年 3 月
ＩＳＢＮ：978-626-727-572-6
版權所有・翻印必究
本書若有缺頁、破損、裝訂錯誤，請寄回更換。

國家圖書館出版品預行編目（CIP）資料

走上歷史之路／蔡杏芬主編. -- 初版. -- 臺北市：蔚藍文化
出版股份有限公司, 2025.03
312 面；17×23 公分
ISBN 978-626-7275-72-6（平裝）

863.55　　　　　　　　　　　　　　　　　114002824